逆流而上

江胤禛◎著

中国言实出版社

图书在版编目(CIP)数据

逆流而上 / 江胤禛著 . -- 北京 : 中国言实出版社 ,
2022.5
ISBN 978-7-5171-4120-4

Ⅰ . ①逆… Ⅱ . ①江… Ⅲ . ①长篇小说－中国－当代
Ⅳ . ①I247.5

中国版本图书馆 CIP 数据核字 (2022) 第 062797 号

逆流而上

责任编辑：王建玲
责任校对：代青霞

出版发行：中国言实出版社

地　址：北京市朝阳区北苑路180号加利大厦5号楼105室
邮　编：100101
编辑部：北京市海淀区花园路6号院B座6层
邮　编：100088
电　话：010-64924853（总编室）　010-64924716（发行部）
网　址：www.zgyscbs.cn　电子邮箱：zgyscbs@263.net

经　销：新华书店
印　刷：成都市兴雅致印务有限责任公司
版　次：2022年5月第1版　2022年5月第1次印刷
规　格：880毫米 × 1230毫米　1/32　8印张
字　数：200千字

定　价：68.00元
书　号：ISBN 978-7-5171-4120-4

目录

CONTENTS

上篇

下 篇

上篇

第一章　千钧一发

文水市是一座典型的江南水城，距离丽温市有数百里路。流经市区的碧落河把这座城市一分为二，碧落河的左边是汉南区，右边是汉北区。文水是座地级市，发展程度一般，属于四线开外。不过，由于其得天独厚的地理位置和山清水秀的生态环境，在这几年里，倒引起了众多开发商的青睐，特别是碧落河两岸，成了房产商们角逐的风水宝地。

宏印集团的全资子公司文水市宏亦房地产开发有限公司是在叶亦双重掌集团公司之后成立的，同时也预示着宏印集团向房地产行业进军。这几年，叶亦双的房产业务在文水市如火如荼地进行，并获得了一定的知名度，她就像一颗冉冉升起的新星，备受瞩目。

周末，叶亦双仍旧在加班。临近中午，她感到有些困倦，连日来高强度的工作，让她娇瘦的身体有些吃不消。她伸伸懒腰，踱步至落地窗前，整座城市被黑压压的云翳包裹着，就像一层厚厚的棉纱把光线过滤了，使得眼睛所到之处都呈现灰茫茫一片。

冬天里的雨下得不大，但很黏人，如松针一般，又如木棉一般，洋洋洒洒，就算被淋了一会儿也不会打湿，但那种潮湿会让人产生阴郁的感觉。灰白的路面早湿成一片，汽车轮胎压过路面卷起的少许水花，发出了“吱吱”的聒噪声，响彻耳边。

正在这时，一位身材挺拔的男人敲门进来，他的神情略显慌张，浓密的眉毛揪到一处。他见她伫立在窗边不动，往前的脚步立马站定，嘴巴动了几下，最后轻声唤道：“叶董。”

叶亦双转过身，看到他的表情，心里顿了顿：“李夏？”

李夏的身子略微弓起，眼神却透着一丝急切：“拆迁出了些麻烦。现场发生了意外，有人受伤进了医院。”

叶亦双倏然一惊，赶紧问道：“怎么回事？谁进了医院？”

“是拆迁队与村民发生了肢体冲突，现场一度失控，有几个村民受了伤，这会儿正在医院治疗！”李夏无奈地回答道，眼睛却一直看着叶亦双，仿佛在索求解决办法。

叶亦双当即拉下脸，怒斥道：“我不是再三交代不要和他们发生正面冲突吗？这些人怎么办事的！”

李夏略微低下头，轻声问：“叶董，我们现在该怎么办？村民的情绪非常不稳定。”

叶亦双柳眉一横，命令道：“赶紧把拆迁队给我叫回来，让他们回去待着，没有我的命令，哪里也不许去。除此之外，任何人不得逗留在现场，以防再起冲突。你赶紧去趟医院，代表公司去看望受伤的人，多给他们一点补偿，先稳定好他们的情绪。”

叶亦双还未等李夏应诺，立马补充一句：“我说的是撤回所有人，只要是宏印集团的人全部给我撤回来，一个不留！”

李夏立马点点头，“明白，我立马去办。”

叶亦双看着急速离开的李夏，突然感到隐隐不安，忍不住骂道：“一群废物！”

出事现场位于文水市西面，在碧落河中下游，属于汉南区政府管辖。

等李夏急匆匆地赶到那里，现场还处在一片混乱当中。村民和拆迁队员正在对峙着，一个个摩拳擦掌，骂骂咧咧。站在拆迁队最前面的人叫张晟，络腮胡子，一脸横肉。幸好两队人马之间有两名警察在维护秩序，这才勉勉强强把局面控制住。

李夏见矛盾一触即发，心里发怵了几秒，然后箭步上前，压低喉咙对张晟呵斥道："怎么搞出这么大的动静，我不是让你赶紧把人撤回来吗？"

张晟看到李夏出现，绷着的表情立马变成了一副委屈的样子，带着求助的眼神，小声回答："李助理，您的命令我怎么会不听呢，可是这些村民缠着我们不放，根本走不了啊！"

李夏朝他摆了摆手，示意他闭嘴。少顷，他又走到两位警察面前，说道："警察同志，我是这个项目的开发商代表，您看眼前的形势非常凶险，万一处理得不好，就会发生严重后果，所以我想先把拆迁队员们撤出去。"

其中一位中年警察朝李夏仔细看了看，又看了看李夏身后的几名助理，用怀疑的眼神问道："你是这儿的负责人？"

李夏点了点头，立即掏出一张名片递给警察："我可以负责这里的所有事务。"

"宏印集团董事长助理李夏。"警察盯着名片念叨一声，转而又抬起头看看他，似乎松了口气，"既然你能做主，那最好不过了！今天这事闹得，要不是我们早来一步，恐怕要出人命了！"

李夏立刻点点头："非常感谢！太感谢你们了！不然事情闹大了，就麻烦了！"

警察又看了看李夏身后的拆迁队员，一脸严肃地批评道："现在是法治社会，你们怎么可以胡来呢？凡事都要坐下来好好商量，谁也不能碰触法律的底线。"

李夏一脸尴尬，连连点头称是："警察同志，这事情也发生了，咱们得先把眼前的局面控制好才行，你说我们应该怎么配合你们。"

"村民的情绪非常不稳定，你们的人还打伤了他们两个人。"警察低声道，然后又轻声问身边的年轻警察，"赶紧联系下所里，支援的力量还有多久才能到现场。"

年轻警察立即回答道："队长，刚问过了，大概还有十分钟。”

中年警察点点头，然后对李夏说：“这会儿事情闹大了，必须等到我的人过来，大家才能出得去。”

李夏一脸感激地说：“幸亏你们及时赶到，否则后果不堪设想。”

警察严肃地说：“叫你们的人不要轻举妄动，千万别再动起手来。”

李夏忙不迭答应：“我马上就去！”

等李夏过来，张晟赶紧探出头来问：“李助理，警察怎么说？”

“马上会有大批警察过来。事已至此，也只能盼他们早点到现场。”李夏叹了口气，又忍不住看了眼群情激愤的民众。

张晟即刻张大嘴巴，吃惊地说道：“怎么，还有很多警察要赶过来？”

李夏紧蹙眉头，不耐烦地说：“警察不来能行吗？这些村民能放你们回去吗？真是一群蠢货，就这么点小事，也能搅得满城风雨！”

张晟低着头，不敢瞧李夏：“我就怕到时候说不清楚了。”

“我们有合法手续，是依照相关规定对这里进行清理开发，你怕什么啊！”李夏整了整袖口说道。

张晟是个聪明人，一听李夏的口气，顿时觉得问题不大，于是谄笑道：“有您在这里坐镇，我们这些兄弟就像吃了定心丸一样，什么也不怕。”

对峙的局面似乎沉寂下来，比起先前的争执不休，安静了很多。可能是大家喊累了，可能大家都不想再流血，也可能是忌惮警察的威慑力。

时间正一分一秒地过去。这区区十来分钟的时间，掐指可数。但是，村民、警察和拆迁队员都嫌它走得太慢了。

终于，嘹亮的警笛声响彻天边，尽管车子还没有赶到，但声音早已洞穿了所有的障碍，急速地钻入众人的耳朵里。就在那一刻，所有人仿佛在同一时间里慢慢地吐出了提到嗓子眼上的一口气。

第二章　山回路转

这个因拆迁引发的群体性对峙事件，在宏印集团强有力的公关之下，总算没有引起太大的风波。这件事在很短的时间内就经历了高潮，然后又被快速地平息，甚至出现在网络上的细枝末节，也在一夜之间没了踪影，可谓风起于青萍之末，又止于草莽之间。

发生冲突的这块地，二十几亩，占地面积一万五千多平方米，是宏印集团在几个月前拍下的，计划在这块土地上建两幢高楼，提供三百套房子。这种低容积率的设计，使得小区的绿化率能达到百分之四十以上，成为名副其实的高端住宅区。宏印集团董事长叶亦双对这个楼盘寄予厚望，并亲自给它取了个优雅动听的名字——银河阁。当初，她见碧落河两岸发展迅速，特别是在夜晚，呈现出五彩斑斓的景象，如同幻境一般，恰似夜阑星辰中的银河，星光闪耀，银河阁之名便由此而来。

文水市进行的旧村改造的原则是应征户数达到百分之九十五以上，就可以启动征收程序。拆迁的流程由市里统一作土地规划及用地性质流转，再通过下一级的部门对规划土地实施征收，凡是签约率达到百分之九十五以上，便可正式对外进行拍卖公示，至于剩余的拒绝签约的住户，相关部门会要求开发商协商解决。银河阁所处的这块土地之所以僵持至今，就是因为还有五户村民没有得到妥善安置，他们提出的赔偿要求，被开发商打了折扣，双方谁也不妥协，结果矛盾越积越深，最终大动干戈。

拆迁的补偿政策里有一项重要的规定，拆迁补偿以原建筑面积或人头为标准，假如原宅子的建筑面积有优势，那就以此计算，假如人多地少，那就以人头进行补偿。另外，这个政策还规定，在一个被拆迁的家庭中，假如有人嫁出去了，不管户口是否迁走了，都不再享受全额补偿。就是这项规定，让其中几户村民难以接受，双方谈判无果，最后造成了今天这个局面。

此次事件总共涉及五户人家，有三户是因为婚嫁问题，协商不下。另外两家是钉子户，死咬着不搬，无非是为了多拿点补偿款。在巨大的利益面前，在动辄成百上千万的钞票面前，谁也做不到退一步海阔天空。

事后第三天，叶亦双召集李夏和另外两位部门负责人商讨拆迁对策，对她而言，这件事已经刻不容缓，再拖延下去，公司必将遭受巨大损失。

此时，叶亦双神色肃穆，目光落在刚落座的三个人身上，那副峻冷的表情仿佛会把周围的空气一并凝固。李夏坐在正中间的位置，他的左边是文水市宏亦房地产开发有限公司的总经理池正毅，这个池正毅进入宏印集团多年，因工作勤奋而出名，他的性格有点多样性，说直爽，倒也有几分直爽，说圆滑吧，碰到个大事又不敢挺身而出，总之，公司上下对他褒贬不一。李夏的右手边坐着集团事务部总经理安茹。宏印集团的事务部是个核心部门，内设行政、公关、广告媒体、秘书处等，而安茹行事谨慎、思虑周全，是这个职位的不二人选。三人正襟危坐，大气不出一口，都等着董事长训话，银河阁项目进展不顺，搁置至今，他们作为负责人，有着不可推卸的责任。

叶亦双盯了良久，使得房间内的气氛越发沉寂。稍后，她才问李夏：“这件事处理得怎么样了？”

李夏下意识地挺了挺身体，悄悄吞了吞口水，赶紧回答道：“已经全部解决好了。我们撤回了所有的拆迁人员及设备。至于受伤的两个人都回家去了，我们也在第一时间向他们送去了慰问金。”

叶亦双点了点头，缓缓吐出憋在胸头的一口气，又问安茹：“公司的经营有没有受到影响？”

安茹用笃定的眼神看着董事长，说道：“请叶董放心，一切都在掌控之中。由于公关及时，这件事情并未对公司造成严重的负面影响。”

叶亦双点点头，叮嘱道：“还要持续密切关注下去，绝不允许有半点不利于我们公司的舆论在社会上盛传。宏亦公司好不容易在文水市站稳脚跟，决不能被这件事绊住。”

三人立即点头应允。

叶亦双叹了叹气：“我们赶紧落实村民的安置问题，务必大事化小，小事化了，绝对不能再出现类似的事件。”

安茹用眼神扫了一遍全场，随即说道：“此事造成的影响非常严重，我们务必在最短的时间里把问题彻底解决掉，绝不允许留有一丝的隐患。”

一直没开口的池正毅听完两人的话，眉心一竖，脸上的纹路马上突显，忍不住挥起手来抱怨道：“难道只动动嘴皮子，就能叫他们搬吗，痴人说梦话！”

安茹苦笑一声，瞄了眼叶亦双，故作轻松地说：“我们有合法手续，应该受到支持。我们应该行使我们的合法权益，优待符合政策的村民，严控政策不符的住户，我们有法可依，有理可据，不能眼睁睁地看着他们闹事，而我们却一退再退。”

李夏目光笃定地看了看安茹，表示极为赞同。

“几天前，我跟文水市的相关部门反馈过情况，他们也表明了自己的立场，说他们只限于在土地整顿和楼盘建设两个方面进行指导和协商。还说政策是需要灵活运用的，主动权放到开发商的手中，就是为了能让村民和开发商达到双赢的结果。他们同时提醒我，银河阁项目是碧落河两岸的亮点工程，有很多双眼睛盯在那里，千万不能再出现半点差错。”

池正毅未等李夏说完，立即粗着气说道：“尽想些美事。”

安茹微皱眉头，低声说：“总归不能与他们再次发生冲突。”

池正毅嘀咕一声：“这样也不行，那样也不行，索性把地卖了吧。”

李夏眼见气氛紧张起来，忙打趣道：“假如把地卖了，你倒落得了一身轻松。我倒有个主意，不妨试一试。”

叶亦双马上把目光定格在李夏的脸上，露出满是期待的表情：“说来听听。”

李夏说：“我们之所以在处理棘手的事情上力不从心，无法左右，我认为最主要的原因就是我们在文水的根基尚浅。这个问题在这次的拆迁中暴露无遗，人脉和资源的匮乏让我们寸步难行。我们是一家外来企业，受制于各种不利的因素，想要在一件事情上达到理想的效果，那是难上加难，付出和收获可能不成正比。既然我们没有能力去完成这件事，那就找一家有能力的公司帮我们去办，可能会出现意想不到的效果。”

几个人一听就明白了李夏的意思，纷纷点头表示赞同。安茹随即说：“这不失为一个解决拆迁问题最有效最快捷的办法。”

叶亦双若有所思道：“欲致鱼者先通水，欲致鸟者先树木。借人之力，成己之事。”

安茹想了想，一本正经地说：“我倒可以推荐一家公司来负责拆迁的事。”

池正毅连忙侧过头问道：“哪家公司？”

“文水众航公司。”安茹说。

池正毅突然显得一脸吃惊，低声道：“严力华！”

安茹微笑道：“正是。”

李夏注意到池正毅的变化，赶忙问：“有什么不妥吗？”

池正毅轻轻摇了摇头，眼神中带着半点迷茫、半点畏惧：“严力华是个厉害的人，在当地很有威望。”

李夏立刻说："那不是我们正要找的人吗！"

池正毅顿了顿，小声说："听说严力华是混道上的。"

叶亦双想了片刻，一脸沉着地说："严力华会是整件事情的转折点。"

安茹立马心领神会，说："我去安排。"

叶亦双点点头，叮嘱道："我要尽快见到他，留给我们的时间不多了，必须要争分夺秒。"

第三章　庐山真面

安茹果然不负众望，在短短几日内就与文水市众航公司的严力华搭上线，并安排董事长叶亦双与其商洽具体事宜，会面地点就安排在严力华的办公场所。这是一幢位于汉北区城乡接合部的独栋小洋房，占地有三亩之多，周围砌有高墙，一圈苍劲挺拔、通体油绿的柏树沿着围墙直冲云霄，好像要把这栋二层半小洋楼护在下面。房子坐北朝南，大门中式仿古，飞檐斗拱，浮雕灵现，乍一看，又像是古代的四合院布局。

等车子停好，安茹去揿响了门铃。安装在屋檐下的摄像头动了动，几秒钟之后，大门"哐当"一声徐徐打开。几个人相互对视一眼，便拾级而入。

当叶亦双踏过门槛石，立即感觉有股寒意迎面袭来，又仿佛在她的周围形成了一个冰寒世界。她抬眼扫视了一圈，见院内布满绿植，而盛开的花却不多，除了虫鸣，未闻啁啾，她忍不住对身旁的安茹说："这个严老板倒喜欢幽静。"

安茹点点头，对叶亦双微笑道："您说得对，严总很注重修身养性的。"

一旁的李夏笑了笑，低声道："在喧嚣的闹市中，独立于僻静之处，这位严老板绝对不简单啊。"

叶亦双轻声说："非池中之物，才有过人之处。"

正在这时，从旁边过来一位身穿黑色西服的中年男子。他留着板寸发型，身材魁梧，冷峻的眼神直逼三人。“严总在楼上等你们。”

安茹往前倾个身，微笑着说：“麻烦你带路。”

少顷，门口传来低沉的“哐当”声，等李夏回过身来看，大门已然紧闭，严丝合缝。

三个人在黑衣人的带领下穿过院子进入小洋房里，房子里候着另外一位身着黑色西服的魁梧男子。先前的男子把客人带到屋内，并与这位男子点点头，用眼神交流一下，便自行离开。李夏趁这空隙环视一圈，双眼所到之处全是珍贵的木具，古色古香，非常养眼。领路的男子倒不显得严肃，对他们笑了笑，邀请他们上楼。沿着回旋楼梯上去后，映入眼帘的是一道玉屏风，屏风后面是一块宽敞的厅堂，周围分布了四个房间，严力华的办公室位于东侧第二间。黑衣男子上前轻轻敲了三下门，然后小心翼翼地打开一道缝，再慢慢推开。待客人进入后，他又转身把门轻轻关上，几乎没有发出一丝响声。

进门便是一处玄关，红木格栅，中间镶嵌一块五尺见方的玉石浮雕。玄关尽头是会客茶室，摆了一张古木根雕茶座，足有三人合抱之大。穿过茶室才是办公区，一张五米宽的实木办公桌前面坐着一位满面红光、形体富态的中年男子。

安茹一见到中年男子，立马露出迷人的笑容，上前一步说：“严总，您好。”

叶亦双也微笑说：“严总，你好。”

严力华见客人到来，立马带着笑容起身迎接：“欢迎各位光临。”

安茹侧了侧身子，然后向严力华介绍道：“这位是我们宏印集团的董事长叶亦双。”

严力华紧盯着叶亦双看了几秒，发出爽朗的笑声：“早闻叶董风采卓越，今日一见，果真是名不虚传啊。”

叶亦双笑着说：“严总的大名如雷贯耳，今日总算见到本尊了。”

“宏印集团这几年在文水发展势头强劲，叶董那是名声在外啊。”严力华待众人入座后，又忍不住赞赏道。

“文水是严总的地盘，宏印集团还需要仰仗严总关照。”叶亦双恭维道。

严力华立马露出一副满足的神态，爽朗地笑了笑：“那是当然，合作才能共赢。”

安茹见寒暄的话都已经说过了，适时插话直奔主题：“严总，我们有件棘手的事情想请您帮忙。”

叶亦双诚恳地补上一句：“烦请严总帮我们想想办法。”

严力华点点头，又笑了笑：“不管什么事情，办法总比困难多，但是现在还不是谈这件事的时候。”

严力华说得很唐突，令三人即刻愣在那里，面面相觑。坐在叶亦双身后的安茹和李夏更是心中一沉，不知所云。

叶亦双稍稍调整神态，依然带着笑容问道：“不知严总需要我们做什么？”

严力华顿了顿，忽然爽朗地笑道：“谈事情嘛，总要有谈事情的场所。走，尝尝我刚到的普洱茶。”

叶亦双立马反应过来，笑着说：“看来有口福了。”

安茹立马起身，微微挪了挪叶亦双坐过的椅子，笑着说：“大家都说北方人的生意放在酒桌上，南方人的生意放在茶桌上。我今天在严总这里，算是真正体会到这句话的含义了。”

严力华笑着摆摆手：“做事跟做人是一样的道理，图的就是一个乐趣。要是没了乐趣，做再多的事情也是没意义的。”

安茹见严力华启封泡茶，恭维道：“今天能喝到严总亲自泡的茶，这意义很不寻常啊。”

少顷，屋里就飘出了一股清香。严力华把茶斟满紫砂杯，顺势伸了伸手：“大家尝尝这个味道如何？”

叶亦双优雅地捏起茶杯，浅尝一口，含在嘴里回味了几秒，才慢慢吞下，忍不住赞赏道："这杯茶又香又醇，含在嘴里便有一股清香，沁人心脾。"

安茹也端起茶盏，像欣赏一幅艺术品般看着，接着品尝了一口："此茶汤色金黄似如琥珀，清香扑鼻，如空谷之兰清冽沁人，入口后甘韵绵长，回味无穷。"

李夏也啜了一小口，赞叹道："香味极致，在古代绝对是贡品啊。"

严力华听了三人的赞叹，高兴不已："既然是贡茶，那就要多喝几杯。"

安茹又啜了一杯，然后轻声对严力华说："严总，银河阁项目搁置至今，已经对我们公司造成了巨大损失，请您帮我们想想办法吧。"

严力华点上一根烟，轻轻吸入，又缓缓地吐出烟晕："就几户普通人家而已，闹不出大动静的。"

李夏见他迟迟不表态，心里渐起涟漪，就像一波湖水被扔进了几块大石头一般，他赶紧接话道："严总，您有所不知，前几天已经闹出了大动静，搞得我们非常被动啊。"

严力华又吸了一口烟，仍旧一副淡然的样子，不慌不忙地给他们满上茶杯，然后才说："这点动静能算大吗？只要发生在文水的事情，那都不算大。"

叶亦双一脸诚恳地说："宏印集团是外来企业，可以说人生地不熟的，就算我们刻意想躲避，但是麻烦还会自动找上门来。"

严力华看看他们，笑着说："宏印集团是文水的客人，你们在文水碰到麻烦，那就是这里的人怠慢了客人。"

安茹赶忙起身，从严力华的面前拿起茶盅给众人的茶杯添满，又轻声说："严总，宏印集团也是有苦没处说，手上持有合法手续，却无法履行合法权益，我们都快成为大家茶余饭后谈论的笑话了。"

严力华收起笑容说："平心而论，宏印集团也算遭了罪。"

叶亦双听到严力华的评价很中肯，瞬间有股暖流穿过心底，她感觉眼前的中年男子威严又不乏善意，可能是位性情中人。“这原本是个好项目，对文水的发展也能起到推波助澜的作用。谁料想，我们花费了巨大的财力物力，到头来不仅一无所获，还让人感到像在火中取栗。”

安茹看着他，轻声问道：“严总，您深明大义，您认为这件事应该如何操作才妥当？”

严力华扫视一圈，然后冲着叶亦双笑道：“看来这个小事情，还真把叶董给难住了。”

叶亦双无奈地笑道：“严总眼里的小事情，可把我们熬苦了，寝食难安啊！”

李夏马上抱怨道：“这些住户不搬走，又不跟我们好好协商，迟迟不能开工，有苦难言啊！”

叶亦双用期待的眼神盯着严力华说：“您认为如何解？”

严力华笑了笑：“这事说简单也简单，说复杂也复杂，归根结底是拔掉那几颗钉子。”

李夏马上讨好说：“您说得极对。”

严力华说：“打蛇得打七寸，对付这些人要找准他们的要害使劲，否则就适得其反。”

李夏见他胸有成竹的样子，赶紧问：“您有什么好方法？”

严力华笑而不语，重新满上茶水：“来，喝茶。”

叶亦双立刻心领神会，感激地说：“有劳严总费心了。”

严力华笑着说：“这种小事找人去办一下便好。这泡茶可遇不可求，你们今天赶巧了，就多喝几杯吧。”

叶亦双立刻感激道：“需要打点的地方一定要知会小妹。”

严力华捏着茶杯啜了一口，浅笑道：“事成再说。”

第四章　别作良图

自从与严力华会面之后，叶亦双就格外关注那边的动静，对她而言，天底下最难熬的事情就是等待。在这短短几年里，她历经了常人无法想象的磨难，一次次地等待，又一次次地落空，使她的心不断地遭受煎熬，最后变得像玻璃一般脆弱。

时间轻拨指针，又过去了数个礼拜。其间，宏印集团再次接到了文水市相关部门的非正式通知，要求他们尽快施工。迫于上头施加下来的压力，叶亦双不断地命令安茹去公关，去找人疏通关节，并责令她尽快借到严力华的力量。她又命令李夏密切留意社会上的动静，稍有风吹草动立马向她汇报，还命令池正毅严密封锁银河阁现场，不仅对原来的围墙进行加高加固，并派人时刻盯着拆迁户的一举一动。

尽管她翘首期盼，但是安茹汇报过来的情况并不乐观，她说严力华只是简单地应付了她几句：要她转告叶亦双不要心急，这件事情正处在风口浪尖上，不能操之过急。还叮嘱她要耐下心来，欲速则不达。

这边，李夏对叶亦双的命令一筹莫展，因为有关宏印集团的负面消息时有传出，虽然谈不上铺天盖地，但也从不间断。倒是池正毅那边反馈过来的信息是一切如初。

他们做了充足的准备工作，可以说万事俱备只欠东风，偏偏东风却迟迟不来，这令叶亦双着实心烦，一颗焦虑的心被文水的一举一动吹得四处摇曳。

这天，她又特地从丽温市赶到了文水市，迫切地想要了解近况。于是没跟任何人打声招呼，就直奔文水分公司。

李夏原本是负责总部这边的事务，但文水分公司碰到麻烦后，他作为叶亦双最信任的人，就被派往文水市工作，与安茹、池正毅携手攻破拆迁这道难题。

当他看到叶亦双突然莅临文水公司，赶忙起身迎接："叶董，您怎么过来了，有什么要紧事吗？"

叶亦双一脸不悦，反问道："事情有什么进展吗？"

李夏愣了愣，随即摇摇头："我们还在积极跟进。"

叶亦双的眼里瞬间划过一丝失落，却不甘心地追问道："我们不是托了很多人吗？"

李夏顿时感到一阵尴尬和内疚，轻叹一声："我们找的那些人既有能力也有实力，但偏偏对这件事情束手无策。我也很困惑，总觉得哪里不对劲，却又想不明白。"

"安茹那边怎么说？"叶亦双盯着他问。

"严力华说他已经吩咐下去了，让我们安心等待便可。"李夏回答道，他想了想又说，"我听说严力华一言九鼎，既然他说已经在办了，我们就没理由再去怀疑他了。"

叶亦双听了这番宽慰的话，心情稍微好转起来："该用的办法也都用过了，为今之计，也只能看看严力华是否像传闻中那般神通广大了，希望我们这样干坐着，是在静候佳音。"

李夏委婉地说："安茹正在努力打通这道关卡，她也有些顾虑，严力华是个说一不二的人，她不敢一而再再而三地去催促他办事。安茹说她保证会完成任务的，请您务必放心。"

叶亦双听完李夏的解释，淡淡地笑了笑："心乱静中乱，心静乱中静。越到这个时候，越要沉得住气，不只是我，所有人都要耐心等待。"

李夏立即说："我立马吩咐下去。"

叶亦双叹声道："多留心便好。"

李夏又问："您匆忙赶过来，就为了这件事情吗？"

叶亦双的眼神慢慢变得些许茫然，她把目光移向阴沉的窗外，轻声道："算是吧。"

李夏跟随叶亦双多年，熟悉她的一举一动，当看到这一幕时，便判定叶亦双怀有心事："您还有什么事情，需要我去办的吗？"

叶亦双又重新把目光转回屋内，当她看到挂在墙上的"善"字时，便定睛于此，又沉思了半晌，才看着李夏说："还有一件事，我想听听你的建议。"

李夏轻声问："您请说？"

叶亦双沉默几秒，眼神蓦然变得专注："等银河阁项目筹备完毕，我准备把祁阳的资源全部转移过来。"

李夏尽管已有心理准备，但得知这个消息后，还是忍不住吃了一惊，他随即问道："您准备撤掉祁阳分公司吗？"

"有这个打算。"

李夏立马联想到叶亦双在拆迁一事上显得异常焦虑，原来她想凭借银河阁项目，给自己换来足够的筹码啊。他提议道："假如这件事稍有差池，就可能让您陷入四面楚歌的绝境，我认为要慎之又慎。"

叶亦双突然表现出异常坚定的神情，不禁提高了声音："只要银河阁项目一落锤，我就借此名义抽调祁阳的全部力量来这里协助建设。"

李夏听了叶亦双的话，似懂非懂，赶忙问道："您为什么非要放弃祁阳的市场呢，目前的局面不是还稳定吗？"

叶亦双思忖半晌，摇摇头："可能我只想用最简单的办法去维系我和薛承最纯粹的友情。没有利益上的交集，就不会出现任何矛盾。我，可能只想避免一切可能会出现的破坏我们关系的客观因素。"

李夏一脸不解地问：“您和薛总亲如兄妹，何必有这个顾虑呢？”

叶亦双笑了笑，说道：“相益则亲，相损则疏，往往到了最后，却变得不受控制。”

“我相信你们的情义能抵挡这一切。”李夏说。

“我也希望能这样。但是崔明博说的那句话言犹在耳！我每次想起，就会毛骨悚然，假如我和薛哥发生了隔阂，那我就失去了最亲的人。”叶亦双说完，耳边又回响起崔明博曾经说过的那句话：假如你还在祁阳搞建筑，迟早有一天我们也会变成对手，这不是我们所愿意面对的事情，而是现实逼得我们这么做。

“你们是亲人，能包容一切。”李夏说。

“我不想被崔明博一语成谶。”叶亦双说。

李夏说：“不会的。”

“那次，两家公司的员工所发生的冲突，已经给我敲响了警钟。”叶亦双说。

“那是误会。”李夏说。

“李夏，你知不知道，我怕了，我怕我这几年的顾虑变成了现实，我的一切都是薛哥给我争取的，我不能辜负他。就算是个误会，但我也想避免，我现在有能力避免，有能力控防，那我就要去做，我不能让自己莫名其妙地就成了一个无情无义的人。”

李夏听完，恍然大悟，他读懂了叶亦双的良苦用心，更佩服她的魄力和勇气。他知道叶亦双这么做，肯定会碰到很多阻碍，尽管宏印集团的势力之争在她的管理下大有收敛，但放弃祁阳市场毕竟会损害到很多人的切身利益，所以肯定会受到强烈抵制。

李夏一想到这里，感到十分担忧，忍不住说道：“宏印集团毕竟不是我们说了算，您的权力也受到董事会的牵制，这件事情的难度很大，我们必须要从长计议。”

叶亦双点点头，又语气坚定地说：“我等了几年，终于等到了这个时机。”

“看来一切都在您的掌控中。”李夏说。

当他看到她那双笃定而又自信的双眼，心里特别激动，他感觉像是看到了叶宏远。曾经，他们之间疏远了。他的使命是辅佐宏印集团的董事长，不管是谁胜任董事长一职，他都必须要忠诚于他。当初，叶亦双决定拱手让出董事长的宝座，他苦口婆心地劝她不要意气用事，但是叶亦双最终还是做出了错误的决定。就在他陷入痛苦之中不可自拔时，事情却喜剧般地发生反转，叶亦双绝处逢生，又重新成了集团董事长。他这几年忠心耿耿地追随她，使得他们之间的关系早已超越了主仆性质。他在她的身上，找到了叶宏远的影子，她的睿智、担当、仁义、从容正是秉承了其父的优点。

叶亦双笑了笑，意味深长地说：“天时，地利，人和！如今，天时地利已经具备，只剩人和，这也是至关重要的环节。”

李夏说：“一定会如您所愿的！”

第五章　身陷囹圄

叶亦双在文水市待了几天，这数十个小时并未给她带来任何的好消息，她每天在那干着急，觉得也不是个办法，毕竟这么大的集团公司，每天都有很多事情需要她去处理，经过一番掂掇之后，她暂且打道回府。

当她回到丽温后的第三天，从祁阳市传来了一个令人震惊的消息，祁阳分公司的财务总监李广育被公安机关带走了。叶亦双得知情况后，立马把李夏从文水市叫回来，俩人又马不停蹄地赶到祁阳分公司。

李广育被抓一事非同小可，因为他是宏印集团的高管，又担任最重要的职位，因此，他被抓这件事掀起了轩然大波，不仅惊动到宏印集团的股东们，还惊动到其他的建筑公司。李广育事件，不仅关系到祁阳公司目前的稳定局面，还牵扯到整个集团公司的名誉，必须要及时慎重地处理。

当叶亦双赶到祁阳时，已是深夜十二点左右，她直接去了薛承的住处。这是一处幽静的别墅区，位于会展中心附近，当她一踏上这片区域，几年前和薛承同甘共苦的场景便历历在目。不管是与手足的争权夺势，还是和外人的生死搏斗，她和薛承都一起挺过来了。

等她按响门铃，薛承给她开了门，几人略做寒暄便切入正题。

“薛哥，李广育到底犯了什么事情，怎么突然就被抓走了呢？”

此时，薛承的神色也同样凝重，他压低声音说：“我打听到李广育被抓是跟一个地下赌博集团有关，这件事情挺严重的，李广育有大麻烦了。”

李夏诧异万分，立马说：“赌博？他怎么会跟赌博扯上关系呢？”

“李广育在宏印集团工作多年，我从来没有听说过他有这方面的不良嗜好，在我印象中，他一直属于兢兢业业的一类人。”叶亦双满脸惊愕，觉得这件事非常不可思议。李广育的突然被抓，谁也不清楚内中细节，叶亦双唯一能做的，就是求助薛承。

“我听说这里面的情况错综复杂，而且涉案人员非常多，不单单是赌博那么简单。”薛承回答道。

“薛总，您能说说详细的情况吗？”李夏迫不及待地问。

薛承看着他们，又摇了摇头，眼神透着几分遗憾：“我目前能打听到的就是李广育参与了赌博，据说涉及的赌资很庞大，至于是否涉及其他犯法的事，暂时还无从得知。”

叶亦双听完深呼一口气，显得很惆怅，她觉得自己犹如涸辙之鲋，被困在了未知的境界中：“看来这件事情很复杂，谁也不知道还会出现什么样的坏消息。”

薛承深谙她的忧虑是有原因的。李广育这个人可不简单，他在祁阳分公司里属于二号人物，是继总经理之后最重要的人物。他掌握了公司的大量秘密，万一出现其他问题，那后果不堪设想。他没出事时，大家都会相安无事，但他被抓后，就骤然变成一颗定时炸弹，谁也不敢保证是否会爆炸，是否危及公司。

薛承安慰道：“放心吧，我会密切关注这件事的，有什么消息立马通知你。”

李夏看了看叶亦双，然后又轻叹道：“在这个节骨眼上，希望他没有干过其他违法的事情。”

叶亦双两手抱着胸，深吸一口气："希望如此吧，这个人看上去总归是个本分之人。"

正在大家陷入沉默之际，从楼梯口传来轻微的脚步声，仿佛是故意压着步伐，以免惊扰到别人。众人寻声望去，只见一位美丽女子步履轻盈，面带微笑地向他们走来，她三十出头，两撇柳眉下，镶嵌着一对清澈明亮的瞳仁，白皙无瑕的小脸上透出淡淡红粉，一头乌黑的长发如瀑布般披在肩上。少妇走到大厅里莞尔一笑，笑容中带着一股亲近而又甜醇的味道。

叶亦双一见到她，脸上立马露出两个酒窝："念雅，能在祁阳见到你真是太好了。"

李夏看到她出现，立即起身向百里念雅问好。

念雅朝李夏点点头，又快步走到叶亦双面前，无比开心地握住她的手："白天听薛承说你要过来，让我好期盼啊。"

"算算时间，我们确实很久没见了，想不到今晚能在这里碰面，真是太好了。"叶亦双露出一排洁白的牙齿，一脸笑容。她拉着她的手，又带点歉意地说："这么晚了还来打搅你们。"

念雅拉着叶亦双坐下，笑着说："听说你要来祁阳，大家都高兴着呢！傍晚的时候，大的那个听说你要来家里，不知道有多开心呢，一直吵着要等你过来。后来实在困了，这才改主意说要在床上等你。这不，刚被我哄睡了。"

"小家伙这么想我，不愧是我的小心肝啊。好长时间没有见到他了，想死我了，小薛旨一定长大了不少吧！"叶亦双的眼睛里布满母爱，"我给小家伙们带了很多玩具，他们肯定会更喜欢我的！"

"看来小薛旨等你，是有他的理由的。你都快成了他的玩具运输队长了。"念雅打趣道，引得众人笑声不止。

大家闲聊了片刻，薛承忽然问叶亦双："祁阳分公司的账目不会有问题吧？"

原本满屋的笑声立刻变得阒寂，叶亦双愣了愣，又努力回忆半晌，才用不确定的口吻说："应该不存在什么问题吧。"

薛承见叶亦双也没有十足把握，便一脸认真地提醒道："赶紧派人把分公司的账务理个清楚，避免横生祸端，万一发现了什么隐患，也可以提前应对。"

叶亦双又怔了怔，眼神变得涣散无色，仿佛思绪已经飘向了千里之外，她喃喃道："不怕一万，只怕万一。"

念雅动手给大家泡了壶茶，又适时地插了一句："这个李广育我也照过几次面，看上去挺斯文、挺和善的，怎么会做出这种事情呢？俗话说人不可貌相，这句话一点也没错！"

叶亦双叹了口气："他也算是宏印集团的资深员工了，我父亲在世的时候，他就一直在财务部门工作，算算时间，有十多年了。"

念雅不禁感慨道："人心叵测啊。"

李夏点点头表示认同："昔日在一起工作的同事一听说李广育被抓了，都瞠目结舌，甚至怀疑是否抓错人了。"

薛承摇摇头，笃定地说："李广育肯定是犯了法，只是我们还不知道他在案件中起到什么作用。"

叶亦双点点头表示赞成，她一脸沮丧地说："薛哥，在这个问题上，我们绝不能报以侥幸心理。"

念雅立马提醒道："当务之急就是把公司的财务弄翔实，千万不能出现其他纰漏。"

薛承见叶亦双眉头紧蹙，眼色凝重，便宽慰道："你也别太担心，总有办法可想的。"

叶亦双点点头，对薛承报以感激的眼神。不管这件事情发酵到哪个程度，她都觉得有薛承在，这道坎就能跨过去，就像当初他们艰苦创业那般。

第六章　一触即发

翌日，叶亦双一早就去了祁阳分公司，说是赶早，其实是她一夜没合眼。宏远总公司给予祁阳分公司完全的自主权，可以自行决定所有事务，这在另一层面上讲，它似乎属于叶亦双的私产。宏印集团被多股势力掺杂，但是祁阳分公司由叶亦双说了算。叶亦双贵为集团董事长，分身乏术，于是又把祁阳分公司的管理权放了下去，这才造成了今天这个被动的局面。李广育出事后，她一想到祁阳分公司在财务方面缺乏监管，就不禁毛骨悚然。

叶亦双刚迈进公司，就看到许多员工候在那里，为首的是祁阳分公司的总经理夏耀仰。夏耀仰年约五十光景，面容清瘦，个头中等，他一见到董事长过来，立马上前迎接，脸上又不自觉地露出诚惶诚恐的神色。立在旁边的一干人等同样面露诚恐之色。

叶亦双目光冷冽，扫了扫全场，她的脸上甚至没有出现任何的表情，就直接去了李广育的办公室。她一踏进房间时就看到办公桌上放着一摞文件，走上前俯视几秒，又抽出一份文件粗略地翻了翻，随后转过身盯着夏耀仰问："有没有发现什么情况？"

夏耀仰不敢正视她那凌厉的眼神，像一个犯了错的孩子一般微微低着头，脸上透着几分愧疚："叶董，公司财务这一块十分复杂，我们正在抓紧核对。"

叶亦双重重地放下文件，语气严厉地说："别跟我解释任何的理由，你马上吩咐下去，让所有人员抓紧时间核查。”

夏耀仰点头应允，赶紧退出去布置任务。自从李广育出事后，他成了热锅上的蚂蚁，心急如焚。这两天他几乎没有合过眼，作为公司的负责人，手底下的人犯了错，自然就要追究到他的责任，何况目前还不清楚李广育到底捅了多大的娄子，万一他的犯罪行为还涉及公司的财务方面，那他绝对要吃不了兜着走。

在外面忙碌的这些人，有一部分是叶亦双从总部派过来的协查人员，有一部分是祁阳公司的财会人员，还有就是祁阳公司的部门主管人员。叶亦双在事发之后，立刻就给祁阳分公司的管理层召开了电话会议，她不仅严厉地苛责众人，还命令所有部门马上开展自检程序，务必祓除一切隐患。另外，她还组建了一支专业的财务团队进驻祁阳分公司，其中涵盖财务稽核、财产物资核算、资金核算、业务往来核算、债务报表核算等。

叶亦双悒郁地坐在椅子上，这才发现屋内极其杂乱，似乎许久未曾打扫。她心情烦躁的一拳头砸在扶手上发泄怒火，并顺势站起来，转身对着窗外的景象，一幕幕往事就立刻涌上眼前。

她看着繁华的景象，突然感到非常生疏，甚至在她的内心深处不停地回响起一个声音：这是你为之奋斗的地方，这是你亲手种下希望的地方，可为何又变得这般陌生，仿佛是第一次站在这里，曾经熟悉的景象逐渐远去，就像在玻璃上吹了一口热气，瞬间就变得模糊了。

一滴眼泪偷偷划过她的脸颊，她轻声念着：“是时候离开了，再见吧，祁阳。”

正当她陷入沉思之际，李夏端了杯茶进来。他见叶亦双面朝窗外纹丝不动，一道落寞的身影与窗外的萧瑟景象融为一体，轻声问：“叶董，您在想什么？”

叶亦双接过茶抿了一口，然后问道：“祁阳分公司发生这么严重的问题，主要原因是不是出在我的身上呢？”

李夏立刻宽慰道：“谁也不愿意看到这些事情的发生，它们是李广育一手造成的，并不是您的错。况且我们还不清楚到底发生了什么事情，您更没必要去自责。”

叶亦双无奈地摇摇头，仿佛提前预知了事情的真相，她叹了叹气：“是我有私心，才给了他欲望膨胀的机会。”

李夏愣了愣，一时间无法揣摩出叶亦双的话意，只好安慰道：“您是宏印集团的董事长，工作上千头万绪，哪怕疏忽了这里的事务，也实属正常。况且祁阳分公司有夏总在管理，就算发生了什么事情，也是他的责任，将由他负责。”

叶亦双捧着热气腾腾的茶杯，又转过身重新望向窗外，淡淡地说：“你不会懂的。”

李夏见叶亦双欲言又止，一副讳莫如深的样子，便不再追问下去，他默默地退出房间，留给她一个足够安静的思考空间。

叶亦双杵在窗户前沉思了很久，最终还是拿起手机拨出一串熟悉的号码……

这边，薛承也是一夜未眠。在凌晨时分送走叶亦双和李夏后，他因为担心叶亦双而睡意全无，索性就独自在大厅里趺坐静思。

念雅睡醒后，下了楼才看到发呆的薛承。晨光熹微，有几道恰到好处地落在他的脸庞上，让他的侧脸显得更加俊朗。她洋溢着浓浓爱意，蹑手蹑脚地走到他的身后，然后弯下身子温柔地抱住他：“在想什么？”

薛承回过神，紧紧地握住她的双手，说道：“为什么不多睡一会儿呢，现在还很早。”

念雅撒娇道：“你不在我身边，我就觉得缺乏安全感。”

薛承笑了笑，揶揄道：“就算我不在你身边，家里不是还有两个男子汉会保护你。”

念雅紧紧搂住他，发出银铃般的笑声，就像小孩子那般开心：“我这辈子太幸福了，竟然有三个男子汉保护我。”

薛承吻了吻她的手背，温情地说：“我会用我的生命去守护你们。”

念雅一脸陶醉：“我常常感觉自己是世界上最幸福的女人，不知我修了几辈子的福分，上天才会如此眷顾我。”

薛承笑了笑：“你是修了几辈子的福分，而我是攒了几辈子的善德，才打动老天，把你赐给我。”

念雅听完，发出幸福的咯咯声，又诙谐地说：“那我还要感谢老天爷赐给我一个嘴巴抹了蜜的老公，幸而不是个榆木脑袋。”

薛承笑着问：“夫人可喜欢？”

念雅贴近他的耳边，细声道：“我爱你。”

薛承立即封住她的丹唇：“我也爱你。”

念雅一脸羞涩，似一位忸怩的小女孩。忽然，她又夸张地抖动全身，用俏皮的语气说：“这一大清早的，就说这些肉麻的话，害我身上长满了厚厚的一层鸡皮疙瘩。”

薛承早已领教过她那无厘头的神反转，便打趣道：“我看你的身体内一定藏着两种不同的人格，方才那个是贤妻良母型的，现在这个是叛逆不羁型的。”

念雅轻轻捶了他一拳，然后又一脸认真地问：“你刚才在想什么事情呢？从昨天开始，看你就有些心神不宁的，好像灵魂脱离了这副皮囊似的。”

薛承笑了笑，反问道：“我有吗？”

念雅绕过沙发，在他身边坐下，捧起他的脸仔细端详起来，见他脸色稍显苍白，密密麻麻的胡楂破肤而出，仿佛雨后春笋，高高凸起的眼袋紧紧地贴在瞳仁下方，致使眼神显得暗淡无光，连他最在乎的发型，此刻也像个鸡窝一样塌在头顶上。念雅越看越心疼，不开心地说：“你看你，一夜之间就苍老了那么多，你的烦恼已经全部都写在你的外表上面了。”

薛承知道瞒不住念雅，况且他也不愿意去隐瞒，种种过往让他们心照不宣地形成共识，有难同当。他笑了笑，自嘲道：“看来我是没有半点做演员的潜质，本想着以后有可能进入娱乐圈发展一番，现在被你这么说，必须要死了这条心了。”

念雅讥笑道：“你的相貌是够格了。当然，假如你真心愿意转行，也不是不可，你可以考虑先从没有台词的角色演起呀，比如尸体呀，道具呀。”

薛承摇摇头，苦笑一声：“看来最后一点演员的资格，也被你赤裸裸地剥夺了。”

“你的心事仿佛很重，我已经很久没有见过你这个样子了。”念雅收起笑容，眼神中不免流露出一丝担忧来。

薛承顿了顿，叹气道：“我担心亦双。”

念雅疑惑地看着他，追问道：“只不过是分公司的财务总监被抓了，至于让你们这么紧张吗？”

“区区一个李广育，确实没必要让人担心的。但是，他却掌管着祁阳分公司的所有财务。这件事说大可大，说小也可变小。”薛承拉长声音说道，语气耐人寻味。

念雅听这话有些迷糊，一脸狐疑地追问道：“就算他担任了很重要的职位，就算他真的出了问题，但也不表示就会出现更大的问题啊，你们是否想得太多了。”

薛承说：“人无远虑，必有近忧。祁阳公司是亦双一手把持的，隶属宏印集团，而它的性质和地位又非常特殊，更像是亦双的私有企业。况且，这家公司与我们合作已久，有着分割不清的关系，往更细的方面说，祁阳公司把宏印集团、承泽建筑和百里集团捆在了一起，而这一切关系的维持都离不开一个人，而这个人却恰恰出了事。”

“李广育！这个最重要的人出了事！”念雅脱口而出，方才如梦初醒般。她突然感到一阵后怕，又赶紧问道：“那该怎么办呢？”

薛承的脸上早已没有了往日的笃定，他想了想说：“兵来将挡，水来土掩，我们暂且静观其变吧。”

这一个早上，薛承都无心工作，手上攥着一份文件，脸上却写满了心不在焉的表情，而他的脑子里更是充斥了各种突发后的状况。早上十点半的时候，他忍不住又给他的朋友挂了个电话。

经过多方打听，薛承得知，李广育是因为涉及地下六合彩才被警察抓走的。另外，他还跟境外赌博集团相互勾结，做了他们的地区总代理，涉案金额不少。他的被抓，完全是个人的犯罪行为所致，暂未涉及其他的事。

当他将这一消息告知叶亦双时，她立马高举拳头做出胜利状。

薛承说："这下子你该放心了吧！"

叶亦双摇摇头，透着几分忧愁："一切要等账目核查完毕才行。"

"该来的，始终会来，不必太担心。"薛承安慰道。

第七章　罪大恶极

当晚，叶亦双受百里念雅的邀请前去做客，自从她重新当上集团董事长后，就回到了宏印集团总部办公，来祁阳也就寥寥数次。后来她又把工作重心转移到文水市，去祁阳的机会更是少之又少了。这次她来祁阳，念雅十分开心，并执意要亲自下厨，盛情款待她。

念雅并未邀请其他人，围在桌子前的只有五个人，其中还有一位襁褓中的婴儿，他便是薛承和百里念雅的第二个爱情结晶，同样是位非常可爱的小男孩，取名薛意。他们的大儿子已满四周岁，遗传了父母的优良基因，长相帅气，脑瓜聪明，取名薛旨。

吃饭时，薛旨显得尤为兴奋，小家伙喜欢黏着叶亦双，主要原因还是他从干妈那里得到很多礼物。小家伙有两位疼爱他的干妈，一位是叶亦双，一位是跟随丈夫去了澳洲的萧羽伈。

念雅见儿子一直缠着叶亦双，小声训责："你得乖乖吃饭，你看干妈被你折腾的都没办法好好吃饭了。"

薛旨见妈妈批评自己，立马不乐意了，嘟起小嘴，用生疏的词语串起还不流利的话，说："干妈刚才偷偷对我说好久没有见我了，今天看到我很开心，既然她高兴，那不可能好好不吃饭的。"

小家伙一通逻辑混乱的回答，逗乐了三个成年人。叶亦双开心地用手摸摸他的头，又指指菜，逗他说："干妈会高兴地吃很多饭呢，这肚皮也可能撑破。”

薛旨随即一脸神气地对薛承说：“爸爸，干妈说很开心，妈妈弄错了。”

薛承爽朗地笑了笑，满目慈爱：“老婆，由孩子自己高兴吧。”

念雅看着叶亦双，笑着数落道：“大儿子都被他给宠坏了，人虽小，脾气倒不小。”

叶亦双咧开嘴笑了笑：“这样说明孩子聪慧，就怕从小太懦弱，成了习惯。”

念雅夹了一筷子菜给叶亦双：“你们两个倒是越来越像亲兄妹了，口气和想法简直如出一辙。”

念雅的话就像弹棉花的弦，不经意间弹起了薛承的许多往事，他忍不住感慨道：“人生在世，若白驹过隙，韶华已逝。”

薛承的低吟引起了叶亦双的共鸣，数年前的坎坷历程历历在目，她不禁叹道：“眨眼之间，都过去了这么多年，仿佛就在昨天。”

念雅见叶亦双的脸上涌现出伤感来，餐桌上浓烈愉快的气氛忽然被冲散了，不免朝薛承小声责怪道：“好端端地吟什么诗呢，好好吃饭。”

叶亦双“咯咯”地笑出声来，连忙摆摆手自责：“这不怪薛哥，是我自己想到了昔日的事情，觉得唏嘘不已。”

念雅立马打趣说：“过去的，失去的，就如眼前飘过的云烟，何必庸人自扰呢？”

薛承意识到自己扫了兴，随即拍拍脑门，风趣地说：“老婆，您的话可谓金玉良言啊！我一定要作深刻反思。”

念雅笑着说：“你们两个需要的是开拓未来的精神，而不是沉湎于过去。”

叶亦双点点头，酒窝一开：“为未来干杯。”

念雅笑着说：“为幸福干杯。”

薛承笑道："为相聚干杯！"

"为礼物干杯。"忽然，薛旨有样学样地冒出一句话，硬生生把几个人笑岔气了。

第二天，叶亦双睁开眼睛已临近中午，她猛然间想到公司的财务状况，一骨碌坐了起来，顿感头部一阵胀痛，不得已又疲软地躺了下去。她想起昨天晚上，几个人谈笑风生，聊过去、聊现在、聊将来、聊事业、聊爱情，完全沉醉在融洽的家庭氛围里不可自拔，不知不觉喝了很多酒。她依稀记得是李夏送她回的酒店，当她一想到李夏，又立马坐起来，公司里还有非常重要的事情等她处理，她得赶紧过去。

当她匆匆忙忙赶到公司，见员工们都在忙碌着，便径直去了财务总监的办公室。李广育的办公室早已被收拾得干干净净，所有关于他个人的东西被清理一空，就连座椅也换了一张宽大舒软的皮椅子，叶亦双舒展下眉头，心情稍微有些好转。

这时，李夏敲门进来，送来了一杯热腾腾的茶。他见叶亦双脸色有些苍白，关心道："叶董，您好点了吗？"

叶亦双露出一排洁牙，笑着说："昨晚一高兴就喝得有点多了。"

李夏说："难得相聚一回，醉了也值得。"

叶亦双抿了一小口茶，然后问道："核查的怎么样了？"

李夏轻轻摇摇头，眼神中流露出一丝无奈："可能有问题。"

叶亦双立即放下茶杯盯着他："出了什么问题，到底还要多久才能核查完毕？"

李夏赶忙说："经过大家两天两夜的加班核查，已经接近尾声了。"

叶亦双皱了皱眉头，潜意识里感到自己面临的问题肯定不会小，于是提高声音问："公司的账目到底出了什么状况？"

“李广育可能挪用了公司资金，而且数目不少。”李夏一脸严肃，声音沉重而又坚定。

叶亦双怔了怔，但并未表现出非常吃惊的样子，她似乎早已猜到会有这个结果。“这个混蛋，枉费公司对他寄予厚望。”

李夏关切道：“叶董，您别生气。”

叶亦双眼神忧郁地说：“李广育是我父亲亲自给我点的将，他曾经嘱咐过我，要善待这个人。父亲说他满腹才华，是不可多得的金融才俊。我遵从了父亲的遗愿，重用他，并给予他特殊的待遇，让他享用只有顶尖管理者才配拥有的待遇，可是他，终究还是辜负了我，辜负了我的父亲啊！”

李夏点点头：“我能理解您的心情，老董事长生前也曾多次在我面前赞赏过他。李广育曾经用非常专业的审计知识，让公司避免了巨额的损失，这才受到董事长的重用。可是，人心叵测，特别是在这个物欲横流的年代，很容易就会被贪欲所侵蚀。”

叶亦双突然厉声道：“我给他最好的待遇，就是为了防止这些事的发生，而他却自甘堕落。”

“假如一个人没有了信念、原则、感恩之心和后顾之忧，便会迷失自己，膨胀欲望，徘徊在地狱边缘，而脚下走的路会越来越窄，最终掉进去！”李夏感叹道，他的话仿佛在自我鞭笞。

叶亦双沉默许久，又慢慢把眼光定格在李夏的脸上，盯着他问：“你会这么做吗？”

李夏顿时愣住了，面对她那双凌厉而又具有穿透性的眼神，他忽然感到自己的灵魂被定住了一般。他在叶家多年，已经自我默认为叶家的一分子，他从来没有想过这个问题，他从别人身上洞窥到这种复杂的人性，但他从来没有自我审视过，也没有把自己的人格品质代入比较。他努力想想，浮现在脑海里的都是叶宏远的善心和慈爱的笑容。他瞬间明白，自己从来没有考虑过这个问题，是因为自己的心被感恩两个字所包裹，他用坚定的眼神对视她，挺挺身子：“老董事长对我有救命之恩，您对我有知遇之恩，我们族人崇奉的是有恩必报。请您不要有所顾虑！”

叶亦双听完，顿时有股愧疚感涌上心头，她在感动的同时，又有些自责，责备自己竟然鬼使神差地怀疑起他的忠诚度，就像鲁滨孙怀疑起星期五是否可靠。她对他回以炙热的眼光，语气坚定地说：“谢谢你！”

李夏笑了笑，瞬间就打破了凝重的气氛：“您言重了，这是我的责任。”

正在这时，总经理夏耀仰推门进来，由于心急如焚，他甚至都忘了进门之前需要敲门。忽然被人打扰，叶亦双忍不住皱皱柳眉，一看到是夏耀仰，忙问：“什么事这么慌张？”

夏耀仰看到李夏正在和董事长说话，这才发现自己的行为有些冒失，又赶紧说：“对不起，叶董！这结果出来了！”

李夏赶紧问道：“结果怎么样？”

夏耀仰突现害怕的样子，大气不敢呼出一口，嗫嚅道：“公司的账户少了六百七十五万元。”

“什么！李广育竟然私吞了六百多万元！”叶亦双一听数额，声色俱厉地问道，“除此之外，还查出了别的吗？”

夏耀仰忍不住打了个抖索，忙不迭答道：“李广育还挪用过公司的资金和工程专项资金等，共计三千五百二十万元。”

李夏一听，瞠目结舌：“李广育还真敢做啊！”

叶亦双咬咬牙，愤怒地骂道：“这个混蛋，我要让他坐一辈子的牢！”

夏耀仰吓得待在那里不敢动，等过了片刻，见叶亦双的怒气散了许多，才轻声问：“叶董，我们现在该怎么办？”

叶亦双瞪了他一眼：“把他侵占财物和挪用资金的证据一丝不漏地查出来，我要让他付出惨痛代价。”

夏耀仰接到命令，赶紧退了出去，他可不敢在这里停留半刻，毕竟财务出了问题，他难辞其咎。李夏见他出去了，小声问：“叶董，这会儿我们该怎么办才好，要不要把材料交上去？”

“先缓缓。”叶亦双沉思了好一会儿，才艰难地吐出这几个字。

铜山西崩，洛钟东应，她何尝不明白这个道理啊！

第八章　当机立断

没过多久，夏耀仰便捧了一摞资料进来，他不敢正视叶亦双的眼睛，杵在那里，浑身上下用力绷着，乍一看像根木头。“叶董，这些就是李广育犯法的所有证据。”

叶亦双并未伸手去翻，盯着这堆资料沉默着，少顷，她才抬起头问夏耀仰：“李广育是从什么时候开始有了这个念头的？”

“以目前的证据显示，他是从去年六月份就开始挪用公款的，差不多已经有一年半的时间了。”夏耀仰回答道。

叶亦双的表情越发变得严肃，诉斥道：“别跟我提差不多这个词，我要具体时间！”

夏耀仰怔了怔，慌忙说道：“一年七个月零三天。”

“想不到他在一年之前就开始腐败了！这个虚伪的混蛋，每次见到我，还对我一副忠心耿耿的样子，真是令人作呕。”叶亦双怒斥道，后又瞥了眼夏耀仰，“我让你对各个部门开展一次大检查，有结果了吗？”

夏耀仰赶紧摇摇头：“我已经派人仔细检查过了，暂时还没有发现其他部门存在类似的问题。”

叶亦双命令道：“我要你亲自去查，更不要把检查停留在表面上，不要想着了了任务就算了，必须要深入下去，不留死角！”

夏耀仰连忙挺直身子，并用力点点头：“我马上照您的意思去办。”

叶亦双指了指："不要依葫芦画瓢，我说什么就是什么，一定要自己去想清楚，想合适的办法，该怎么查，又从哪里入手。我们是私营企业，要维持工作秩序，别搞得鸡飞狗跳的。"

夏耀仰把脚拢了拢，如捣蒜般点头："我明白，我明白，我一定会做到张弛有度的。"

叶亦双叮嘱完，挥挥手让夏耀仰赶紧去办，等他转身时，又喊住他："李广育的事情要严密封锁消息，我不希望这件事传出这间办公室。"

夏耀仰立马心领神会地点头道："您放心，我已经交代过让他们务必要保密，否则公司将会对他们进行严厉的处罚。"

等夏耀仰关上门后，叶亦双便陷入沉思当中，她必须要厘清局势，运筹全盘，以免自己受制于李广育的腐败案，陷入被动当中。就在刚才，她已经让李夏回丽温总部，她需要他稳住那边的局面，并关注反对人员的动向。她深知事关重大，必须要用最恰当的手段快速地解决这次的危机。

叶亦双厘清头绪后，立即赶去承泽建筑公司，她在电话里跟薛承约好见面时间。这会儿，薛承正在办公室里等她，当他听到这个结果后，内心也是惊诧不已。

薛承见叶亦双进来，赶紧问："具体是个什么情况？"

叶亦双眉心紧拧，坐下来匀了口气："李广育侵吞公司六百七十五万元，挪用公司资金三千五百二十万元。"

薛承倒吸一口冷气，僵坐在那儿，他猜得出李广育会监守自盗，但无论如何都想不到会是这么庞大的数额。他定定神又问："还有呢？"

"其中最大的一笔钱就发生在他出事的前一个礼拜，是一笔工程专用储备金，共计四百二十万元整。"叶亦双低声道，脸上又闪过一丝愧疚。

"工程专用储备金。"薛承不禁重复一遍，又低头一副若有所思的样子。

叶亦双的脸上悄悄浮现一抹内疚的晕色，这抹红晕仿佛是一场会传染的瘟疫一样，又染红了她的耳根处。她顿了顿，又想了想，才说：“薛哥，对不起，我会承担这笔损失的。”

薛承蹙紧眉心，点了根烟吸了几口：“既然是合伙人，那损失就要一同担当。”

叶亦双看着他，眼神满是真挚，对于他的豁达与宽仁，她已经无法用感激或者感动去形容了，她说：“是我这里出现了问题，理应由我独自承担损失，我不可以让你去为我的差错买单。”

薛承看着她，用不容置喙的口吻说：“此事就这么定了，不用再追究是谁的责任了。合作的意义就是共同进退、同利同弊。”

叶亦双的眼里闪着感动的泪影，但她并没有言谢，因为她深知任何的感谢之词都是苍白的，也是多余的。她说：“被李广育盗用的工程专用储备金，不日就会到位。”

薛承点点头：“你准备怎么办？”

“先把我们的损失补平了再说，其余的钱再慢慢想办法补缺吧。为今之计，只能走一步看一步。”叶亦双无奈地搓搓手，她也想不出更好的办法解决此事。

叶亦双口中提及的工程专用储备金，其实就是祁阳分公司和承泽建筑公司开展业务合作的专用资金，也可以说是叶亦双和薛承两个人的共用资金，这笔资金由两家公司轮流管理，每次为期一年。几年前，叶亦双刚接手宏印集团，局势非常不稳定，不仅权力分散，业务也每况愈下。薛承见叶亦双无法应对，寸步难移，就想助她一臂之力，借助百里集团和承泽建筑的力量，巩固叶亦双在集团内部的权力和地位。刚开始，他们各自拿出了五百万，后来随着叶亦双的形势越来越好，他们之间的合作也就越来越少，各自都把重心转回到自己的公司上。慢慢地，这笔最高峰时达到几千万的合作资金，也被两个人抽回去了大部分。这笔四百多万元的款子，就是工程的尾款。刚在不久前打回来，还没来得及转出去，就被李广育侵占了。

“不能走一步看一步，这样显得太被动了，弄不好会让两家公司都陷入泥潭。”薛承立即反驳道。

薛承的担心是不无道理的，李广育掌握了两家公司大量的秘密，特别是业务来往，资金付讫等。

“这话怎么讲？”叶亦双内心一震，赶紧问。她看到薛承表情严肃，又说：“虽然李广育侵吞了巨额资金，但那也只限于个人贪婪犯了法吧。”

薛承把目光转移到叶亦双的身上，两眼炯炯有神，对着她说：“事情都到了这个地步，不得不考虑其他存在的问题，哪怕是百分之一的可能性，我们也要认真对待。虽然你掌控了宏印集团，但毕竟还掺杂其他几股势力，以目前看，似乎没有太大的影响，但是假如他们一起兴风作浪，那就有摧枯拉朽之力。我们不能冒这个风险，必须要未雨绸缪，想个万全之策，防止事态失控或者恶化。”

叶亦双再一次感激地看着她，心里暖乎乎的，这种洋溢的暖流从她跟着他学习之后就有了，这么多年了，逐渐成了她的精神支柱。她觉得这一路走来，虽然间关千里，前路蹭蹬，但幸而他一直在她身边，护她周全。

“薛哥，你认为该怎么办才好？”

薛承未做回答，反倒是把目光转向远处，好像在播撒思绪一般，他沉默不语，表情显得异常冷冽，仿佛要把房间里的空气凝结成冰。他想了好长一段时间，在心里反复推敲，这才说道：“必须主动出击，把所有不利于我们的客观因素都统统刈除。”

叶亦双看着他冷峻的脸孔，心里面也像结了层霜，轻声问：“我们该如何刈除？”

薛承看着她，一脸笃定：“当务之急就是想办法给李广育传个话，告诉他公司不追究他的责任，让他好好对自己的涉赌违法一事反省坦白，争取宽大处理。同时告诉他，我们亲自接手了公司的财务，让他安心改造，不要有所担忧。”

叶亦双立马接口道："他害我们损失惨重，害我颜面丢尽，绝对不能轻饶了他。"

"都到这个节骨眼上了，你怎么还意气用事！赶紧把心态调整好，大事化小小事化了。"薛承见叶亦双一脸愠怒，立马呵斥她，然后又宽慰道，"权当破财消灾吧。我们不能把李广育逼到绝境，把他逼急了，谁知道他会不会变成一条疯狗逮谁咬谁，来个玉石俱焚。"

叶亦双叹了叹气，一副后悔不迭的样子："早知如此，悔不当初。"

"这几百万算是买个教训吧！"

"这个教训太深刻了！"叶亦双懊恼地说道。

"一定要严密封锁这件事情，特别是那些知情者，一定要让他们闭嘴。"薛承叮嘱道。

叶亦双点点头："这个你放心，我都已经交代好了。我怕事态恶化，所以在调查之前就特意留了一手，这些知情人都是我们自己的人，不会出现问题的。"

"你赶紧回去把李广育所经手过的东西全都处理一下，任何的蛛丝马迹都不能留下。"薛承叮嘱道。

叶亦双听完薛承的话，心里顿时有了方向，便起身告辞："那我们分头行动吧。"

薛承点点头："必须要争分夺秒。"

第九章　情意绵绵

待叶亦双回到丽温已是数日之后。几天来，他们在李广育牵扯的涉赌问题和公司之间筑造了一堵坚固的防火墙，杜绝了火患焚身。

夜幕降临，叶亦双处理完积压多日的事务，就拖着疲倦的身体回到了家里，一进门就倒在沙发上不想动弹。随着夜阑岑静，她不由自主地把身体缩成一团，对于她而言，出了这道门，就是一位企业家，一位被社会关注的女强人，但关上大门后，囚禁在她内心的脆弱随之脱缰而出。她跟平常女性一样，渴望被关怀、被疼爱、被人捧在手心里呵护。她没有开灯，借助微弱的路灯，树的影子爬满了大厅的地面，使得屋内越发寂静，好像连心跳声都能打破这里的氛围。被微风弹过的树影，又像催眠人的摆钟，左右晃动着，悄悄地，就把叶亦双带入了沉思当中。短短的几天时间，让她感觉像是过了几个月那般漫长，等待的滋味确实很折磨人，一件件事情宛如一支支利箭，连续向她发射，又全部击穿了她的心脏。她感到乏了，年轻健壮的身躯能抵御病害，却无法抵御孤寂，在浩茫的商海中，她像一叶孤舟，在艰难地划行。

正在她沉入烦琐的思绪中不可自拔时，门铃骤然响起，刺耳的声音如一把鼓足劲的锤子，一下子就把满屋子的静谧敲得支离破碎。叶亦双眉黛微蹙，却也不起身去开门，她不想把门打开，让门外的世俗飘进来，她下班了，她需要休息了，她不想再被外界的嘈杂剥夺了独自享受安静的权利。

门铃只响过一次就没有再响起，大概过了一分钟，“滴滴滴”的按键声过后，大门“哐当”一声开了，随之被推出一条缝隙。顷刻，拼命从罅隙处涌入的光线立即占据了大厅的一角。门慢慢被推开，然后一道修长的身影倒扣在地上。

刚进门的这道黑影，逐渐适应了屋内的暗色，用双眼扫了扫大厅，又把目光定格在窗户边的沙发上。在熹微的灯光下，两个人的目光撞在了一起，立刻燃起熊熊之火，兴奋、饥渴，还有小别后的相思之苦。

黑影小心地移步窗边落座，清澈的瞳仁一刻都不离开叶亦双的身体，双目中透着火热。两人注视少许，幽静的氛围反而令他感到浑身燥热，黑影慢慢伏下身躯，吻住她性感鲜嫩的嘴唇。叶亦双跟着他的动作平躺，乌黑的长发滑落下来，散乱在沙发边缘，她强烈地回应着他的侵入，嘴里不时地发出娇吟，在热吻中，她伸手摸到了一边的遥控器，随着厚重的窗帘被徐徐关上，屋内已然伸手不见五指，唯有粗犷的喘气声回彻耳边……

翌日清晨，男人苏醒后看到旁边熟睡的伊人，索性像对待艺术品一样欣赏起来。双眸紧闭的她，看上去非常恬静。她双颊融融，霞映澄塘，乌黑亮丽的秀发伏在她的鬓角处，像一道帷幕，长长的睫毛整齐地贴在眼皮处，像幽碧茂密的柳叶，两轮眉黛纤细弯曲，像斜月挂在空中。特别是那张红如樱桃般的薄唇，随着平顺的气息，微微翕动，让人浮想翩翩，他忍不住一亲芳泽。

男人的动作带醒了浅梦中的叶亦双，她那紧闭的眼皮跳动几下，被缓缓撑开。男人又故意闭上自己的眼睛假装熟睡。叶亦双睁眼便看到一张英俊的脸庞，心里顿时布满了喜悦感。她的玉手轻轻推了推他厚实的胸膛，见他毫无反应，只有鼻翼处有匀称的气息，便老老实实地缩在他的身旁，眼睛一眨不眨地看着他，仿佛不想错过他每一帧的细微表情。这张俊美的脸，白净到如一潭清澈见底的泉水，干净整齐的短发丝毫没有遮盖光洁的额头，浓密的剑眉下匀称地抹着两道细长的睫毛，高挺的鼻梁如一道山峰似的直插云霄，唇色绯然如宝石一般凝色，整张脸轮廓分明，却又不失柔美。看着，看着，叶亦双情不自禁地伸出小手抚摸这张令她痴狂的脸庞。

男人先是扬起嘴角，露出深深的酒窝，紧而慢慢张开眼睛，露出深邃的眼眸。叶亦双见他醒了，露出甜蜜的笑容，嘤咛一声："洛渊，早安。"

"嗨，宝贝。"洛渊深情一笑，伸手拂了拂散乱在她脸上的几根青丝，然后又亲了亲她的粉唇。

她莞尔一笑，一副甜蜜无比的样子："这一觉睡得真舒服啊，好久没有睡得这么安稳了。"

洛渊笑了笑，伸手揽她入怀，伏在她耳边细声："这段时间我不在你身边，让你一个人孤单了。"

叶亦双用头温柔地蹭了蹭他的胸脯，佯装责怪："谁让你一走就是好几个月，你这样子太绝情了。"

洛渊爽朗地笑了笑，用手不停地抚摸她光洁水嫩的玉背，企望抚息她不满的情绪："宝贝，让你受委屈了。"

叶亦双暗自偷笑一声，又大度地说："只原谅你这一次。"

洛渊亲亲她的额头，诙谐地说："谢主子。"

"你怎么忽然就回来了，事情办得还顺利吗？"叶亦双问。

"算是吧，起码没有比预期的糟糕。"洛渊叹了叹，话语间又透出一股淡淡的失落感。

叶亦双关切地问："碰到什么难题了吗？"

洛渊苦笑道："毕竟是我们这边出现了差错，又找不到反驳的依据，只好尽量争取对方的谅解，挽回点损失吧。"

"这么说，那些老外还是为难你了！"叶亦双骤然升起一股怒气，腔调不免提升了几个高度。

洛渊说："自酿的苦酒自己喝，怨不得别人半句，只当是一次刻骨铭心的教训，这辈子都有了一张谨慎行事的拓本了。"

“那这事最后是怎么解决的呢？”叶亦双好奇地问道，过了几秒，她又戏谑道，“按理说凭你的长相，在处理事情方面也能获得额外的加分呢。”

洛渊立马回了她一句：“这跟长相又能扯上什么关系呢？”

“好吧，好吧！不跟你聊无趣的事情了，赶紧说说事情怎么样了？”叶亦双撇撇嘴。

洛渊深吸一口气：“感觉不算好，既没有结束也没什么进展，倒觉得自己夹在了进退两难的位置，挺尴尬的。”

叶亦双立马说：“赶紧说说看，兴许我能提供一些建议。”

洛渊面对她着急的样子，无奈地笑了笑：“经过我们仔细地调查，这批精密零件超过误差，是因为我们在生产时输入的数据有误造成的。本来这种事也没什么好说的，既然我们犯下错误，那便是违约了，按照合同规定赔偿损失即可。但他们好像又不急于追究我们的过失，只要求我们重新赶制一批零件，符合标准后，然后再商谈赔偿这个问题。”

叶亦双说道：“这些老外是在打哑谜吗！那这到底是违约呢，还是续约呢？他们提出这样的要求，我们不是很被动呀？”

“这正是我顾虑的地方，假如他们还想履约，那就重新签订合同，重新按程序走，我们可以向他们保证缩短交货的时间。”洛渊说道。

叶亦双点点头：“这样最好，来得干净利落，也不会造成二次损失。不过，你的意见并没有被老外们采纳吧，也不知道他们的心里在打什么算盘。”

“不管我如何申辩，如何解释，他们就是一根筋地坚持己见。况且我也不想跟他们发生不必要的隔膜，导致这单生意黄了，不然就前功尽弃了。”

叶亦双打趣道：“假如这只煮熟的鸭子飞走了，你担心无法向家人交代吧。”

“何止无法交代，必要时，可能引咎切腹啊。”洛渊说道。

她的话一针见血，令洛渊很伤神，却又无可奈何。

叶亦双顽皮地摸摸他的头发，问："你准备怎么做？"

洛渊笑着说："人为刀俎我为鱼肉，只能先满足他们的要求喽。至于以后，那就见招拆招呗。"

"只要把这批产品赶出来，又符合他们的要求，想必他们也不会为难你吧。"叶亦双宽慰道。

"兴许吧。"

过了片刻，他忽然问道："你的事情办得怎么样了，我一接到你的电话，这心里面就像着了火似的，时时刻刻想回来帮你。"

叶亦双搂住他的脖子，一脸幸福地说："幸好你及时把这笔钱打给我，解了燃眉之急，才让我得以喘口气。"

"只要能帮到你，让我做什么都愿意。"洛渊深情地说道。

"有你真好！"叶亦双幸福地说。

第十章　胜券在握

经过多日的翘首期盼，文水那边终于传来了喜讯，银河阁项目的最后几户村民终于签下了拆迁协议。叶亦双闻讯，激动万分，她的心早已越过几百公里，飞到了现场，她想带着胜利的光环铲出第一抔土，这会彰显出宏印集团的尊威。

第二天一早，叶亦双就赶到了银河阁现场，分公司总经理池正毅和集团事务部总经理安茹已经恭候多时。施工现场一片狼藉，叶亦双走在上面却感觉如履平地。她择了一块平地驻足，并用力地踩在瓦砾上，瓦砾随之发出清脆的碎裂声，仿佛是庆祝的爆竹声。

叶亦双扬起胜利者的笑容，挥手道："这片土地终于变得一马平川了。"

池正毅站在叶亦双的身后，微微躬起身子，脸上堆满热情的笑容："叶董您亲自出马，肯定能成功。"

安茹见董事长难掩喜悦之情，笑着说："眼前一马平川，即将马到功成。"

李夏这次是充当了专职司机的角色，特地载着叶亦双赶过来，他笑了笑，打趣道："你们都用马字来表达这份来之不易的胜利，那我也依葫芦画瓢，表达一下此刻的心情吧，叶董一马当先，我们唯您马首是瞻！"

安茹扑哧一笑，立刻揶揄道："这马屁拍得够响亮，不仅张扬而且自然，好似一股春风拂面而过，撩了发丝，却不止步。”

池正毅朝安茹竖起大拇指，发出爽朗的笑声：“马上要进入马年了，那我先预祝叶董龙马精神，公司在马年能够跃马扬鞭。”

尽管叶亦双的目光定格在远方，但两只耳朵享受着听觉盛宴，心中甚是欢喜：“大家努力了这么久，今天总算尘埃落定，大家辛苦了！”

池正毅见叶亦双心情极佳，赶紧拍拍胸脯，一脸自信地说：“叶董您放心，我一定会把这里的工程干得漂漂亮亮，两年之后，这块地方肯定会发生翻天覆地的变化。”

叶亦双点点头，投来赞赏的目光：“银河阁项目一旦建成，你就是宏印集团放在文水市的泰山石。”

池正毅见叶亦双对自己寄予了厚望，立马换上一副诚恳的模样，信誓旦旦地说：“请叶董放心，我必定为公司鞠躬尽瘁，圆满完成任务。”

叶亦双点了点头，然后又指着不远处一块稍微隆起的地基，问道：“那几幢就是原来钉子户所占的地吗？”

“对，那几间便是，现在只剩下光秃秃的地基了。”池正毅赶紧用手一比画回答道。

叶亦双笑了笑，向四周扫视一圈，又迈开步伐往那块隆起的地基走去。她穿了一双黑色的高跟鞋，在太阳底下黝黑发亮，鞋跟踩在瓦砾上，“咔嚓咔嚓”的断裂声此起彼伏，尤为尖锐，似乎要穿透云际，向整座城市广播。她忽然喜欢上听脚下发出的响声，感觉像是在演奏胜利的曲子。

才眨眼的工夫，她就走到了宅基地的中间，站在那里又扫视一圈，望着偌大的空无一物的现场，一股征服感油然而生。她突然用力向埋在土里的瓦片蹬了一脚，瓦片应声裂成几瓣，裂纹从中间向外辐射，她又调皮地用后鞋跟踩住中间的小洞转了几圈，给人的感觉好像是在发泄，又仿佛童心未泯。少顷，她才抬起头看着安茹说：“这众航公司的严力华还真有点能耐，谁也搞不好的事情，他就能搞定。”

安茹点点头，用肯定的语气说：“我觉得他办这种事，也就是动动手指头而已，没有多大的难度吧。”

李夏赞同道：“严力华的实力到底怎么样，估计还没有一个人能准确说得出。”

池正毅点点头，同时用疑惑的口吻问：“那他为什么要用这么长的时间才搞定拆迁呢？”

安茹立即说：“他这么做肯定有他的道理。”

“严力华为什么会在这么久之后才动他们，原因有两个。”叶亦双突然开口，一下子就吸引了所有人的目光。她看了看他们，然后用十分自信的口气说，“其一是为我们考虑，毕竟他在接手这件事之前，我们正在经历一场拆迁风波，广受舆论关注，所以他要让处在沸点中的事情冷却下来才能行动，以免给我们造成严重的负面影响。在拆迁这个问题上，不管钉子户的行为是否非法，但给大众的印象始终是合法的，他们就是弱势群体，他们的行为就是合法维权。因此，就算我们手握合法的手续，也无可奈何。”

安茹适时地补充一句：“叶董说得对，当时，我们公司正处于风口浪尖上，看来严力华这么做，是有利于我们的。”

池正毅不自觉地歪起头，问道：“那另外一个原因呢？”

叶亦双想了想，淡淡地说出两个字：“感恩。”

“感恩？”李夏小声复述，陷入沉思中。

安茹点点头，一副心领神会的样子：“对一家大企业有过恩惠的人，自然握了一手好筹码，当然也会有用处的一天。”

李夏却说道：“他能延期半个多月，又可以在两天内搞定一切，他就有能力把拆迁的事拖到半年之后。”

池正毅立马挥挥手接话说：“我们欠严力华一个人情，这分量还不轻呢。”

叶亦双看向远方，不露声色，内心却喜忧参半，喜得是，这件事好歹告一段落；忧的是，她觉得池正毅所言不差，这天大的人情该如何去还。“严力华与我们交情不深，却帮助我们解决了这么个大麻烦，宏印集团欠他一份人情。”

叶亦双的话可能触动到李夏，令他想起叶家对他的深厚情谊：“滴水之恩，涌泉相报！严力华帮了我们这么大个忙，希望有朝一日，我们能有机会还他一个人情。”

“有恩必报。”叶亦双一脸笃定地用手指了指前方，用力一挥，“银河阁将是这座城市未来的地标！”

第十一章　另有所图

随着拆迁的结束，银河阁项目的前期工作终于画上了句号，尽管曲折离奇，但好歹可以动工了。叶亦双早在拆迁之前就有个打算，那便是在开工之前搞一场风风光光的奠基仪式，她要铲起代表胜利的第一抔土，让文水人都知道这个盛大的喜事。

开工当天，她邀请了各界领导参加，一时风光无限。经过媒体大肆宣传，宏印集团将兴建高规格高档次的新型摩天大楼式住宅这个消息，一夜之间就在文水市炸开了，并引起富裕群体的广泛关注。整个楼盘只有三百套房子，坐拥一线江景，是市中心的绿色花园，是稀缺资源。由此，“城市之肺”这个称呼也代表银河阁项目而传播甚远。

这些天，叶亦双一直在文水市坐镇指挥，因为这个项目意义非凡，不仅广受各界关注，也是她实施撤离计划所迈出去的第一步。她还特地安排了丰盛的晚宴提前犒劳那些建设银河阁项目的中坚力量，既鼓励他们，又对他们寄予厚望。当晚出席晚宴的人有宏亦房地产开发有限公司总经理池正毅，集团事务部经理安茹、董事长助理李夏，宏亦公司财务总监曲玲、营销策划部经理单海涛、工程管理部经理毕忠文、预决算部经理曾礼等人。

众人受董事长邀请，倍感荣耀，纷纷豪情畅饮。

酒过三巡，已喝成微醉状态的池正毅起身举杯，一脸亢奋地提议道：“各位同事，各位手足，让我们一起再敬叶董一杯酒，希望在叶董的英明领导下，银河阁项目能取得建设和销售双丰收！”

大家见池正毅豪情万言，纷纷举杯响应，并异口同声地祝福。

叶亦双几杯红酒下肚，双颊绯红，听完这些恭维的话，更是欢喜得不得了，在清脆的碰杯声中，豪迈地干完：“银河阁项目是宏印集团扎根在文水发展的一个里程碑，它是我们建立文水市高档住宅市场的基石，它让我们更加扬眉吐气。我们一定要众志成城，争取早日完工！”

池正毅仰起头一口喝完，又兴奋地把酒杯扣在头顶上，证明滴酒未剩，然后用洪亮的声音保证道：“银河阁项目就是我池正毅的全部，接下去我的工作，甚至我的生活都将围绕它转，任何事情都无法动摇我建设它的决心。”

毕忠文听到总经理夸下海口，立刻积极响应他的号召，也将喝得滴酒不剩的杯子倒扣在头顶，拍拍胸脯说：“工程部全体人员已经到岗待命，只等总部一声令下，我等全力以赴。”

其余几个部门经理也都纷纷表示已经做好充分的准备，必将全力以赴。

叶亦双见大家信心十足，举杯敬酒：“你们都是宏印集团的重要力量，虽然文水分公司很年轻，但你们取得的业绩是有目共睹的，我在这里感谢诸位，同时也预祝银河阁项目顺利完工！”

众人得到董事长的鼓励，情绪更加高亢，纷纷信誓旦旦以表忠心。叶亦双趁机又叮嘱道：“银河阁项目不仅要注重工程质量，还要加快建设进度，我希望你们务必提前完工。”

叶亦双话音刚落，酒桌上顿时安静了许多，大家的脸上都蒙上了狐疑的表情。而似醉非醉的池正毅，好像突然被当头打了一棒似的，愣了愣。几秒后，他赶紧问道：“叶董，您说得提前完工，到底要提前多久呢？”

毕忠文主管建设一事，对工程建设中的任何细节都必须衔接得妥妥当当，他见池正毅一脸疑问，也轻声问道：“叶董，您说银河阁项目需要提前多久呢？”

俩人这么一问，全场的目光都集中到叶亦双的身上。她略微凝起眉头，看了看四周，伸出三根手指：“起码三个月以上，最好能达到四个月。”

池正毅听到这句话，心里当即沉了一下，倏然变色，虽然董事长给出了个时间范围，但最后的重心还是落在四个月的期限上。造房子可不是玩积木，随便搭随便建就好，这四个月的时间意味着需要付出两倍，甚至三倍的努力，这几乎成了件不可能完成的事情。

池正毅看了看在座的各部门负责人，悄悄与他们对视一眼，收到的都是充满质疑的眼神。他沉默片刻，觉得刚才的信心正在被这四个月的时间撕裂，他用商量的语气说：“叶董，银河阁项目本身就延期动工了，假如您需要我们提前一个月，哪怕提前两个月完工，那大家想想办法，加班加点干活，还是有可能完成的，但您说要提前小半年时间，那我认为这件事就像登天那样充满难度了。”

毕忠文同样苦不堪言，立马攀着池正毅的话叹道：“叶董，按照原先的筹备计划，整个工程搞下来，最多也就能提前十天半个月的，还不包括外围的绿化工程，请您一定要多宽裕一些时间啊！”

与基建部门息息相关的预决算部经理曾礼对叶亦双的要求也是暗自叫苦，若按董事长的要求，仅凭他部门的几个人无论怎么加班加点也很难跟上建设进程的。他晚上喝了不少酒，原本觉得这酒劲上头还有几分愉悦感，但是现在忽然感觉这酒劲直冲脑门，整个脑袋霎时就变得昏沉沉。他赶紧喝了一大杯白开水，偷偷用力搓搓脸，让自己恢复些神智，过了好一会儿才说道：“叶董，这压缩工期也就是把预算的阀门开得再大一些，我们就算有那份决心，也力不从心啊。”

虽然财务总监曲玲和营销策划部经理单海涛的工作性质不同，但毕竟是一家公司的，俗话说一荣俱荣，一损俱损，他们见同事们苦不堪言，也就纷纷帮衬着说话，希望叶亦双酌情考虑，不能因为赶工期而忽视本身存在的诸多困难。

这时，一直沉默不言、在旁观望的安茹见大家面露难色，也轻声提议道："叶董，银河阁项目能否视情况而论呢。让池总把工期安排得紧凑一些，让项目组尽全力赶工，至于能提前多久，能不能按照工程的阶段性进度再作讨论决定呢？"

池正毅见叶亦双的心腹安茹帮自己说话，立马感激地看着她，然后又用祈求的口气说道："银河阁项目原本就被拆迁这件事耽误了施工日期，整个建设计划因此而重新部署，我们能做的就是抓紧赶工，但在时间上一定要给我们充足一点。"

叶亦双的表情已变得十分凝重，对于大家的抗拒，她不得不重新审视这个问题。她深知自己的要求是非常严苛的，几乎不可能完成，但她还是执意要做这件事，因为里面藏着几个特殊的原因。

一瞬间，她又忍不住回想起前几日的事情，当时银河阁项目奠基仪式正在风风光光地进行着，文水市的重要领导出席了这个仪式，为首的叫李胜华，主管建设方面。他出席这个特殊场合不是为了叶亦双，或者是为宏印集团过来站台的，而是专门为银河阁这个项目而来的，他是代表政府支持这个项目的建设，同时也向外界传递一个信息，那就是文水政府致力于城市绿化，倾力打造一个环保、休闲的居住环境，让所有民众都生活在青山绿水的环境中。他还说了长达十分钟的演讲，把政府的立场、规划、原则等观点表述的一清二楚。

仪式结束后，李胜华又单独找叶亦双谈话。

在密闭的车上，李胜华问道："银河阁项目需要多久才能完工？"

叶亦双不假思索地说："预计两年半时间，由于前期拆迁工作耽搁了很长一段时间，所以整个项目的工期延后了。”

李胜华点点头，陷入沉思中，足足过了几分钟时间，又轻声叹道：“这个时间有点久啊。”

叶亦双见李胜华的表情慢慢变得凝重起来，心里着实摸不清状况，于是问道：“您的意思是？”

李胜华看着她，表情略显严肃，“这个工期务必要缩短，你们可以加大基建力量争取提前完工。”

说完，李胜华立即换上一副神秘的样子：“这不仅是一张名片，还是一份考核表。”

正在叶亦双陷入沉思之际，安茹忽然打断了她的回忆，小声说：“叶董，这个工期非常紧张。”

叶亦双顿了顿，随即命令一句：“就这么决定吧。”

见叶亦双表情严肃，似乎不容置喙，池正毅的心里忽然就跑过了十万匹草泥马，就差飙出脏话了。他突然觉得晚上的宴席倒像是一场鸿门宴，嘴上享受着珍馐美馔，而随时会有杀身之祸。他身为分公司总经理肩负重担，不管哪个环节出了状况，都要承担责任，他原以为拆迁结束后，自己可以落得一身轻松。却不料这个好消息的背后隐藏着令人崩溃的坏消息，他突然想起一句话：天将与之，必先苦之；天将毁之，必先累之。

第十二章　攀高结贵

银河阁项目能够顺利动工，叶亦双最想要感谢的人就是严力华，但是每当她提出宴请他时，又都被他婉拒了。按理说有恩于人，接受受惠方宴请也在情理之中，但严力华的这个反常行为令叶亦双有些云里雾里，着实猜不出其用意。

叶亦双为了银河阁项目运作正常，特地在文水市待了很长一段时间，一来是亲手抓基建，二来是为了打点好各部门，三来就是为了等严力华的空档。虽然她的目的有三，但重中之重还是为了能与严力华攀上关系，她考虑到文水的房地产市场前景光明，以后宏印集团在当地开发的项目毕竟会越来越多，她需要借助这道来自社会上的力量，处理她们所遇到的无法用寻常手段解决的难题。可是她亲自约了严力华多次，次次都无果，只好把事情交代给安茹，自己暂且回丽温静候佳音。

就在叶亦双回去一段时间后，经过安茹的一番安排，叶亦双终于约到了严力华，严力华答应在他的办公室与叶亦双见个面。叶亦双一收到信息，立马备了份厚礼赶往文水市。

叶亦双一直想弄清楚严力华的背景，他的实力不仅震撼她，也勾起了她的好奇心。外界对他神乎其神的传闻和她亲眼所见的能力，无不使她的心里凝结一团疑云，她很想拨开这团迷雾，真正了解这个人。严力华已经被过度神秘化了，社会上都传他手眼通天，叶亦双甚至把他与临东市的沈力归为一类，俩人皆蕴藏了巨大的能量，都是响当当的人物，跺跺脚可以引发地震。

叶亦双这次去拜访严力华，带了安茹和池正毅。她带池正毅过去无非是为了后续的工作考虑，毕竟他是文水子公司的负责人，打理这里的一切事务，只要让池正毅搭上严力华这条线，就能达到事半功倍的效果。

当她一踏进这座幽静的建筑物，心头骤然凝结一种神秘的气息，感觉院子里有一道无形的力量压在自己头上，似乎很沉重，沉重到她每迈出一步似乎都要多花费一倍的力气。穿过幽深的走廊，当快要踏入别墅的门槛时，她停了停，抬头瞄了眼斜挂的太阳，聚拢了一下四散的心。

池正毅跟在叶亦双后面，跟安茹并排走着，当他看到防备森严的院落时，内心很惊诧，同时也勾起了他的好奇心。他来到文水后，听过不少关于严力华的传闻，众人口中的他是一个非常了不得的传奇人物。今天，董事长能带他来严府做客，他的内心特别激动，踏进大门后，这一路跟随下来，他太想发出感慨声了。就在进入别墅的一瞬间，他终于还是忍不住感喟一句："这里的安保措施太森严了。"

安茹因为见过这样的排场，故而见怪不怪，她朝池正毅嘀咕一声："严总可是响当当的人物，只有这样的排场才能彰显他的实力呢。"

池正毅点点头，一副若有所思的样子："看来社会上的那些传言并非空穴来风啊！严总是位了不得的人物。"

走在他俩前面的叶亦双似乎没有听见俩人的细语声，仍旧一脸冷峻地跟在一位身穿黑色西装的保镖身后。整座别墅内都很安静，静谧到连一根针落地的声音都会被人听见。

安茹和池正毅从上楼梯那会就开始保持缄默，两人提着气不敢大声呼吸，这里的氛围感染了他们。眨眼之间，几人便到了二楼严力华的办公室门口，保镖轻敲两下后，轻轻地推开门，他推门时的细致与他彪悍的身形显得非常不协调。保镖推开门后，侧身站在一旁："请进，严总在里面等着你们。"

叶亦双朝他点点头，定了定心神，忍不住又转身与池正毅和安茹对视了一眼，然后才在安保人员的注目下进入房间。拐过玄关，三个人就看到严力华坐在沙发上等着他们。他见到他们，立马笑着说："欢迎啊，叶董事长。"

叶亦双朝他报以微笑，主动伸出手："严总你好！我们今天上门拜访，耽误你的宝贵时间了。"

严力华爽朗地笑了笑，邀请她们入座："叶董能够光临舍下，我欢迎还来不及呢。"

待落座后，叶亦双向严力华介绍了池正毅，并朝池正毅使了个眼神，池正毅立马心领神会，赶紧把一个细长的精致木匣子放到严力华面前，并轻声说："严总您好，这是我们叶董的一番心意。"

严力华看了看池正毅，又看了看这个木匣子，反而提起紫砂壶给他们倒上茶，然后笑着说："叶董这是干什么呢？"

叶亦双笑了笑，身子前倾，一手握着木匣盒一手慢慢往左边抽离木盖子，随即，一副卷成圆形状的字画便映入众人眼中，她看着严力华，微笑道："我听说严总喜欢收集一些古玩字画，特地托朋友寻得这幅古画，希望严总不要嫌弃。"

严力华瞄了一眼，笑了笑："叶董太客气了，以后过来喝茶就好。"

"严总能够伸出援手帮扶一把，这份情义又岂是这幅画能够抵得上的。"叶亦双诚恳地说道，然后又慢慢把盖子合上。

"只是举手之劳，不值得一提。"严力华笑着说。

叶亦双恭维道："这件事情若不是严总出面，也不可能这么快就解决好。"

严力华望了望几个人，似乎有话，但又没有继续说下去，转而拍了拍旁边的木匣子，笑着说："这既然是叶董的心意，那我就收下了。"

叶亦双立马说："严总不嫌弃，小妹就心存感激了。"

"我们也算有缘分，你这个妹子，我今天就算认下了！"严力华笑着说，表情似乎在开玩笑又似乎很认真。

"感谢严兄。"叶亦双不管严力华是不是在开玩笑，但她是非常认真的。对她而言，得到严力华的认可，就好像拿到了一把开启胜利大门的钥匙。

第十三章　急火攻心

曾经实力雄厚的宏印集团经过这些年的家族内斗、派系分立、高层变动后，逐渐呈现出衰败的迹象，特别是叶潇掌权那几年，把公司搞得乌烟瘴气，致使宏印集团从根部开始腐烂。这艘巨大的商业航母，因为管理不善而失去前进的动力，警报已经拉响。

叶亦双自从接管宏印集团后，就意识到危机四伏，实施了一系列的变革，包括招贤纳士、精简机构、收购股权、培养亲信、结盟合作、积蓄力量等。而文水市就是她积蓄力量的最重要的地方，宏亦公司就是她所依靠的力量源泉。她重视文水房地产有三个原因，一则借房地产的大好形势获得丰厚利润；二则开辟一块像祁阳之类的根据地，作进退之用；三则为了合并祁阳的业务，明修栈道，暗度陈仓。

白驹过隙，时光在发丝间穿过，吹长了缕缕青丝，眨眼便是数月之后。

在这段时间内，宏印集团的各项业务推进顺利。位于碧落河畔的银河阁施工现场热火朝天，尘土飞扬，工人们正在日夜兼工赶进度。总经理池正毅又像往常一样过来巡视，他站在巨大的土坑前面，望着坑上坑下几百号人忙碌的身影，心里很不是滋味，抱怨、无奈、困顿、焦急等，五味杂陈。

都过去几个月了，就算日夜赶工，进度还是比预计的慢了许多，最主要还是缺人。如今，建筑行业普遍缺少劳动力，上一代基建工人退休后，下一代年轻人嫌这行又脏又累，都不愿意进入，一时间，建筑行业有些青黄不接了。工地上的这些人，还是他费尽心思从别处调过来的，为了提前完成叶亦双的指令，他只能放缓了其他工程的建设进度。他当时立下过银河阁项目的军令状，现在回想起来，倒有一种不成功便成仁的气节，甚是凛然。他甚至把家都安在了项目部，可怜的是就算他怎么努力，还是有些徒劳无功。

池正毅站在那里一动不动，凝眉怒视，汗水悄悄地从安全帽下钻出来，顺着鬓角流下，可能是流过的痕迹有点痒，他抬起手胡乱地擦了一把。而后，又抬起头看看天上明晃晃的大太阳，瞪了它一眼。这个时节已经入春，光线强但不烈，微风吹过，还是会令人感到有一丝凛冽，不过池正毅的后背已经完全被汗水浸湿了，他的心火正灼烧着全身。他足足站了大半个小时，忽然，一阵大风扬沙袭面，池正毅猝不及防呛了一口，一下子就把他的思绪拉回到了现实，他啐了口痰，骂了几句，见风起便想挪个地方。

银河阁项目经理金在礼一直跟在池正毅后面，却未言半句。早在一个多礼拜前，他就明显感觉到自己的这位顶头上司脾气开始暴躁起来，稍有差错，必会迎来一顿猛烈的批评声，经历了几次后，他的内心变得敏感，又容易惊悸。

池正毅择了一块避风处站定，继续盯着工人们干活，他打心底里想提醒他们加快节奏，甚至希望有神力相助，一蹴而就。但是眼前还是现实状态，耳边依旧聒噪。

金在礼站在他的侧面，偷偷瞄了眼池正毅，见他凝眉怒视远处，面色冷峻，不由一阵犯怵。他很想说句话，打破横在他们之间无形的隔断，但这种诡异的气氛包裹着他，令他感到些许窒息，一颗心也是忐忑不安。他见池正毅浑身散发着怒火，吞了吞口水，把快到嘴边的话咽了下去，他认为索性这样沉默下去，反而对他来说不是件坏事。

池正毅定了定神，突然转过头看身边的金在礼，语气生硬地说：“我们必须要想个办法，这样下去肯定是完不成任务的，照这个进度推算，能提前一个月就不得了啦。”

“池总，我们已经拼尽全力了，能想的办法都用上了啊。”金在礼的双眼充满无奈，又表现出一副哭丧着脸的表情。他身上肩负的压力不比池正毅少，他是项目经理，是在整个工程中起到关键性作用的统筹者，包括工程建设、建筑材料、人员调配、总体进程、安全防范等，他必须要安排得面面俱到，一丝不苟。银河阁项目缩减施工日期，就像一把大刀架在他的脖子上，让他惶惶不安。他只是一个项目经理，在宏印集团庞大的人事系统中，简直就是微不足道的存在，充其量就是战斗在一线的基层干部，但是他要承担起与身份不符合的责任，他觉得暗无天日。

池正毅见金在礼在那倒苦水，立马怒火中烧，他觉得项目的进度跟不上，一个原因是时间太仓促，另一个原因是手底下的人办事能力太差。他瞪了瞪金在礼，大声骂道：“你甭跟我说那些废话，给我捋起袖子下去干活。”

“池总，您消消气，我也在想办法赶工呢，可是这时间也太短了吧……”金在礼被骂后，心里很慌乱，赶紧结结巴巴地解释道。

池正毅看到金在礼一副可怜巴巴的样子，觉得自己的火气大了点，他压压怒火，问：“去找人了没有？”

金在礼立马回答道：“找过了，天天在找！我还特地抽调了一位会开车的员工常驻招聘公司那儿，只要有来应聘的，立刻就把人给拉过来。”

池正毅满意地点点头：“那招得怎么样？”

“不是很理想。”金在礼小声回答道。他瞄了一眼池正毅，立马又低下头解释道：“连招聘公司的人都说今年跟往年不一样，特别不好招人，招聘的企业比应聘者还要多。”

池正毅听了这个消息，立马拉下脸，眉头一竖，嘴角不自觉地抽动了几下，仿佛又想开口骂人，只见他的喉结动了动，又好像把脏话吞了回去：“不好招也得招，招不到人那就想尽一切办法找人。中国的人口是往上涨的，大家都有一张嘴，是需要吃饭的！你是项目经理，你招不到人，就是你的工作能力有问题。”

面对池正毅声色俱厉的指责，金在礼想反驳，却没有勇气和理由去辩解。出现这样的状况，总要有个垫在最底下的人，承受暴风雨的侵袭。想必，金在礼就是那个既无辜又无可奈何的人。

金在礼愣了片刻，然后保证道：“请池总放心，我一定会多招一些人来。可能现在这个时候还是淡季，许多人去年赚的钱还没有花光，所以就没有出来寻活。我认为他们肯定还是要出来谋生的。”

池正毅把愤怒的目光从金在礼的身上又移到土坑里，脸上更多的是无奈，他叹气道：“假如这坑里面再多出个三百人，效果就完全不一样了，起码能缩短两个多月的工期。”

金在礼见池正毅的火气渐渐熄灭，心里平静了许多，赶忙应和道：“池总所言甚是！按目前的施工情况计算，只要多三百个人日夜加班，建筑材料又能及时供上，我敢保证这活能提前两到三个月完成。”

“何尝不是呢！我在这个行业搞了几十年，从来没有碰到过像现在这样的麻烦事，让人憋屈啊。”池正毅用眼扫了扫工地，忍不住又叹了口气。

金在礼轻声说：“池总，您看能不能向总公司再争取些时间，哪怕争取一个月或半个月的时间也好。”

池正毅用力吸了最后一口烟，手法熟练地把烟屁股弹到地上，然后用脚使劲踩了踩：“再说吧。”

金在礼马上停止追问，他觉得继续问一下，就是自己在找不自在了。两个人顿时陷入了沉思之中，风忽然渐起，扬起了黄褐色的颗粒，把整片工地笼罩在灰蒙蒙的尘土中。

第十四章　爱莫能助

池正毅急得像热锅上的蚂蚁，缺人手这件事把他仅有的信心给击垮了。他不甘心引咎辞职，开始四处找人帮忙。这几年，他任总经理后，融进了宏印集团高层这个圈子，跟很多人培养了交情，这其中就包括安茹。

池正毅想到去求助的第一个人就是安茹，他认为安茹身为高层核心人物，手里绝对握有施工队伍的资源。另外，安茹还是叶亦双最信任最倚重的手下，只要她开口帮他说好话，兴许在工期上能增加个把月的时间。池正毅敲定主意后，就去找安茹说情，并且带着宏亦公司的所有高层人员在文水市最豪华的五星级酒店宴请安茹。

在宴席上，池正毅对安茹大倒苦水，把遇到的难处一点不漏地倒出来，并再三恳请安茹帮他两个忙，一是帮他找人，二是帮他求情。安茹看池正毅确实无能为力，再加上一桌子的人都在那里央求她帮忙，就动了恻隐之心，应允试一下。

自从接受了池正毅之托，安茹这心里就像被灌了铅一样沉甸甸。帮他找些工人倒不是件特别困难的事，凭借她的人脉关系，多多少少还能帮上点忙。但是向叶亦双求情这件事，让她十分为难。董事长的命令明摆着用意匪浅，自己还傻瓜似的跑去求情，这不是自讨没趣嘛。她想了又想，认为还是找个时机探探口风为上策，否则，万一误事，那就自毁前程了，何况还是件与自己不相干的事。

这天，安茹去向叶亦双汇报工作情况，等工作全部汇报完毕后，她又故意提起了文水市的严力华。叶亦双一直对这个严力华充满好奇，顿时来了兴趣，索性合上案桌上的文件，问道："严力华怎么了？"

安茹见董事长一副兴趣盎然的样子，露出一脸恭敬的神色："我又去拜访他了，给他带了些我们丽温市的特产，他非常高兴，还嘱托我一定要向您问好，有时间去他那里喝茶。"

叶亦双心里一乐，喜形于色："你要经常去他那里走动走动，跟他打好关系。"

"我也是这个意思，跟他建好关系，肯定会给文水市的工程带来便利。"安茹嘴上这么说，心里边又在思忖如何转到池正毅的话题上。

"想不到文水还是个卧虎藏龙的地方，你说这严力华到底有什么来头呢？"叶亦双感叹道。

"仅凭银河阁的事情，就能看出他的厉害之处。"安茹立马附和道，又故意向叶亦双提起银河阁工程。

"你一定要维持好这层关系，以后肯定还有事情需要找他帮忙。"叶亦双叮嘱道。突然又问安茹："银河阁项目弄得怎么样了？"

"池正毅带人正在日夜赶工呢，看样子这进度不好掌控。"安茹一边汇报，一边又偷偷地瞄了瞄她。

叶亦双沉思片刻，盯着她问："池正毅有说过其他的事情吗？"

安茹故意不假思索地笑道："他倒是经常抱怨工期太赶了，简直要了他的命。"

叶亦双说："这件事难度挺大。"

安茹见叶亦双并未生气，立马把话题切进去，笑着说："他跟我诉苦来着，说他想了很多办法也达不到预期计划，还托我帮他多找些人手来。”

“他倒会想办法。”叶亦双笑了笑。

安茹面带微笑，双眸却一刻也不离叶亦双，极力捕捉她身上的每一个动作和脸上的每一个表情。然后，她像开玩笑一般，用戏谑的口气说：“这个池正毅挺会打算盘，请我吃了顿大餐，然后就托我办事。俗话说，拿人手短吃人嘴软，我再不给他办点事，似乎说不过去了。”

叶亦双慢慢收起笑容，语气忽然变得生硬起来：“就这么点小事，还把任务安排到我身边来了。”

安茹感觉叶亦双似乎有些反感，随之又打趣道：“池正毅倒好，只凭一顿饭就把皮球踢给了我，害我不得不帮他抽调些人。”

“你帮他弄了多少人？”叶亦双换了个坐姿，神色明显变得严肃起来。然后又不等安茹回答，继续说道：“池正毅的办事能力越来越有问题了，就这么点小事还调动起全公司的人为他服务。他应该知道你手头上的事不仅多而且重要，集团的重要决定都需要你去执行！”

叶亦双的一番话尽管语气不严厉，但已经令安茹感到芒刺在背。她听得出话意，董事长表面上是拿池正毅开刀，但藏在深层的意思是在训斥她。董事长是想借机告诉她要明确自己的立场，她是她的助手，只允许给她办差。安茹努力平复澎湃的心绪，佯作一副为难的样子，解释道：“今年的招人特别困难，我也只给他抽了几十个人而已，对整个工程而言，简直杯水车薪。”

叶亦双冷冷地说道：“有多大的能耐当多大的官，池正毅要是连这点事情都解决不了，还有什么资格做宏亦公司的总经理！”

安茹暗暗吓了一跳，池正毅好歹为宏印集团打拼多年，没有功劳也有苦劳，她万万没想到叶亦双竟会这般不留情面。她是个聪明人，已经十分确定银河阁项目藏着非常复杂的秘密，叶亦双刁难池正毅或许另有目的，她可不想蹚这趟浑水，把自己陷入绝境，于是故意面带歉意地说：“董事长，我看我也只能找到这么点人，毕竟我不管这一块。”

叶亦双见安茹已经明白意思，便笑了笑，然后意味深长地说道：“在其位谋其政。”

安茹从叶亦双那里找到答案后，便赶紧寻个理由退了出来，她庆幸自己没有因为身份特殊而失去理智，庆幸没有贸然前去充当说客，否则后果肯定很糟糕。她的脑海里忽然蹦出几个字：伴君如伴虎。她觉得很不安，不免又为池正毅感到担忧，她不知道池正毅和叶亦双之间到底发生了什么事情，还是自己过于敏感而多虑了。

她想到的第一件事就是回办公室冷静冷静，她需要把事情仔细梳理一遍，厘清头绪，在这样的情况下，千万不能踏错半步，要不然对她和池正毅都将是个麻烦。

她的办公室就在楼下，憋口气都能到达，可今天这段路也令她产生了从未有过的漫长感，有很多人跟她打招呼，她只机械性地点点头，似乎只剩下一具躯壳在行走。

当她重重地把门关上之后，才彻底松了口气，就好像丢下了所有的包袱，这间四十平方米的办公室成了她最安全的避风港。

她泡了杯咖啡，咖啡的香味四溢，填满了整个房间。她一手拿着杯子，一手抱着胸，鼻尖围在杯口，用力嗅了嗅，顷刻间，身体内就萦绕着一股醇厚的香气，这人也变得轻松了很多。她抿了一小口，含在嘴里细细品尝，味蕾带动大脑，开始不停地运转。

安茹靠在椅子上面向窗外，一动不动地盯了足足有二十多分钟时间，好像被定格在了时间的长河中，成了一具标本摆在那里。又过了十来分钟，她那双混沌的眼睛开始变得清澈起来，脸上也恢复了温润的色彩，她拿起手机拨通了一个熟悉的号码。

电话才嘟了两声就被接通了，那头的人略显急促地问：“安总，事情有眉目吗？”

安茹顿了顿，听他说话的口音应该很焦虑，一下子，她的心底涌上了一丝愧疚感。她沉默几秒，然后用抱歉的口吻解释道："池总，非常抱歉，每年的这个时候都是企业的用工荒，外头到处在招工，你差我的这件事不好办。"

"我不是问招工的事情，我是说时间这个事！"池正毅见安茹答非所问，立马压低声音说道。他的语气非常急迫，恨不得能从电话里钻到安茹的面前。

安茹又沉默了几秒，轻声道："董事长说无论多么艰难，必须要按时完成任务。"

池正毅顿时没了声响，他沉默了很久才喃喃说："哪怕多给我一个月的时间也好啊。"

安茹握着电话，尽管他们之间隔了几百公里，但她仍旧能感觉到池正毅的无比沮丧，她安慰道："叶董说为了大局考虑，希望你能克服困难。"

池正毅听到这些不痛不痒的话，这脾气忍不住就上来了，他骂了几句，然后又不甘心地问："那招工的事情呢？"

"目前只招到几十个人。"安茹轻声道，脸上已是满满的愧疚感。

池正毅脱口而出："那该怎么办才好啊！"

"公司有那么多人，要不你再想想其他办法？"安茹试图安慰他。

电话那头沉默了好一会儿，接着就传来"嘟嘟"的忙音，池正毅甚至连句谢谢或者再见之类的客套话也没有说，就关上了电话。

耳边传来的忙音令安茹有些难受，她不知道池正毅扮演着哪颗棋子的角色，而她又是他的哪一粒棋子，是可持还是可弃。

第十五章　投石问路

这天，叶亦双坐在沙发上悠闲地品着茶，这清明前的龙井，幽香清远，凝气聚神，令她的心情十分愉悦。

这时，传来几声低沉的敲门声。叶亦双见是李夏进来了，立马笑着说："你来得刚好，我泡了壶好茶，过来尝尝。"

"来得早不如来得巧！"李夏揶揄道。他捏起一盏茶放在鼻翼处用力嗅了嗅，立马露出陶醉的样子："清香扑鼻，幽兰空谷。"

叶亦双抿了一小口，回味几秒，神情极为享受，稍后才问："事情办得怎么样了？"

李夏信心满满地说："没问题，他们都同意我们的主张。"

"识时务者为俊杰。"叶亦双把玩着茶杯，露出几分得意的神色。

李夏又轻声问道："不过……还有几个人不支持我们这么做，您说该怎么办？"

叶亦双笑了笑，眼神透着自信，仿佛一切都在她的掌控中："箭在弦上，轮不到他们同不同意。"

李夏点点头，沉默了片刻，又露出一副惋惜的样子："您这样做对公司百害而无一利啊！"

李夏的问题似乎触动到叶亦双的痛楚，令她的脸色倏然变得厉肃起来，她抬头看了看他，说道："情义与利益孰重？"

“祁阳是我们得以重生的地方，放弃它不觉得太可惜了吗？”李夏还在试图挽回这件事，尽管他们之前已经有过深入探讨，但是，当计划真正实施起来，李夏还是觉得有必要让叶亦双打消这个想法，不能以身试险。

叶亦双脱口而出：“当我在最艰难最无助的时候，是薛哥帮我渡过了难关；当我走投无路的时候，又是他出钱出力帮我重整旗鼓；当我对生活不抱希望时，又是他及时挽救了我；当我重掌公司力量单薄时，又是他主动让出市场，成就我的事业，巩固我的权力。”

李夏一脸动容地说：“薛总对叶家的情义重如泰山！”

“李广育的问题已经给我敲响了警钟！我不能贪得无厌，一味地从他那里得到恩惠，我必须要退出祁阳，只有那样做，宏印集团和承泽建筑这两个同行才能避免陷入竞争的局面。”叶亦双笃定地说道。

李夏似乎被她的话感染了，不免感慨道：“人心都是难测的，只要我们还在争取祁阳市场，难免会出现预料不到的后果。就算我们之间携手合作，但谁也无法保证未来的合作是否顺利，万一有一天我们出现罅隙，就有可能陷入决裂的处境。从古至今，这样的例子数不胜数，可能您的这个决定对维护情谊是最好的办法。”

叶亦双眼神坚定地望着李夏，说：“祁阳分公司的历史使命已经完成，我们必须要放弃了。”

李夏轻声问：“银河阁项目对宏印集团的发展至关重要，您为什么非要选择这个时机呢？”

叶亦双捏起紫砂，望着袅袅升起的水雾，轻轻摇晃几秒，啜了一口，这才语气缓慢地说：“这是个契机，只好委屈池正毅了。”

……

这边，当池正毅押在安茹身上的希望落空后，变得更加惶惶不安了。眼瞧着就要进入炎炎夏季，一天的干活时间又将缩短很多，工期的进度变得更加难以掌控。他不甘心就这样被判了死刑，跑去求叶亦双，又跑去找公司的高层们要工人，可惜都失败了。池正毅兜兜转转一大圈又回到了原点，他彻底绝望了，索性弄了份工程进度预测书和施工难度汇总，往叶亦双那里一送，接下去就听天由命了。

令池正毅没有想到，尽管他的努力枉费一场，但这件事在宏印集团悄悄传开了。有些人同情池正毅时运不佳，有些人担忧项目无法限期完成，有些人担心会给公司带来负面效应。总之，众说不一，引起了连锁反应。

但是叶亦双收到池正毅的两份文件后，内心一阵窃喜，她正苦于撤掉祁阳分公司师出无名，这份工程进度预测书和施工难度汇总正好解了她的困境。

她将工期从提前三个月改成提前四个月，无非是想让别人感到这是不可能完成的任务。她刚开始还觉得制定这个时间恐怕欠妥，却赶巧碰上了多年不遇的用工荒，就算按要求提前三个月完工，也铁定要误期的，况且银河阁工程不像其他项目，假如误期交付，赔给业主违约金就能了事。这个项目涉及重要的利益关系，宏印集团上上下下，没有人能承担误期的责任。叶亦双已经意识到问题的严重性，这令她既担心又庆幸，担心耽误工期会严重影响到公司的发展前景，庆幸的是老天给了自己一个名正言顺的借口，趁此机会把祁阳分公司的所有资源并入文水分公司，这样既能完成撤离祁阳的计划，又能保证银河阁项目按期完成，简直一举两得。

她让李夏提前去跟董事们知会一声，大部分的人认为此举可行，既解了燃眉之急，又可以巩固文水的市场。但是也有为数不多的人持反对意见，认为这是下下之策，顾此失彼，不该提倡。

最后，叶亦双决定召开一次董事会，投石问路。

当董事会谈论到祁阳分公司合并这件事时，都陷入沉默之中。

叶亦双见此情景，示意助手给所有人下发文件，并说道：“这两份文件是池正毅提交上来的，你们先过目。”

大概过了一刻钟，全场渐渐响起了议论声。宏印集团第二分公司的总经理李星昭清了清嗓子，首先开口道：“我觉得池正毅有些小题大做了，银河阁项目能不能完工，或者能不能提前完工，这是他作为总经理必须要统筹和肩负的责任，在其位谋其政，他不应该采取这种消极的态度，而是必须要去克服它。”

叶亦双一见李星昭首先发表意见，心里头立马就不痛快了。她这几年虽然大权在握，但还是有部分人抵触她，这个李星昭就是其中一个。

在这件事上，叶亦双只能选择隐忍，李星昭是董事会成员，手里握着宏印集团的股权，他的第二分公司称得上是宏印集团的中坚力量。叶亦双不想在董事会上公开与他翻脸，就是对他还有几分忌惮。“李总的话不无道理，从一开始我就告诫池正毅必须要克服这些困难。”

李星昭一脸冷峻，似乎不买叶亦双的账：“他是职业经理人，身上的职责就是解决公司在经营中所遇到的各种困难。我们雇他来是为了减少我们的麻烦，而不是雇他来白领薪水的。”

叶亦双见李星昭措辞严厉，根本不给她这个董事长面子，心里非常不快，便冷冷地说：“这次的状况非同一般，这也是公司运行几十年来从未碰到过的麻烦！”

“市里能把银河阁作为工作重点，那就说明了一个问题……”李星昭立马反驳道，但话说了半句，又用笃定而又严峻的眼神扫了扫全场，然后铿锵有力地说，“这说明宏印集团在文水市的房地产业和建筑业有了举足轻重的地位，市里看好我们公司，也希望我们能为文水市的发展作出贡献！”

叶亦双盯着李星昭，眼神已经没有开始那般温和：“为商和为政各取所需，宏印集团可以配合，但必须有个限度。”

“这只是一方面，具体还要看实际情况。”李星昭淡淡地说。

叶亦双看了看各位，叹道：“为了公司发展，必须要赶上这个工期。但池正毅的力量有限，恰巧又碰到几年不遇的用工荒，因此就需要我们联手解决这个难题。”

在座的董事都有自己的公司，今年也的确遭了缺少员工的罪。当他们听到“用工荒”这个词后，包括李星昭在内的人顿时哑口无声。叶亦双见大家僵在那里不发言，就提出了自己的解决方案：“针对银河阁碰到的难题，我有三个解决措施。第一，继续加大力度招人，但结果无法预料。第二，从各个子公司和项目部抽调人员过去支援，等项目整体结构完工后再返回原单位，计划需要借用一年半的时间。第三，考虑到祁阳分公司的业绩大幅度下滑，可以从祁阳分公司抽调所有人员去文水。”

叶亦双提完建议便坐那里静静地看着大家，当她看到李星昭表情异样，仿佛内心在苦苦挣扎，就觉得特别带劲。

须臾，李星昭说道：“目前还没有走到壮士断腕的地步，这第三个方案自然不可取。至于第二个，想必在座的各位董事都不愿意施行，这年头到处缺人，哪里还有多余的人员可以调过去。”

李星昭话音刚落，另一个董事赵成令立马反驳道：“我认为叶董的第三个建议非常可取，祁阳分公司原本就由叶董一手创立，她把自己的力量调配到文水去，无可厚非啊！从另一个方面讲，这也体现出叶董大公无私的精神。”

李星昭听了，嘴角不由自主地抽动几下，即刻反驳道：“这样做顾此失彼，不是在本质上解决问题，而是饮鸩止渴。公司要壮大，想发展，这业绩便是最有力的证明，祁阳的市场对提升公司的业绩有着举足轻重的作用，不到万不得已，不能实施这个决定。”

叶亦双朝赵成令点了点头，问全场人员：“李总和赵总各执一词，既然李总说壮士断腕不可取，那请问还有别的解决方案吗？”

坐在李星昭旁边的董事叶为民开口道：“现在离规定的期限还有很长一段时间，我认为还是以继续招人为上策。”

大家沉默良久，叶亦双见所有人不再发表意见，于是说道：“那就按第一个方案执行，至于后续问题，视情况发展再讨论调整。”

“目前这样最好，责成宏亦分公司落实这个决定，由总公司人事部配合执行。”李星昭说完，瞳孔里飞快地闪过一丝胜利的眼神，他的脸上从刚才的冷峻到突然呈现的笑容，就像一道阳光照在了冻土层，化开了上面的冰。

叶亦双捕捉到了这道眼神，觉得很可恨，她深知银河阁一事就是她跟李星昭之间的一场终极较量。

第十六章　出谋划策

拿宏亦公司的生死做赌注，这是叶亦双内心十分抵触的，她身不由己，但又坚信不能半途而废。她有把握控制事态的变化，但是若不留神，不仅前功尽弃，还会引火焚身，所以她的心理压力也是空前的巨大。放在以前，不管她去做什么事情，都有父亲的支持和薛承的效忠，让她没有后顾之忧，如今，她必须要为自己的行为负责。幸而她现在有了另一种强大的依靠，那就是她的爱人洛渊。假如说父亲是她精神的导向，那么洛渊便是她灵魂依靠的港湾。

对叶亦双而言，洛渊是个局外人，从事与她不可能产生利益冲突的行业。他是她的挚爱，深受她的信任，她会把心中的烦恼向他倾诉，也会拿工作上的难题去请教他，而他则会耐心地给她剖析利害关系，他就像大海中的灯塔，永远为她导航。洛渊是一位文质彬彬、浑身充满魅力的男人，他心思缜密，才华横溢，一举一动都让叶亦双深深迷恋着。

这次，当洛渊在电话里得知叶亦双的苦楚后，立马放下工作赶到丽温市。见到叶亦双后，立即上前拥抱她，又给了她一个近乎窒息的吻。

叶亦双紧紧地搂着他的脖子，感觉他就是上天派来守护她的使者。“讨厌，快放我下来，这里是公司。”

洛渊眉毛一挑，嘴角上扬，一副满不在乎的样子：“给人看见又能怎么样，爱情是突如其来的，是不分场合的，就算在拥挤的大街上，见到我爱的人，我照样会抱起她，再给她一个永生难忘的吻。”

叶亦双莞尔一笑，露出深深的酒窝，陶醉在这番甜言蜜语中。“好歹你也是个有身份的人，不能丢了形象哩。”

洛渊爽朗地笑了笑，牵起她的手：“追求幸福和享受爱情是最神圣的事情，不受任何外界因素的制约。假如连最基本的权利都要受舆论关注或者众人妄议，那社会不是在进步，是出了问题。不自由，毋宁死嘛！”

叶亦双打趣道：“不愧师出名门，连一个最简单的问题都能延伸到一个哲学层面上，发人深省。”

洛渊笑着说：“可能求学时参加的辩论赛多了，形成了分析观点的习惯，潜移默化中就开始了。”

叶亦双打趣道：“你不去当律师，真是屈才了。”

洛渊佯装一副无可奈何的样子，叹道：“俗话说忠孝难两全，我无法为广大群众服务，是因为我要挑起父亲的重担。”

“看你这副大义凛然的样子，好像受了多少委屈似的。”

洛渊抚摸着叶亦双的脸，深邃的双眼含情脉脉，仿佛像两颗温润的宝石：“我受的委屈不值得一提，倒是你，这副稚嫩的肩膀却要挑起整个宏印集团。”

叶亦双喃喃道：“这是我的使命。”

洛渊紧紧抱住她，并在她的秀发上吻了吻：“以后你不会孤军奋战，我会一直陪在你的身边。”

“那我就把幸福交给你了。”叶亦双点点头，俏皮地说。

“我会把它融入我的生命之中。”

“你不是去出差了吗，怎么突然又出现在这里呢？”

“是你的身影，反反复复出现在我的脑海里，是你的笑容，时时刻刻在召唤我，一日不见，好像隔了三秋。”洛渊打趣道，样子又显得极其深情。

“我爱你。”叶亦双说。

“我的女人碰到了麻烦，哪怕我在天涯海角，也会毫不犹豫地赶回来，我要成为你坚实的后盾，绝不容许别人欺负你！”洛渊信誓旦旦地说道。

他原本在参加一个国际性的展览会，当得知叶亦双遇到了困难，便匆匆赶了回来。他的骨子里透着一股文艺气息，视感情为人生的一种信仰，极力追崇爱情至上。他认为爱情是生活的中心点，所有的事物都服务于爱情，生命是否精彩，就看人们能否点燃心中的爱情圣火。

“谢谢你，洛渊。可是这场展览会非常重要，关乎企业的发展前景，你不应该为了我而放弃这个机会。”叶亦双的内心有点矛盾，既希望他陪在自己身边，又不愿看到他为了自己而丧失理智。

洛渊笑了笑，附耳轻声道：“若让你受了委屈，我得了世界又如何呢？放心吧，那边的事我已经安排妥当了，绝对误不了，这几天我可以好好陪陪你。”

“谢谢你。”叶亦双温顺地钻入他的怀抱。

“碰到什么事了？”

叶亦双轻叹一声，并未正面回答洛渊的问题：“我做这一切是为了能让自己心安理得。”

“到底怎么了？”洛渊赶紧又问道。他隐隐感觉到，自己的爱人正在承受一种莫大的煎熬。

叶亦双一下子沉默起来，好像是在整理思绪，过了片刻，她才和盘托出事情的始末。又问：“我是否从一开始就做错了呢？”

洛渊突然爽朗地笑起来，搂着她说：“我应该为自己感到自豪！我的人生伴侣是那么的独特，那么的仁慈，那么的伟大啊。”

叶亦双笑着说：“巧舌如簧。”

洛渊看着她，眼神专注而又真挚：“你是一位有情有义的女子，把感情排在利益前面，在这个急功近利的社会里，能有这份豁达的心志可谓十分难得。我在茫茫人海中遇到你，这不是我的福分吗？”

叶亦双露出两个甜甜的酒窝，略微羞涩地说：“你哄人。”

“志之所趋，无远弗届。我非常赞成你的观念，也非常支持你的选择。虽然促成此事可能非常艰难，但是我们必须要去实现它。”洛渊激动地说道。

“走出这一步是很艰难，但不迈出这一步，永远也不知道自己原来是那样坚定。”叶亦双点点头赞同他的话，又十分为难地说道，“可是这件事实施起来困难重重，尽管目前还处在我的计划范围内，但是也已经到了临界点，我感觉有些难以掌控了。”

洛渊说道：“你拿分公司的前景做赌注，来成就你的正义感，确实挺冒险的。若是稍有不慎，或者其中任何一个环节出了差错，你都可能招来无法摆脱的祸害。”

叶亦双点了点头，脸上呈现一副感同身受的表情，带了点恐惧，也带了点忧伤：“这正是我十分担忧的地方，文水这座城市刚处于开发阶段，万一因为这件事开罪到一些权贵，那就意味着文水的机遇将从我的手上溜走。”

“银河阁项目对所有的局中人而言都关乎着命运和前途，他们都期盼事情能够圆满结束，得到自己想要的结果。并且，每个人在这件事中都扮演了固定的角色，不可协调，或者不可妥协。”洛渊叹了叹气。他细细过滤了整件事情，感到如鲠在喉。

叶亦双怫郁地对视洛渊，眼神充满了期待，仿佛想从爱人的眼眸中寻到那方供自己靠岸的港湾。她轻声问道：“那我应该怎么办才好？自从开始这个计划后，我承受着来自各方面的施压，食不知味，夜不能寐。”

洛渊沉思片刻，分析道：“我们无论如何也要满足各方的要求，这是毋庸置疑的。况且缩短工期是上天给你送来的契机，是你实施整个撤离计划的最佳切入点，机不可失。从目前的情况看来，你的计划还算顺利，唯一遗憾的，无非就是集团内的小部分反对势力从中作梗，但是我认为这是微不足道的，他们是在螳臂当车。”

叶亦双赶紧问道：“你有什么解决的办法吗？”

洛渊扬扬嘴角，露出自信的笑容，双眸变得炯然有神，仿佛一切都在掌控之中：“山人自有妙计。”

叶亦双整颗心都提到了嗓子眼，见洛渊还在卖关子，立即催促道：“快跟我说说你的妙计呀，我这心都快蹦出来了。”

洛渊笑了笑，竖起食指说道：“第一，釜底抽薪，暂停祁阳分公司的核心业务，为剥离那边的业务创造一个借口。第二，隔岸观火，继续给池正毅施加压力，把他逼到退无可退的地步，他自然会笼络一批利益共同者向董事会发起抗议。第三，各个击破，将利益许诺给董事会成员，争取他们的支持。第四，以逸待劳，等所有计划落定后，再适时向董事会提出你原先的方案，所有问题自然迎刃而解。”

叶亦双痴痴地看着洛渊，等回过神后，立马拍着他的胸膛，开心地说：“太有才了！太厉害了！太完美了！”

洛渊疼得龇龇牙，捂着胸揉了揉：“想不到你个子小小，力气倒不小。”

叶亦双开心不已，主动凑上小嘴亲他：“我要好好感谢你！”

“那就现在吧！”他不等叶亦双开口，低头封住了她的唇。

第十七章　敷衍了事

叶亦双在开始整盘计划时，最想隐瞒的人恰恰就是薛承，她断定他知道后会出面制止。而薛承这边则经常关注祁阳分公司的运营情况，毕竟这家公司是他一手创建的，在内心深处藏着无法名状的情感。当他发现祁阳分公司的业务出现异常，立即就联想到叶亦双曾经跟他提过撤离祁阳的想法，尽管他不十分确定，但直觉让他往这方面怀疑。

薛承特地为这件事赶到丽温市当面质问叶亦双，他认为假如自己猜测正确，那他必须要阻止叶亦双。他觉得叶亦双这么做非常愚蠢，这不应该是一个管理者正常的行为，是头脑昏乱、神志不清的一种表现。她这么做有悖市场规律，会把公司和自己置于险境。历经几年磨难，她好不容易坐稳了董事长的宝座，不能就这样由着性子毁了一切基业。他认为自己有责任督促她谨慎行事，步步为营。

当叶亦双看到薛承突然出现，不免大吃一惊，随即便问："薛哥，你怎么过来了，有什么事情吗？"

薛承走到沙发前坐下，笑着说："过来看看外婆，顺便来这里找找回忆。"

叶亦双问："外婆还好吗？"

薛承的神情突然变得沮丧起来，他望了她一眼，摇摇头："不太好，外婆的痴呆症越来越严重了，连我都不认识了。"

叶亦双给他泡了一杯咖啡，看到他满脸的痛苦，赶紧宽慰道：“风烛残年，生老病死，这是人生必走的历程，谁也无法避免。”

“一时想起了许多往事，有点难以释怀。”薛承仰起头，深呼一口气，感觉头一低，这眼泪就会做自由落体运动。

“逝者如斯夫！韶华难在。”叶亦双感慨一番。

“当我一踏进这里，往事就浮现在眼前。当年的种种经历，如南柯一梦。”薛承不免感喟道，又不忘注视叶亦双的眼睛，似乎想传达心中的想法。

叶亦双立马躲开他的眼神，她好像猜到了薛承的来意，转而换个话题问：“孩子们怎么样了，肯定变乖了吧？”

薛承笑了笑：“挺会闹的，他俩就是喜欢缠着念雅，害她出不了远门。”

叶亦双听完咯咯地笑：“母亲是伟大的，父亲是伟岸的。”

“你这句话说得非常贴切，我一直认为你的父亲就是伟岸的。”薛承故意提起早已谢世的叶宏远，准备从侧面敲出叶亦双的回忆。

叶亦双顿时愣了愣，但也确信薛承来找她肯定有事。她不准备回避，觉得自己在他面前就像个没穿衣服的婴儿，一举一动都逃不出他的双眼。她索性主动问道：“薛哥，你今天过来找我，到底有什么事？”

薛承见叶亦双想要开门见山式的对话，脸色慢慢变得严峻，眼神也变得咄咄逼人，问：“祁阳分公司到底是怎么一回事？”

叶亦双笑了笑，一脸淡定：“一切正常呀，怎么，你觉得有什么问题吗？”

薛承严肃地说：“别跟我兜圈子了！虽然公司这几年的业绩有所下滑，但还处在合理范围内，可是公司为什么突然就遇到麻烦了呢，业绩也呈断崖式下滑！”

面对薛承的质问，叶亦双不管在表面上保持何等的淡定，但心里面还是有些虚的，她的耳根情不自禁地变成了红色。“业务总是有起有落，就像电表也有谷峰之别，祁阳市经过这些年的过度开发，这落日西下的趋势已成定局，况且祁阳分公司早就过了鼎盛时期，业务倒退了，甚至停滞了，这都是正常的表现，我们没必要过分惋惜。”

见自己一手调教出来的叶亦双还在诡辩，薛承把“生气”两个字狠狠地写在脸上：“不管你出于什么目的，千万不能拿自己的事业开玩笑，更不能拿公司的前景作赌注！”

叶亦双摇摇手，笑着说：“我不是个赌徒，何来的赌注之说！”

薛承立即反驳道：“祁阳分公司目前的状况十分不正常，这不是市场规律所造成的，完全是人为的原因！”

“怎么可能呢？谁敢这么做呢？”

“你必须跟我解释清楚。”薛承冷冷地说。

叶亦双见他不依不饶，辩解道：“宏印集团目前的工作重心是在文水市，工作要点就是公司转型，从基建这个主营业务转型升级为房地产开发，从劳力价值提升到服务价值。今天的文水市便是多年前的祁阳市，都是符合市场需求的。”

薛承没想到叶亦双的价值观在短短几年内已经发生了根本性的改变。他看着她愣了神，仿佛对眼前这个口若悬河的妹妹有些陌生了。“转型不代表放弃，提升价值不等于剥离主业。尽管近几年基建行业开始走下坡路，但这个行业毕竟是宏印集团几十年得以依靠和发展的主业，怎么能说变就变呢？”

见薛承这副咄咄逼人的样子，叶亦双的心里悄然产生了不满的情绪，她认为自己所做的一切都是为了维护他们至死不渝的友情，而他不知其意，还特意前来兴师问罪。她有些不开心，语气显得淡淡：“至于文水的房地产业务，当初是你给我提的建议，为什么在我发展势头正好的时候又要来阻止呢？”

薛承有些愠怒，他认为叶亦双答非所问，故意岔开话题来掩盖真实的用意，他面态严苛，说："这些年，宏印集团的业务一直在原地徘徊，就是因为产业单一。建筑行业说穿了就是个代加工产业，建筑商受制于开发商，所以我才建议你进军房地产行业，毕竟宏印集团有实力在这方面开疆拓土。"

"事实证明你的想法是正确的，文水分公司为我们带来了丰厚的收益，因此我想加大投入力度，趁这几年形势大好，多占领市场份额。"

薛承严肃地说："但是你不能曲解我的初衷，把有损公司利益的行为与我之前的建议画上等号，这是极其不明智的。"

叶亦双面露尴尬之色，忍不住在心里骂了他几句，骂他是块木头。"怎么会呢？我不可能做违背良心的事情。关于这一点，你应该比谁都清楚。"

薛承不再与她争辩，抬起头看看四周，尽管叶潇担任董事长后，对办公室做了修改，但这里的轮廓和格局依旧停留在叶宏远时代，那个他最熟悉不过的年代。他又多看了几眼，忽然指着沙发这一圈感叹道："这眨眼的工夫就已经过了七年，当年刚见到你的时候，你就站在那里，而董事长就是坐在这里把你介绍给我。从此，你我也结下了这一世的兄妹之缘。"

叶亦双对薛承的话深有感触，一下子又回忆起父亲来，眼泪倏然就悬在了眼眶中："七年是一道坎，这七年里我们又何尝只经历过一道坎，这些坎坷叠加起来，我感觉都无法数清楚了！"

"我们这一路同甘共苦，早已成为亲人，我一直认为我有责任保护好你，但我不知道祁阳分公司这次到底出了什么状况，是否会危害到你！"薛承轻声道，神情黯然，似乎觉得自己再也没有能力去保护她了。

"对不起。"叶亦双惭愧地避开了他的眼神。她沉默片刻，最后还是把自己的想法和计划向薛承和盘托出。

"太荒唐了！你这么做愚蠢至极！"薛承大声责备道。

叶亦双立马反驳道："每个人都有自己的路要走，我有能力如何去选择。”

“你曾经跟我说你想为了情义而放弃祁阳分公司，我当时不作声并非是默认，而是当你说了句玩笑话，没想到你还真上了心。并且为了实施这个计划，不惜动用巨大的力量，一手制造了这个混乱的局面，你这是在玩火自焚！”

叶亦双沉默良久，才一字一句，艰难地说道：“李广育的事情发生后，让我更加坚定了这个想法，只有割掉我们之间的利益关系，才能永远保护我们的兄妹之情。你可能认为我疯了，认为我偏执，但我不需要去背负这样的精神枷锁。我不需要事事基于大局考虑，我要有自己的选择，我有能力去做自己认为正确的事。”

“我们的情义早已超越了利益，你又何必这样执着呢？”

叶亦双眼神坚定地说道：“薛哥，我已经准备好了。”

“为什么？”薛承摇摇头，不置可否。他对叶亦双的决定说不出是正确还是错误，但他坚决不同意叶亦双借着银河阁项目实施计划，因为这样做太过冒险。

叶亦双突然笑了笑，笑容里藏着自信和执着：“开弓没有回头箭，这件事我已经布局完毕，也不会再去敲下撤销键！”

薛承露出复杂的表情看着她，说道：“就算我认同你的决定，但你必须要另择途径，不能拿银河阁去冒险，这个赌注不是你该下的。”

叶亦双说：“薛哥，请相信我，这样做对大家都好。”

“必须处理好公司的内部矛盾，一旦这混乱的局面失控，必将引发无法想象的后果！”薛承告诫道。

叶亦双点头道：“请放心，我会处理好的。”

薛承看着叶亦双信心十足的样子，内心不知是喜还是忧，他不知道她是在答应他还是在敷衍他，如今的他已经很难猜出她的心思了。

第十八章　感恩戴德

随着时间推移，洛渊的计策正被叶亦双紧锣密鼓地落到实处。才没过多久，公司内部就陆陆续续出现了骂爹骂娘的声音。叶亦双得知几个以李星昭为首的董事会成员对她的做法表现出强烈的不满，但她充耳不闻，希望这件事继续恶化下去。她认为想要驯服野马，首先就要激怒起它们的癫狂状态，等它们耗尽体力，再用绳索套住它们，这样才能事半功倍。她觉得李星昭这几个人就是野马，不能赶走，必须要去驯服，这样才能帮助她管理偌大的公司。

这段时间，叶亦双的得力助手安茹一直在文水市活动。文水有一个公共性质的大项目即将上马，就要进入招标阶段。按理说这个项目处在文水市，理应由池正毅负责一系列的通关事务，但他确实无暇再顾及其他工程了，单单一个银河阁项目就把他折腾得死去活来，把他所有的时间和精力都消耗光了。

叶亦双对这个项目寄予了厚望，特地把这项工作交给善于公关的安茹负责落实，她相信安茹的能力在公司内无人能比。就在她抽调攻坚力量全力以赴时，忽然接到了安茹的电话，安茹传达了一则信息，要求宏印集团主动退出竞争之列。

叶亦双听完汇报后惊愕万分，实在想不通为何会招来这种无妄之灾。她从未碰到过这种问题，也从没有听说过宏印集团曾经碰到过这种问题，她决定亲自出马，把事情弄个水落石出。

当叶亦双匆匆忙忙地赶到文水已是深夜，见到了安茹，立马便问：“到底发生了什么事情，怎么平白无故地接到这种莫名其妙的通知呢？”

安茹很少见董事长如此动怒，心里暗叹不妙。“我只是接到了这个通知，还不知道具体发生了什么情况。我去打探过事情的缘由，但收获甚微。”

叶亦双不悦地说：“发生这种事情，你们竟然毫不知情！”

“项目马上就要投标了，当务之急，我们必须要尽快弄清事情的来龙去脉，不能就这样不明不白地放弃这个大好机会。”叶亦双感觉这件事情非常蹊跷，可能已经超出了她的想象。

后经过多方打听，叶亦双才得知，宏印集团不是没有资格参加工程投标，而是没有达到对公共性质工程的施工条件。

一早，叶亦双就赶到了银河阁项目现场。

她来文水之前并未通知池正毅，因而也没有人知道董事长会突然驾临尘土飞扬的工地。叶亦双下车后就直奔施工现场，等她进入场地，一眼便看到一个熟悉的身影站在那里手脚并用地指挥着。她快步走向池正毅，嘈杂的机械声覆盖了她的脚步声，因而她走到他身边站立了好一会儿，池正毅也丝毫没有察觉到。

大概过了一分钟，叶亦双轻轻拍了拍池正毅的肩膀。池正毅还未转身看个究竟，便用十分不耐烦的口气嚷道：“谁啊！”

“池经理。”叶亦双露着笑脸说。

池正毅一扭头看到是董事长，愣了几秒，随即露出尴尬的神色，慌忙解释道：“董事长您怎么过来了！您来之前咋也不通知我一声，这儿乱七八糟的，又太吵了，我实在听不清楚。”

“没关系。我也在基建一线待过，比这样更恶劣的环境也碰到过。”叶亦双笑着说道。

她近距离看了看池正毅，觉得他苍老了很多，算算时间，他们距上次见面才一个月有余。她印象中的池正毅干净利落，西装革履，给人的第一印象就是企业里的高层骨干，但是相隔一个多月之后，眼前的他好像换了个人似的，灰头土脸，肤色黝黑，戴着一顶黄色的安全帽，身上穿着一件淡蓝色的职业外套，搭着黑色西裤，活脱脱一个小包工头的形象。叶亦双顿时感到一丝内疚，池正毅变得这般可怜，她应该是始作俑者。

正在这时，一台水泥罐车从旁边开过，他们的周围立马扬起一股股尘土，叶亦双猝不及防地呛了几声，马上用手捂住鼻子小口呼吸。池正毅赶紧伸手在叶亦双的周围卖力地舞动，试图驱散弥漫的尘雾。他使劲挥了许久，又恶狠狠地骂道：“瞎了狗眼，没看到有人站在那里吗！”

叶亦双待尘埃落尽后，微笑道：“你干吗发那么大的火呢？”

池正毅确实是平白无故地生了气，又借着刚才的一幕发泄了几句。其实当他看到叶亦双出现在眼前时，心里特别不爽快，自从银河阁项目开工以来，一股怨气就开始积蕴在他的心田，尽管他知道提前完工这个要求是上头提出来的，但叶亦双不仅没有替他想办法解决，反而勒令他务必限期完成任务，他就觉得她有落井下石的嫌疑，这令他对她已经没有任何的好感可言。不过这些都是藏在他内心深处的幽怨，在与叶亦双面对面时，还是不敢表现出来。他拍拍身上的灰尘，挤出僵硬的笑容，说道：“都是些没有素质的人在干粗活，请董事长不要见怪。”

叶亦双同样笑了笑，眼神十分真诚地看着池正毅，说道：“辛苦了。”

“谈不上辛不辛苦，只盼着能按时完工啊。”池正毅望了望工地感叹道，而眼神中充满失落和无奈。

叶亦双朝周围扫视一圈，见工地上一派忙忙碌碌的景象，工人们正在卖力干活，便问道：“怎么样了，能赶上进度吗？”

“难度太大了！最主要还是人手严重不足！”池正毅叹气道。他的脸上开始流下汗水，用手擦了擦，抬头看看挂在天上的大太阳，愤然道：“这天气越来越热了，一过早上，整个工地就像个大蒸笼一样，在里面干活连呼吸都困难，像这样的工作环境，别说招人了，能维持现状，工人不离开，那就谢天谢地了。”

叶亦双用右手遮挡在眉框处，也抬头看看悬空的烈日，她头一次感到太阳离她这么近，近到几乎可以感受到它的灼热。她才站立了一小会儿，后背就渗出了汗水，忍不住又抬头看一眼明晃晃的太阳，感觉烈日离地面的距离又拉近了许多。就在那个瞬间，她深刻地理解了池正毅的心境，那是万般无奈和万分悲愤交织产生的哀怨，她的心里不免又多了几分内疚。

“按目前的施工进度，大概什么时候能完工？”她问。

池正毅迟疑片刻，看着叶亦双，眼神有些茫然，并用遗憾的口气轻声道：“假如按目前的状况维持不变，无论工人们如何加班加点，也无法提前这么长的时间完工。马上就要进入一年中最炎热的季节了，政策规定高温下禁止作业，这么一来，工期就更紧张了。”

叶亦双听完，一时间心里也没了底，又问道：“说一下总体进度。按你的预估，大概什么时候能完工。”

池正毅眺了眺远处，又想了足足有三分钟时间，才回答道：“只要不出现意外，整个工期大概能提前两个月。”

叶亦双听了倒不显得过分错愕，她一直关注着银河阁的进展，池正毅的估算与她派人评估后的时间相差无几。“看来时间非常紧张啊，按目前的状况继续下去，那是无论如何都无法提前完成任务的，我们必须要另辟蹊径。”

池正毅点点头，表面上认同叶亦双的观点，但心里对她的话将信将疑，他一脸颓丧，用毫无底气的口吻说道：“只能走一步算一步，我个人是不会放弃的，但总觉得被逼得不得不放弃。”

叶亦双立马说道：“工程还没结束，怎么就想到放弃呢？”

池正毅不想看叶亦双，把眼神定格在眼前的建筑，哀叹一声：“能想的办法我早都想过，可我实在是无计可施。这缺人手是最致命的，求人的事我干过，挖人的事我也干过，可是到头来呢，我丢了面子不说，还没有实质性地解决问题。”

叶亦双听了池正毅的抱怨，心里顿时很不好受，她又开始有了负罪感和内疚感。在这件事情上，池正毅被她变成了接子弹的人，不管是董事会，还是她，都把矛头指向了他，把一切问题推到他的身上。当她看到池正毅如一副丧家之犬的样子，忽然觉得应该要及早结束这场荒唐的阴谋，不能因为自己的一己私欲而毁了一个人的前途。叶亦双想到这里，不免尴尬地笑了笑，于是赶紧宽慰道：“放心吧，事情总会圆满解决的，何况宏印集团有这个实力去解决一切困难。”

池正毅听到她的鼓励，当即愣了愣，他呆呆地看着她，有些不敢相信自己耳朵所听到的。他以为自己听错了，因为整天被这个问题纠缠着，产生了幻听。他又用疑惑的眼神盯着她，不敢出声，怕一出声就打破了这个幻象，他宁愿多一秒钟享受这个美好时刻，也不愿再面对残酷的现实。他曾经多次求助她，都得到冷冰冰的答案，他曾经把全部的希望都寄托在她身上，却铩羽而归，而今天就在他不抱任何希望的时候，却听到了他曾经日夜期盼的话。突然之间，他感到迷失了自我。

时间仿佛停止了一般，他又用怀疑和复杂的眼神看了叶亦双好一会儿，这才用试探性的口气，言辞缓慢地问道：“叶董，您是说总公司会出面解决这件事吗？”

叶亦双笑了笑，又点了点头，眼神真挚而又坚定，仿佛散发出无穷的力量。她底气十足地说道：“宏亦房产是宏印集团的子公司，子公司遇到困难了，总公司责无旁贷要帮助它解决问题。”

池正毅听完后顿时震惊了，他张大嘴巴想说话却又不知道从何说起，他握紧拳头想用身体语言表达自己不知所措的样子。这几个月来，池正毅从未如此激动过，他做梦也没想到会在这尘烟弥漫的地方，解决了日夜困扰自己的问题。叶亦双的这句话就像能够令他起死回生的灵丹妙药，又好像能够拨开黑暗空间的万丈光芒，令他为之一振。

随即，他露出无比开心的笑容，激动地说道："太好了，有总公司支持，就一定能准时完工啊！"

叶亦双见池正毅感激涕零，又对她一副感恩戴德的样子，心里顿时松了口气。为了提前完成银河阁项目，叶亦双重新调整了先前的计划，她必须要拉拢池正毅帮助自己对付李星昭等人。

她故意沉思片刻，然后说道："公司也不是我一个人说了就能算数的，还需要董事会同意才行。为今之计，你赶紧制定一份延期损失评估报告和一份详尽的工程进度计划书呈报到董事会，我会尽快给出响应。"

池正毅点头如捣葱，赶紧应承道："我立马就去办，您就放心吧，我一定会办得妥妥帖帖！"

第十九章　力排众议

宏印集团在文水市遭遇的困境，没过几天就传遍了整个公司，并引起了轩然大波。宏印集团创立几十年，从未遭受过被限制竞标这种事情，到底是荒唐还是阴谋，真相扑朔迷离。

在叶亦双的提议下，公司迅速召开董事会。这次的会议，少了以往的轻松气氛，每个人都凝眉不展，神情冷峻，仿佛置身在巨大的冷藏室里。

叶亦双见大家都已落座，便开门见山地说道："各位董事，今天就讨论一件事，这关乎公司的发展，希望大家能够群策群力。"

待叶亦双话音刚落，会场立即响起如振翅般细小的议论声，似乎大家都知道董事长接下来会提出的问题，毋庸置疑，银河阁一事正在逐渐发酵，成了被禁止投标的导火索。

叶亦双扫视一遍，继续说道："想必大家都已经看过银河阁项目延期后的损失预测报告和施工进度表，这件事已经超乎了我们原有的想象。"

全场静默几秒后，董事赵成令首先一脸急切地说道："叶董，银河阁一事必须要迅速做出应对措施，否则后果不堪设想。这不仅是名誉问题，也是公关危机，必须要妥善处理。"

叶亦双听完赵成令的一席肺腑之言，朝他微微点头以示肯定，转而语气铿锵地说道："赵总的担忧恰恰也是我们最担忧的。宏印集团自我父亲创立以来，服务社会，几十年如一日，树立了良好的口碑。但是现在我们被禁入市场，这已经严重影响到企业的声誉和发展了。”

待叶亦双做完慷慨激昂的陈述后，第二公司总经理李星昭却责怪道：“这池正毅是干什么吃的！因为他的工作没有做好，不仅让分公司陷入危机中，还让总公司蒙受了巨大的损失。”

董事叶为民瞄了一眼在场的所有人，应和道：“池正毅的工作能力已经受到质疑，我认为当务之急是找个合适的人把他替换掉。既然他没有能力解决这件事，就让有能力的人上去解决。”

叶为民话刚说完，董事潘正赶紧反驳道：“我认为这样做非常不可取！文水分公司的工作一直由池正毅主持，这些年的发展形势非常好，我们不能因为他没有达到这个近乎苛刻的条件，就把他所有的功绩一笔勾销了。况且，这临阵换帅更是下下之策，池正毅熟悉银河阁项目的每个细节，操作起来比任何人都来得方便。他驾轻就熟，敢问公司里还有谁可以有这个优势！”

李星昭见有人替池正毅辩护，不禁火冒三丈，用愤怒的眼神扫了扫潘正：“资格老阅历深，不代表就能胜任岗位。假如把能力和阅历等同看待，那说明这个公司的制度出了问题，有任人唯亲的嫌疑。宏亦子公司的地位非常重要，是我们公司战略转型是否成功的标志性产业，所以我们必须要把能力和阅历结合成一体，选拔出真正的管理者。”

叶亦双气得使劲咬住牙关，每次看到他一副言辞凿凿的样子，就心生厌恶。她觉得李星昭就是一颗冒尖的钉子，恨不得一锤打下去，把这颗钉子狠狠地敲入木桩中。她暗自深呼吸，把火气压下去，然后一脸严肃地说：“宏印集团能发展至今，不是单凭人力和物力，而是有完善的制度在维持；宏印集团能壮大，不仅靠各位的共同努力，也靠千千万万奋斗在一线岗位的工作者，我们不能因为利益关系而放弃为公司做过贡献的人。”

叶亦双的话铿锵有力，穿透了整个会场，更像万箭齐发一般，全部打在李星昭和叶为民的身上。众人顺着叶亦双的目光，看到一脸通红的李星昭，并纷纷在自己的脸上露出鄙夷之色。

叶亦双不留情面的反驳，让李星昭感觉像是被人狠狠地掌掴了几个巴掌，口里流出的血又流进了心里头，导致浑身上下散发出一股血腥味。他沉默片刻，黑着脸说："既然大家都把话说到这个份上了，那好，请问各位，假如池正毅无法完成既定目标，不仅影响到集体的重大利益，还把公司拖进泥潭中，那么，这下又该如何处理呢？"

赵成令早就看不惯李星昭自私自利的行事作风，特别是对他颐指气使的样子更是反感。他瞥了瞥李星昭，用略带嘲笑的口吻说道："我认为公司目前遇到的问题不是该处理谁，或者是追究谁的责任，而是应该把精力放在解决问题上面，明确好方向与对策，与其在这里喋喋不休，还不如挽起袖子抡起膀子去银河阁工地上出一份力，这样反而能突显我们的亲和力。"

叶为民见李星昭落了下风，赶忙帮衬道："赵总真是好兴致，都愿意做苦力了。假如连赵总都想贡献微薄之力去帮公司渡过难关，那足以说明宏亦公司在这件事上已经束手无策了。池正毅是管事的，不是管闲事的，要是他无计可施了，为何不把他换掉，这也许是一次转机。"

叶为民说完话，场面顿时陷入沉寂当中。叶亦双看看众人，也不开口，她深知宏印集团的这几股力量盘根错节，形成了互相掣肘的局面，一群人看似同坐一条船，但貌合神离，各怀鬼胎，肚子里都打着利于自己的小算盘。

这番唇枪舌剑的场面，没有令叶亦双难堪，反而让她成竹在胸。

过了几分钟，叶亦双问在座的所有人："各位董事，今天我们开会的目的就是商量如何解决这件事，减少损失，而不是在这里推诿责任，讨论谁的过错，借此惩罚谁。请问我们该怎么办？"

叶亦双的问题让会议又重新回到了原点，大家面面相觑，不知道该如何作答。这时，叶为民说道：“谁的责任谁负责，哪里出事就由哪里负责，这是最基本的处事原则。”

潘正白了叶为民一眼，说道：“公司是大家的公司，哪里出了问题，大家都有责任去解决，而不是袖手旁观，或者视而不见。我还记得叶董在上一次的董事会里提出过几个方案，其中一个方案我就认为非常可行，完全可以解这次的燃眉之急。”

赵成令立马响应道：“潘总说得对，叶董的办法绝对可行，不仅能解危机，还能维护各位的利益，百利而无一害啊。”

潘正和赵成令的话倒提醒了其余的董事，他们纷纷点头表示可取。李星昭见大家几乎达成了一致的观点，还想垂死挣扎一番，板着脸说道：“一命换一命，这不是长久之计，我们必须从长计议，想出个万无一失的办法。”

潘正立马义正词严地说道：“祁阳分公司虽说是宏印集团的一部分，受董事会监管，但毕竟是叶董的企业，是叶董一手建立的，叶董宅心仁厚，为了众人的利益舍弃自身利益，你还在拼命阻止，到底有何居心呢？”

赵成令立即接话道：“李总不同意公司从祁阳分公司抽人手，难不成想把二公司的人手贡献出去，还是你想从各个子公司抽人呢？”

赵成令看似打趣的话却给众人当头一棍，这年头，各路人马原本就不够用，再被勒令抽走人，这便是雪上加霜。虽然过不了多久，这些被抽走的人又回到了原来的岗位，但这件事在众人的心中留下了惊悚的疤痕。社会终究是现实的利益体，在个人得失的问题上，所有的辩驳之词和凿凿之言终将变得不堪一击。赵成令的话刚一出口，会场突然就死一般的沉寂，几秒之后，立马又爆发出响亮的赞同声，他们一致赞成叶亦双的方案。

第二十章　水到渠成

董事会上的一波三折总算尘埃落定，同时意味着叶亦双终于扫清了所有障碍，完成这个一石二鸟的计划是指日可待。自计划开展以来，前前后后加起来，总共花费了大半年的时间。这一百八十多天的日日夜夜，让许多事情都发生了本质的变化，这其中就有她筹谋此事的初衷。

尽管目的达成，董事会批准了她的方案，但是如何安置祁阳这一干人等，成了一项复杂的工作。毫无疑问，她必须要亲自去一趟祁阳，既要完成收尾工作，也要跟这个有着特殊感情的城市道个别。

事有巧合，就在她来到祁阳市的第二天，碰巧撞上李广育案子的第一次开庭。作为昔日的手下，也是她一手提拔起来的亲信，叶亦双纠结了很久，还是去做了旁听。在法庭上，曾经风光无限的李广育面无血色，耷拉着头，戴着手铐站在审判庭中央的栅栏里，老老实实地回答公诉人提出的问题。

叶亦双看到李广育这副样子，心里五味杂陈，有同情、有厌恶、有谅解、有感慨。庭审几个小时后，法官宣布休庭，就在法警将李广育押回去的刹那，他在人群中看到了叶亦双，他向她点点头，眼神中充满了忏悔和羞愧。叶亦双提前退出了这场审判，她认为这可能是她这辈子最后见这个人了。

叶亦双出了法庭，直接去了宏远分公司。车子很快就在公司门口停了下来，叶亦双坐在车上看着进进出出的人，顿时感到依依不舍。这几年，她一直追求今天这个结果，但当结果真正实现时，心中又变得极其惆怅，这是一种跟现实说永别的怅惘，而且这种回忆不可能再存在，也不会有人再提起。

叶亦双怀着沉重的心情下了车，一言不发地朝里面走去。李夏和安茹跟在后面，悄悄地对视一眼，不敢出声。公司大厅显得有些凌乱，纸屑被扔得到处都是，一些杂物也是被乱七八糟地堆放在地上。叶亦双皱皱眉头，想说什么，话到了嘴边又咽了下去。公司都要关门了，还有什么可说的。留在公司里的人都在整理东西，大厅里除了偶尔响起几声搬运时的撞击声，就没有其他声响。原本言笑晏晏的办公室，如今也冷清至极。可能是三个人的脚步声打破了这里的静谧，站在最外头的一位男职员抬头一看，顿时怔了怔，立马放下手中的文件喊道："董事长，您好！"

男职员的声音浑厚洪亮，如吹响了号角一般，顿时整个办公室响起一阵嘈杂的声音，职员们纷纷放下手中的东西站直了，注视着叶亦双："董事长，您好。"

"大家辛苦了。"叶亦双笑了笑，故作镇定，因为从她踏进公司的那一刻起，就感到满心惭愧。她停下脚步看着他们，眼神里充满了关爱，她很想自己就是他们中的一员，可以跟他们互相拥抱，互相道别。

少顷，叶亦双朝职员们挥挥手，轻声地说："你们继续做事吧。"

职员们纷纷点头，但是再也没有发出任何响声。一瞬间，公司又回到了先前的气氛中，但似乎比之前更加安静了。

叶亦双往办公室走去，这里的一草一木都是她亲自布置的，连弥漫在空气中的芳香，都是她最熟悉的味道。通过狭长的廊道，便是她的办公室。

她轻轻推开门，熟悉的格局跃入眼中。夏耀仰背对着门口，正在梳理一大摞文件。这间办公室的隔音效果非常好，这是叶亦双特意花了一番心思整的。

可能夏耀仰的心思并不在办公室里，也可能是他整理东西太投入了。总之，他似乎真的不知道门刚才被人打开过，也没有转过身来瞧个究竟。倒是这扇门一开，与敞开的窗户之间形成了一道风口，风不停地从窗户挤入，又穿过整间办公室，向门口涌来。

李夏见夏耀仰还未反应过来，随即上前轻拍他的肩膀：“夏总，董事长过来了。”

夏耀仰突然吓了一跳，赶忙转过身来。当他看到是叶亦双时，一脸的惊讶，结结巴巴地说：“董事长，您怎么过来了。”

叶亦双笑了笑：“过来看一下。”

“您放心，我们的撤离计划一切顺利！”夏耀仰手一挥，一副胸有成竹的样子。

叶亦双点点头，一脸温和地问：“大家的情绪怎么样？有员工碰到困难吗？”

夏耀仰回答道：“大家的情绪普遍比较稳定，也都配合公司的调遣。”

叶亦双点了点头表示赞许：“祁阳分公司能够顺利地执行总公司的决定，你功不可没。”

夏耀仰立即谦虚地说：“在其位谋其政，这些都是我的分内事。”

叶亦双用赞许的眼光朝他点点头：“收尾工作进行到哪里了？”

夏耀仰赶忙回答说：“大部分的核心人员都愿意去文水市工作，毕竟两个城市间隔不远，有直达的动车，这便捷的交通让他们没有后顾之忧。另有少部分人员不愿意去那里工作，特别是有本地户口的人，考虑到家庭因素，只能选择离职。但是我会给他们提供补偿的。”

叶亦双点点头，叮嘱道：“一定要优待离职的员工，虽然公司撤离了，但口碑不能丢。”

夏耀仰高兴地说：“叶董，您有情有义，所以兄弟们都愿意跟随您。”

叶亦双笑了笑，她听到夏耀仰的话，心中产生了几分惆怅和羞愧。她能理解夏耀仰在她面前只能说些阿谀奉承的话，到底实情如何，她能猜到几分。她走到窗户边，看着熟记于心的景色，轻声叹道：“我把祁阳分公司解散了，会让大家感到遗憾吧。”

叶亦双的话似乎戳中了夏耀仰埋在内心世界里最真实的想法，他的脸一下子就微红起来。

夏耀仰尴尬地站立几分钟，感到浑身不自在，低下头不敢正视叶亦双的眼睛：“也有几个不明事理的员工在搬弄是非，幸亏大家都有正确的判断力，并未受他们的影响。”

“他们都会理解，我相信是这样的。”夏耀仰忍不住又强调一遍。

安茹朝夏耀仰点点头，示意支持他的话，又立即说道：“夏总说得对，他们会认真执行的。”

夏耀仰见安茹帮自己说话，感激地看了她一眼：“愿意跟我们去文水工作的员工，都是祁阳分公司的骨干。只要这批人愿意追随公司，我相信文水市的工作必然通畅无阻。”

两位亲信一番宽慰的话，让叶亦双那阴霾的心情逐渐好转，仿佛有道温暖的阳光照了进去，她又问道：“至于施工人员这一块，有什么问题吗？”

夏耀仰立即摇摇头：“这方面还真没有遇到过什么麻烦。他们跟坐办公室里的人不一样，他们认为在祁阳跟在文水是一样的，在哪干活不是干活。况且我们公司从不拖欠他们工资，给他们提供舒适的住所，提供人性化的管理，所以他们都愿意跟我们去文水干活。”

叶亦双满意地点点头，叮嘱道：“这些工人都不容易，拖家带口，我们一定要妥善解决他们的生活起居。”

夏耀仰赶紧点头道："请董事长放心，我们一定会安排妥当的。"

叶亦双吩咐道："至于池正毅那头，就由你自己来衔接，你俩共过事，不会谈不到一块。"

夏耀仰立马保证道："您放心，我早就跟池正毅沟通过了，他非常欢迎我们过去。"

"他倒是真心希望你们能马上飞过去。"叶亦双笑了笑，然后又一脸诚恳地说道，"那么暂时就先委屈你一下了，去那边协助池正毅开展工作。"

夏耀仰赶紧挺直身躯，一脸忠诚地看着叶亦双："您言重了，虽然我调任为宏亦公司的副总经理，但责任更大了。我能明白宏亦公司的重要性，一定不辱使命。"

叶亦双听完后，感到非常欣慰，赠了他几个字："以退为进，厚积薄发。"

夏耀仰感激道："请您放心，我一定会圆满完成银河阁的工作。"

叶亦双点点头，又示意三个人出去，该落实的事情已经有人替他近乎完美地解决了，留下来的时间，她要一个人静静地待在这个房间里，将过去的种种回忆再重新温存一遍。

下篇

第二十一章　指挥若定

一年后。

文水市的碧落河沿岸，两幢摩天大楼拔地而起，成了该市的地标性建筑。银河阁项目集优质资源，终于提前完成了主体建设，整体完工指日可待。其间，宏印集团的各项工作也都有条不紊地进行着，宏远分公司顺利地并入了文水分公司，非但没有产生不良后果，反而对银河阁项目起到了决定性的助推作用。

此时，宏印集团的董事长办公室里，正在进行一场重要的会议，与会人员有叶亦双，集团副总经理李夏，宏亦公司总经理池正毅和副总经理夏耀仰，事务部总经理安茹，集团财务总监叶孝晖，工程部总经理周泽明等人。

叶亦双见大家一副精神抖擞的样子，露出了满意的笑容，说道："想必大家都知道这次工程的重要性，也肯定清楚这个过程会很艰难。但我希望通过大家的努力，拿下这个工程。"

池正毅见董事长朝自己点头示意，心领神会，立马翻开手中的文件说道："这个项目是文水市的一处危改工程，位于东区霞飞路中段左侧，危改面积达到十五万平方米，涉及村民六百五十一户，政府立项后暂时以三号项目命名。这个工程将交给民间资本进行改造，换句话说就是通过房产商去开发，这样既可以增加土地的利用率，还可以增加税收。自从上面启动项目以来，经过十个月的筹备，差不多已经处于扫尾阶段。签约的村民基本上都已搬迁完毕，不过还有部分村民拒绝撤离，合计有十六户之多。”

周泽明趁池正毅停顿的间隙，问道：“目前这十六户村民是个什么状态，有什么要求？”

池正毅回答道：“四户村民是补偿不满意，拒迁。六户村民因为家中有女无子，不同意折半的补偿方式。两户村民因为早前没有办理过产权证，不同意以违章建筑拆除处理。还有四户属于钉子户，想把院子面积也纳入补偿面积，否则拒迁。”

周泽明感叹道：“人心是很难满足的，这事僵在那里也不是办法啊。假如上头不出面解决，我们开发商是很难说服他们搬离的。”

池正毅继续说道：“上面的态度就是由开发商跟这些拒迁户坐下来好好磋商。他们的指导意见就是尽量满足他们的要求，但必须设有底线，对他们的无理要求必须严正拒绝。危改项目是一项惠及百姓的民生工程，将会大张旗鼓地在全市推广，所以在推进工作的时候一定要妥善处理。”

安茹随即接话道：“池经理说得不错。我也参与了三号项目的前期工作，有关领导在不同的场合中都强调从宽待民、从严执法的政策。对于确实有实际困难的村民，可以适当地调整补偿条件，但是对于其他不合理的要求，必须予以控制。”

周泽明是工程部总经理，尤其对那些大项目特别感兴趣。他所考虑的不是前期的工作如何困难，或者是途中遇到了什么需要解决的难题，他想问题很简单，也很直面，那就是工程是否可以摘牌，何时可以动工。他感觉池正毅和安茹迟迟不切入他认为的核心话题，忍不住露出焦急的表情：“那这个项目到底怎么样了呢？我们摘牌是否有希望？”

叶亦双朝刚要开口的池正毅挥了挥手，示意由他继续讲。“三号项目自政府立项以来，我们就高度重视，也在有序跟进，拿下这个工程还是有很大优势的。”

周泽明仿佛松了口气似的，高兴地挥舞起双手：“既然这样的话，我们工程部可以首先动起来了。”

李夏跟安茹一样也是从一开始就经手这个项目，故而很清楚每一个细节。他知道三号项目遇到了一些麻烦，而且这个麻烦又比较棘手。他看了看叶亦双，又给大家分析道：“叶董怕夜长梦多，所以要求我们必须尽早拿下工程。她计划分两步走，一是准备好摘牌的各种手续；二是万一遭遇变数如何采取应对措施。三号项目跟我们平时竞标的项目存在本质上的区别，属于政商协作。上面为了达到既定目标，提倡开发商主动介入前期的拆迁工作，又发布指导意见约束潜规则行为。这样一来，开发商的工作就显得非常被动，轻重缓急之间不好拿捏。”

安茹见李夏这么一说，立即明白他想给这个项目留点余地，周泽明的话有些曲解董事长的意思，便接着说道：“三号项目确实遇到了难以预测的客观条件的制约，比如来自政策的制约。”

周泽明一听，觉得两个人对三号项目缺乏足够的信心，立马盯着叶亦双问：“叶董，您说该怎么办才好。三号项目太重要了，我们肯定不能失手。”

叶孝晖一直全神贯注地听大家讨论，等他们都陷入沉默了，他才说道：“三号项目遇到的问题无非是拆迁问题及应变意见。这个问题在我认为都不算大问题，只要好好策划一番，应该能够顺利解决。”

叶亦双神色坚定地说道：“不管变数有几个，我们拿下三号工程的决心是不会动摇的。我今天就要把具体工作落实到每个人的身上，然后针对性地解决问题的本质。”

周泽明看到董事长信心十足的样子，当即像吃了颗定心丸一般，拍拍胸脯说道：“只要项目摘了牌，工程部保证不会拖半步的后腿。”

“我的意思不是让你们跟在项目后面走，而是要跑在它的前面，主动去落实每一个环节。”叶亦双看了看众人，然后一副成竹在胸的样子，吩咐道，“安茹，你继续与相关部门对接，这是重中之重，必须要牢牢地掌握主动权。”

“明白。”安茹立马放下笔，看着叶亦双说。

叶亦双又对池正毅吩咐道：“你的工作重心就是尽快完成拆迁工作，把我们的优势突现出来。”

池正毅点点头，承诺道：“请叶董放心，我们肯定能最先完成任务。”

叶亦双点点头，然后对周泽明吩咐道：“工程部必须要提前做好部署，把工作落实到每个管理人员的身上。”

周泽明信心十足地点点头：“这个您放心，只要拿下项目，工程部肯定冲锋在前！”

叶亦双又对李夏说：“你来衔接各部门的工作，所有的资源优先供应他们。”

“明白，董事长。”李夏说。

待叶亦双安排完任务，叶孝晖才说道：“叶董，对于这种大体量的工程，前期投入的资金也将是非常巨大的啊。”

李夏马上说：“叶董，你有什么话不妨直说吧。假如当中存在什么困难，我们可以一起想办法解决。”

叶孝晖看看大家，一脸严肃地说：“这几年，公司投资的项目非常多，导致资金十分紧张。假如再去运作这种大项目，恐怕资金会跟不上。”

叶孝晖的话就像一盆冷水，一下子就浇灭了大家正在燃烧的信心。尽管在座的都是公司的核心人物，独当一面，能力非凡，但是面对动辄就是几千万上亿的资金缺口，还是感到束手无策。

“你们不用担心资金问题，当务之急是各自落实好手头的工作，一定要占得先机。”叶亦双笃定地说。她现在能做的就是激发斗志，至于这笔巨额投资款，她认为车到山前必有路。

第二十二章　痛心疾首

这几年，宏印集团在叶亦双的掌权下扩张迅疾，确实让公司的业绩大幅度地提高了，但同时也出现了弊端，这种盲目扩张致使集团的资金出现了紧张的局面，特别是在涉足房地产行业后，手上的资金更是相形见绌。宏印集团原本以建筑为主体产业，投入的成本就已经非常浩大，再腾出资金去开拓需要更多资金的房地产，使得叶亦双有些力不从心。

银河阁项目所产生的负面影响，导致宏印集团遭受的直接和间接损失，都是挺惊人的，为此，叶亦双才想方设法通过三号项目来挽回劣势。三号项目规模庞大，如果有幸摘标，那工程前期垫付的资金将以亿为单位计算，资金缺口将成为叶亦双顺利取得标权的绊脚石。

此刻，叶亦双坐在办公室里发愁，为钱愁。她这几天把手头的事情全都抛诸脑后，一门心思找启动资金，想了很多办法，但是结果并不乐观。

正在这时，李夏敲门进来。叶亦双一看到李夏，黯淡的眼神立即变得奕奕有光，仿佛燃灭的希望又探出了一点火苗。她赶紧问道：“事情办得怎么样了，是不是好消息？”

李夏看到满怀希望的叶亦双，脸上闪过一丝愧疚。他看了她一眼就连忙躲开她的眼神：“不是很顺利。”

叶亦双立即浮现失望的表情，低声怒道：“我们开出这么优越的条件，他们竟然还会拒绝！”

李夏点点头，叹了叹气，说：“他们坚持要按合同履约，还说建筑行业必须要有契约精神，不然很容易产生烂尾的结果。”

叶亦双忍不住一掌拍在桌子上，怒气冲冲：“简直是鬼话连篇！什么是契约精神，宏印集团四个字就是契约精神，就是诚信。”

李夏看叶亦双发了火，连忙宽慰道：“他们特地向我表达了歉意，让我一定要转达给您。他们还说希望这件事不会影响到以后的合作。”

叶亦双冷笑了几声，嘲讽道：“当初我父亲在世的时候，没少帮过他们，现在倒好，一转眼就翻脸不认人了。既然他们要谈契约精神，那好，以后剔除条条框框的合同外，别再跟我谈一个字的人情账，我倒要看看，是谁能熬得过谁！”

李夏见她气急败坏，又慌忙安慰道：“董事长，您先别生气。他们那边行不通，我们再想想其他的办法。毕竟是这么大一笔钱，一下子还真不好凑齐。”

“这些人就像貔貅，只知道进不知道出，利己不利人。我又不是问他们借钱，只不过让他们提前两个月把这阶段的工程款结清而已，这个要求不算过分吧，况且我也不是让他们白白拿出这么多钱给我们用，我是向他们支付利息的，或者尾款延后两个月结清。从理论上讲，我并未从他们身上得到一分钱的实惠，我是付出代价的！想当初，他们拖欠我们工程款的时候，随便跟我扯了个资金紧张的理由，我就宽限了他们的结款时间，我跟他们计较过吗？将心比心，他们应该懂得知恩图报。”叶亦双忍不住骂道。

这些天，筹资的事情一直困扰她。后来，叶亦双想到了一个办法，就是从目前的工程中抽取部分资金用作三号项目的启动资金。她梳理出几个大工程，认为这几个工程的业主都是与宏印集团合作了多年的商业伙伴，论情分是多年的朋友。叶亦双还推算过工程的进度，差不多都到了第三阶段的付款时间了，她只是想把这次的付款时间提前两个月，但不会影响合同的履行和建设的进度。她自以为凭她的信誉和多年的合作关系，可以达成这种合乎情理又体现人情的共识，但是李夏带来的结果非常残酷，人情冷暖一下子就暴露无遗。

李夏给她满上茶杯，又安慰道："我们再想想别的办法吧，天无绝人之路，这么大的公司，肯定抽得出这部分的建设资金。"

叶亦双一脸忧郁，喃喃道："是我高估了，把人情看得太重。商场中又何来情分可言，就算有，也是一种默契的利益分配而已。"

李夏被这种失望的情绪感染到，心里也是备受煎熬。他咬咬牙说道："暂时先记下这笔账，以后再慢慢算吧。"

叶亦双冷笑一声，自嘲道："别人都以为宏印集团实力雄厚，谁会想到连投资的钱都没有了，果然是一分钱难倒了英雄汉。"

李夏说："我跟另外一个工程的甲方谈妥了八百万的预付款，估计这个星期内就可以到账了。"

"八百万，杯水车薪。"叶亦双叹道，"好歹也算凑了一点钱出来，他的情我领了，日后必还。"

李夏见她脸上的怒气逐渐散去，暗自欣慰，说："我已经跟他们表达过谢意了，并把公司的承诺也带给了他们。"

叶亦双说："一定要让别人知道，宏印集团的原则就是有恩必报。帮助宏印集团就是一项长期有效、回报率高的投资。"

李夏点点头表示明白，继而问道："董事长，您这边的事情有眉目了吗？"

叶亦双怔了怔，随即回忆起这两天的筹资情况，情不自禁地露出失落的表情。她声音低沉地说："我这边也不太顺利，筹到的资金同样是杯水车薪。"

李夏听了一脸不解，用疑惑的口吻说道："我们又不是白拿他们的钱，是给他们利息和股份作为交换条件，那是看得见摸得着的真金白银啊，他们竟然还会拒绝？”

叶亦双叹了叹气，露出一脸的懊悔，然后用极度不满的语气说道：“我从一开始就不应该把他们列入计划之内，这些人目光短浅，只一味地追求眼前的利益。”

李夏问道：“他们到底在顾虑什么呢？”

叶亦双又长长地叹了口气，脸上尽显无奈之举。“我跟他们讲这个项目的优势，一本万利，他们却不这么认为。这些人都是老古董，思想跟不上社会的进步，故步自封。”

叶亦双的话让李夏感到深深的不安，又感到很困惑，为什么这些一向精明的商人会在这个赚大钱的机会面前却步，他赶紧问道：“那他们是怎么想的？”

叶亦双冷笑几声，露出一副憎恶的样子。“他们觉得这个工程的不利因素太多，比如工程涉及复杂，政策限制太多，投资时限过长，占用资金庞大，回报率不明朗，等等，最后认为这是高风险项目，不值得投巨资开发。”

“他们没有看过我们的投资效益计划书吗？”李夏赶紧问。

“他们当然看过，甚至仔仔细细地研究过每一句话和每一个字，还特地进行过论证呢。”叶亦双嘲笑道，又用手比画了一下。

“这些人都与宏印集团有过多年的合作，怎么还缺乏信任呢！”李夏紧蹙眉头，愤愤不平地说道。

叶亦双无奈地笑了笑：“我也质问过他们，但他们的理由让我哑口无声，甚至连辩驳的勇气都没有。”

李夏立马追问道：“为什么？”

叶亦双凝结黛眉，长长地叹了一口气，说：“他们曾经在叶潇那里蒙受过巨大的损失。就是这个损失让他们至今怀恨在心。”

李夏怔了怔，随即说道：“叶潇那会儿都是过去式了，宏印集团现在是您当家做主，怎么可以相提并论呢？”

叶亦双苦笑一声，摆摆手："俗话说一朝被蛇咬，十年怕井绳。"

"按您这么说，我们想通过引进资本的方式筹集资金，算是走不通了？"李夏轻声问。

"他们的态度模棱两可，他们想投资又不敢投入巨大的成本，怕一脚踩空，把自己的棺材本都给赊进去。"叶亦双无奈地笑了笑，忍不住讥讽道。

"果然是年龄越大，胆子越小。目前，房地产的形势一片大好，他们错过这次机会，以后肯定会后悔。"李夏的心突然感到一阵痛，仿佛被利刃划了一刀。因为叶亦双所说的投资者都是叶宏远在世时，与叶家交情颇深的一群人，叶宏远病逝后，人走茶凉，友情也变得微不足道，甚至不值一提。

"机会总是留给有准备的人。"叶亦双说道。

"叶董，我们该怎么办？"李夏那双深邃的眼睛里尽是忧虑的神色。三号项目的紧迫性已经不允许他们再在时间上消耗下去。其他的事可以通过努力来实现，可以说事在人为，但是缺钱是个硬核问题，根本不是通过努力就能解决的。

"一定会想到办法的。"叶亦双淡淡地说道，似乎又没有十足的自信。她的思绪已经飘向了远方，继续为钱想办法。

第二十三章　惊喜交集

叶亦双从外面跑钱回来，一副身心俱疲的样子。她瘫在椅子上一动也不想动，觉得身体都不属于自己的了。这些天，她拉下颜面到处求人，磨破嘴皮子也只弄到了两千万左右。关于这些借款，别人也是卖了个人情给她，但人情归人情，人家不愿意把这笔钱换作股份，而是高息借给她。

就在她闭目养神的时候，财务总监叶孝晖敲门进来。叶亦双一看是他，一下子从疲软的状态中恢复元气，指了指椅子，示意他坐下来说话。

“事情办得怎么样了？”

叶孝晖看着叶亦双期盼的眼神，耳根子逐渐变红，露出一副尴尬和愧疚的样子，轻轻摇摇头：“银行不给贷了。”

叶亦双似乎早已知晓了这个结果，当她听到消息后，并没有露出痛苦或愤怒的表情，反而显得异常平静：“银行是商家，又不是慈善家，他们可不愿意冒一丁点的风险。”

“我特意做了最充分的准备，但还是无法说服他们支持我们。”叶孝晖显得情绪低落，他作为财务总监，自知责任重大，因而在融资方面，竭尽所能。

“毕竟我们公司在银行那里借了不少资金，又抵押了所有的物产，银行不再放贷，也在意料之中。”叶亦双重重地叹了口气。

她的话不带一丁点责备的语气，她明白叶孝晖确实尽力了，公司的财务状况不尽人意，银行早就收到了风声，在这个关键时刻银行不催款已经算是给足了面子。而这个功劳就要记在叶孝晖的头上，确实是在他的周旋下，公司目前才得以安然无恙。不仅如此，叶孝晖还在一家商业银行通过自己的关系贷出了五百万元，虽然微不足道，但在困难时期，一分一厘都显得弥足珍贵。

叶孝晖一脸内疚地说："公司流动资金不足，我作为财务总监，应负主要责任！"

"陷入这个困境也是我始料不及的。"叶亦双淡淡地说，语气中夹杂了一丝懊悔。

叶孝晖立马保证道："我会继续找银行商谈，争取多拿些贷款。"

"抓紧去办吧。"叶亦双点点头。

待叶孝晖离开后，叶亦双把手机调成静音，起身走到沙发那儿躺下。就在刚才，当她听到叶孝晖带来的消息后，尽管早有预感，但还是感到一阵眩晕。只因有人在场，她拼命坚持住，不让自己瘫倒。现在没人在场了，她终于可以躺一会儿了。她的头正经历着钻心的痛，这种疼痛像震荡波一样，一圈一圈往外扩散。她紧紧闭上眼睛，希望借黑暗来减轻自己的痛苦，更希望通过做个美梦，让自己梦想成真。

也不知道睡了多久，叶亦双终于苏醒，她首先感到的是全身暖暖的，揉揉惺忪的眼睛，确信自己看到的是一件厚实的外套，而且涌入鼻子内的那种味道非常熟悉。这气味让她彻底清醒过来，一下子坐起来四处张望，就在董事长的位置上，她看到了那双充满炙热的深邃炯然的眼睛。她开心地露出深深的酒窝，然后深情地注视着他。

洛渊见她睡醒了，起身来到她身边坐下，一只手握住她的手，一只手温柔地抚摸她的脸，满眼的怜爱之意："才半个月不见，怎么就瘦成这样了，你啊，太不爱惜自己的身体了。"

叶亦双紧紧捧住那只轻抚自己的手，想充分感受他的柔情。她的身子斜签，仿佛把全部的重心都依托在那只手上：“最近公司的事情太多了，感到分身乏术。”

“什么事情都要分个轻重缓急，公司的事务固然重要，但身体是革命的本钱，你不能总让自己处于高负荷的运作之下，这样很容易就把身体弄垮。”洛渊轻声叮嘱，又怜香惜玉般地抚摸着她的脸庞。

叶亦双莞尔一笑，心里像灌了蜜一样甜，她注视着他的黑瞳，声音温柔：“我会注意的，等忙过这阵子就可以放松一下了。”

洛渊摇摇头，对她的辩驳显得一脸无奈，又像对待小孩子一般，说道：“你现在的身体已经不是属于你一个人的了，我也有份。不久之后，等我们有了孩子，他们也有份，所以你必须要立刻重视起来，不能再做单身时候的打算了。”

叶亦双偎在他的胸口，不知是开心还是羞涩，脸上飞过一抹霞晕：“我会的。”

“你是董事长，需要运筹帷幄，但并非凡事都要亲力亲为。”洛渊忍不住又叮嘱道。他对怀里的女人有种来自骨子里的爱，他不希望她过度操劳，更不希望她被工作拖垮身子。他甚至希望她不是一位女总裁，这样他可以养着她，让她享受被呵护的生活。

叶亦双被洛渊说中了心事，叹了叹气：“我又何尝不想这样呢，可是我坐在这个位置上，身不由己。”

洛渊轻轻抚摸她的后背以作宽慰：“平心而论，我更希望你只是一名普通的女子，没有名利没有头衔，让我照顾你这一生。”

“爱情点燃了我枯燥的生活，如一面风帆带我畅游起人生的旅途。我不管这是如何不对称的爱情，只要它能让我每天睁开眼睛就感到快乐，我就觉得这么做是值得的。”叶亦双甜甜地说，陶醉在幸福的时光中不能自拔。

“作为男人，身边陪伴的就是一位妻子，一位他时时刻刻愿意守护的女人。”洛渊沉默几秒又说，“董事长、女总裁这些名称，在我们的爱情词典里显得多么不协调啊。”

叶亦双笑了笑说：“当宏印集团的董事长，我不知道这是件幸运的事情，还是件糟糕的事情，但我们的缘分来源于此。”

“会是幸运的。”洛渊喃喃地说。

“我们都是家族事业的继承人，身上被刻上了‘责任’二字，必须要担当。我们想撒娇，也想无所顾虑地放纵自己，可惜我们的使命限制了我们的自由。”叶亦双蜷缩身体窝在他的怀里，脸上飘过淡淡的失落。洛渊的话触动了她的回忆，使她突然感到人生有太多的身不由己。

洛渊见她一副情凄意切的样子，亲了亲她的额头以示宽慰。“高处不胜寒吧！不过这一切都不再重要了，因为我出现了，我会带给你自由和快乐。”

“我爱你。”叶亦双深情地注视他的眼睛，洋溢起幸福的笑容。

洛渊问道：“刚才我进来时，看见你睡不踏实，是不是做噩梦了？”

叶亦双点点头，又摇摇头，脸上显得很复杂：“可能这几天太累了，睡得太沉，连你进来都毫无察觉。我感觉自己睡了很长很长一段时间，又不停地做梦。”

洛渊笑了笑：“俗话说梦由心生，你是否遇到了什么麻烦不好解决呢？”

叶亦双轻叹道：“可能是吧。这几天确实被一件事搅得心神不安，睡不好觉。”

洛渊赶紧追问道：“到底发生了什么事情？”

叶亦双见他满眼的关切之意，于是就把事情的大致经过告诉了他。洛渊认真听完，沉默了片刻，说道：“这笔启动资金是个大数目，没有几个人能在短时间内拿出来。何况，就算有人拿出来了，也不一定就愿意把它们当作是投资款。”

叶亦双点点头，一脸忧心忡忡的样子：“这就是问题所在，我们尝试过不同的办法，但是不管走哪条路，都会让我们拐进死胡同。”

洛渊不语，又沉思了片刻，然后说道：“让我帮你想想办法，但是你要给我点时间。”

叶亦双听到这句话，顿时眼睛一亮：“真的吗？”

洛渊笑了笑，摸摸她的头：“我什么时候骗过你呢！”

叶亦双一下子就露出了一对酒窝，喜形于色：“太好了，天无绝人之路啊！”

“不是绝人之路，是洛渊之路。”他诙谐地说。

“谢谢！”叶亦双紧紧抱住他，一脸欢喜。她贴在他的怀里静静享受那份独有的安全感，庆幸自己找到了避风的港湾。

第二十四章　明察暗访

对于叶亦双而言，等待的日子是最不好受的，心里的那种期盼和焦灼交集在一起，令她心乱如麻。她就快沉不住气了，自从洛渊说出承诺后，已经过去了半个多月，但是毫无音讯。时间越往后拖，她的心越焦虑，就像被放在油锅里煎。融资无非是当下最重要的事情，宏印集团能否在文水打个漂亮的翻身仗，希望全寄托在洛渊身上了。

屋漏偏逢连夜雨，就在这个节骨眼上，又从宏亦公司传来了不好的消息，公司在拆迁问题上，和一户原居民发生了矛盾，还差点引发了肢体冲突。这事让叶亦双心急如焚，当即决定去趟文水市，她既要设法解决这个争端，又要了解一下洛渊的筹资情况。

刚过完“五一”劳动节的文水市，已经不再喧嚣，恢复了往日的宁静。近几年，有山有水的文水市被冠以养生旅游胜地的称号，逢年过节必会吸引众多的慕名者，通过这种旅游文化的快速传播，致使文水的发展呈现欣欣向荣的景象。

叶亦双独自驱车赶往文水市，等她到达目的地时差不多临近中午，她也不着急赶去公司，而是直接把车开到了三号项目所在地，她要进行实地考察。

这一片拆迁区域是典型的城乡接合部，毗邻霞飞路。霞飞路是一条大马路，可谓车水马龙。这一片地形平坦，没有任何阻隔，发展前景一目了然，被公认为文水市未来的核心区域。

经过前期的拆迁工作，这一片土地上到处是碎石瓦砾、残垣断壁，为数不多的房子还孤零零地竖立在那儿。霞飞路的另一侧倒显得还有几分人气，这一片的规划目前还停留在纸上，属于待迁区域。有间餐馆紧挨大马路，引起了叶亦双的注意，她见时间不早了，便决定去那里用餐，顺便打听一些关于拒迁户的消息。

餐馆不大，两间门面高四层，并不宽敞的一楼放着几排餐桌，屋内装修简洁大方。叶亦双刚走进屋里，便迎上来一位喜笑颜开的中年妇女。接待她的人正是该餐馆的老板娘，看年龄将近四十来岁，画着淡妆，风韵犹存。叶亦双向里面扫视一眼选了个靠窗的位置落座，这本该吃饭的时间，但店里的客人寥寥无几。

老板娘待叶亦双坐下后，便笑盈盈地递上一张菜单，指了指上面："您看看有什么喜欢吃的菜，最上面几个都是本店的特色菜，味道绝对好。"

叶亦双循着她的手指看去，菜单简单明了，后面都标注价格，几样特色菜还特意配上了图片。她礼貌性地冲她笑笑，然后把菜单仔细地看了个遍，少顷，就点了五个菜，而且是特意挑了最贵的五道菜，老板娘乐得合不拢嘴。等菜点完后，叶亦双故意问道："老板娘，我看对面的房子差不多都拆完了，你这里的生意会受影响吧？"

叶亦双的问题当即引起了中年妇女的共鸣，她立马收起笑容，一脸怨尤："可不是嘛！我这里的生意原本挺好的，但被他们这么一拆，生意就惨淡了。你看，现在都到吃饭的点了，也没几个人啊。"

叶亦双连忙点头称是，又问道："对面都快拆完了，你们这边也要拆吗？"

老板娘立即说："拆！怎么不拆！全部要拆完呢！听说这一片区域都要重新造房子呢。"

叶亦双笑着说："拆了未必是坏事，不是有新房子住吗？"

老板娘一脸不舍的样子，叹了叹气："原本好好的房子干吗拆了重建呢？这间店我们都开了十多年了，这装修也是前几年刚翻过的呢，推倒重建，不是都浪费了吗？"

叶亦双点点头表示认可她的话，又问："那具体是什么时候拆呢？"

老板娘指了指窗外那几幢孤零零的房子，说道："谁知道什么时候呢！你看对面那块地到现在都还没有拆完呢，那里什么时候开始重建都没有个准信，这边就更没有人知道是什么时候了，你就算问管事的领导，估计他们也说不出个具体时间来！"

"对面的老房子怎么还没拆完呢？剩下这几幢老房子竖在那儿，既不美观又影响整体建设。"叶亦双立即问道。老板娘的几句埋怨的话，恰好说中了她内心的狐疑。

老板娘随即压了压嗓音："还不是开发商没有满足他们的要求，所以僵在那儿呢。"

"咋回事呢？"叶亦双赶紧追问道，刻意装出一副非常八卦的样子。

老板娘又压了压声音："比如说临街的那两间房子吧，原本他们是门面房，但房子一拆，就没有了，所以他们就不愿意了呗。"

叶亦双佯装一脸的惊讶，说道："不可能吧，我听说上面制定了详细的拆迁补偿计划，就是为了做到公平公正。"

老板娘怔了怔，感觉眼前的姑娘似乎不是普通人，连忙笑着说："都是别人的事情，随便他们怎么处理呢。你看这会儿跟你说话，都忘记给你倒茶了。"

叶亦双见她想逃避话题，连忙笑着说："这两户到底是怎么回事呢，你不说也就算了，你这一说，倒引起了我的好奇心，你也总要跟我说说这原因吧。"

中年妇女又仔细瞧瞧叶亦双，看她一副充满好奇的样子，像足了那些好管闲事的人，这才放下心来说道："你有所不知，这事情说来也是挺有趣的。原先霞飞路两侧全部是门面房，按之前的补偿办法说拆之前是门面房，重建后还是给门面房，制定这政策本身没有错，也符合规矩，但是他们没考虑到一个很重要的问题。”

“什么问题呢？”叶亦双见老板娘故作神秘，忍不住催道。

中年妇女诡异地笑了笑：“以前的老房子普遍比较窄，但重新建设的房子都是要加宽的，这对着马路，总要让人看着大气上档次吧，总不能造得像碉堡一样又窄又高吧。这不，问题就来了，这片区域四周都是大马路，往任何一个方向都无法延伸加宽，只能在原区域规划新房子。这样新建的房子加宽以后，肯定就没有以前那么多的门面房，大概就要少出来几间房子了。刚开始前面一排门面房的主人用抓阄的方法淘汰最后几位，开发商给予的补偿是多分一套大面积商品房，大家也就同意了。结果抓阄之后，那几户倒霉的人又认为门面房就是棵摇钱树，不能说没就没，结果就变了卦，又拒绝拆迁了。本来有四户人家，后来其中两户协商解决了。”

叶亦双摇摇头，又笑了笑：“都是自己同意抓阄的，这阄也抓了，却出尔反尔，这个行为就不对了。”

中年妇女压低声音轻声说：“换作是我，也不愿意，傻子才会干这种事。房子才值多少钱呢，门面房可是会生钱的呢，而且还能一代传一代，子孙都能享受到。”

叶亦双笑了笑，打趣道：“老板娘真会精打细算！这个社会以后发展成什么样子，又有谁能想到呢！可眼前，大伙的房子都顺利拆了，眼巴巴地盼望自己的新房子能够早日建好，但是被这几个人从中作梗，不是害得大家都没有地方住了吗。”

中年妇女笑着说：“你说的话也有几分道理，假如换作是我的房子拆掉了，但因为几户人家不愿意拆迁，害我们住不了新房子，那我肯定要找上门讨个说法啦，凭什么一颗老鼠屎就坏了一锅粥呢。”

叶亦双见她言辞犀利，立刻点头表示同感，老板娘的话同时也对她产生了一个重要的启发，有了一个新的工作思路，他们可以动员其他的已拆户做未拆户的工作。叶亦双的心里惊喜了一阵，连忙又说道："这门面房不拆还有理由可说，但是后面的房子呢，为什么不拆了？"

中年妇女打趣道："钉子户呗。"

"为什么？"叶亦双问。

"还不是补偿没到位。"中年妇女说，口气中显得有少许不耐烦了。

叶亦双笑着说："大姐，这会儿菜也没有上来，你就当给我讲饭前故事呗！"

中年妇女咧开嘴笑了笑："听说这些人拒拆的理由还挺多的，其中一件事，你可能没有听说过，我就跟你讲讲这个事吧，挺有意思的。"

叶亦双立马点点头，一副翘首以盼的样子，笑着说："什么新鲜事呢？"

"那边有几户人家都只有一个女儿，本来倒也没有什么，按人口分房，反正女儿儿子都一样能公平分到房子，可是问题就出在这些人家的女儿都已经嫁出去了，这补偿的规定是已成家但未迁移户口的女性只能分到半套房子，相当于最小套面积的房子。这样一来，嫁了女儿的村民就一起商量拒绝搬迁了，除非是补偿方式一样。"中年妇女说道。

叶亦双笑着说："你怎么看呢？"

中年妇女立即批评道："肯定是不妥的啦，你是不懂这内中原因，他们是多争取补偿为了防老。"

叶亦双笑了笑，反驳说："女儿出嫁了就意味着有了家庭和房产，我觉得这种补偿方式没有什么问题，况且养老也不能打这个主意，生儿育女不仅是为了繁衍后代，也是为了养老送终。"

中年妇女听了，警觉地看看叶亦双，然后又笑着说："不管这些事了，反正拆不拆也不关我们的事情。我是巴不得对面早点建好，起码我这里的生意能好起来。”

“那也是，和气解决最好，对谁都有好处。”叶亦双说道。正在这时，热气腾腾的菜端了上来，中年妇女立马借口忙去了，叶亦双暗自笑了笑，不过对老板娘的警惕性倒开始佩服起来。

第二十五章　走投无路

一桌子的菜看似诱人，但是叶亦双只动了几筷子就买单走人了。

叶亦双一离开餐馆就立即赶去宏亦公司，当她进入公司后，第一眼就看到偌大的办公场所才寥寥数人，忍不住拧起眉心。她抬手看了看手表，指针停留在两点附近，顿时，原本就不大好的心情变得更加糟糕。

叶亦双径直往总经理室走去，她甚至连半秒钟迟疑都没有，直接用力推开了总经理室的门，还特地发出了引人注意的响声。池正毅正在皮椅子上小憩，一闻响动就惊醒了，当他看到一脸肃穆的叶亦双，立马慌慌张张地站起身走到一旁，又堆起笑容问道："董事长，您怎么过来了，请问有什么事吗？"

叶亦双未做回答，走到总经理的位置上坐下，然后看着他，语气不紧不慢地说："池经理，还在休息啊。"

她的话一出，池正毅的脸一下红了起来，他支吾几秒，解释道："坐着看材料，不知不觉就打了个盹儿。"

叶亦双刚才进入公司后看到在岗的职员屈指可数，而且一个个精神不济的样子，她的心中就多了几分不满。上班时间都过去了一个小时，总经理池正毅却还在偷懒睡觉，这让她更加恼火。她终于认定宏亦公司的业绩下滑是有必然原因的，这公司的一把手都无法严于律己，那还有什么威信和威严去约束职员，所谓上梁不正下梁歪，她忽然感觉宏远公司的风气到了必须该整治的地步了。

她盯着池正毅问道："怎么公司里头只有这几个人在工作，一个个无精打采，像在混日子。"

池正毅见叶亦双声色俱厉，暗叹不妙。他做梦也没想到老板会突然降临在他的面前，自己偷懒还被抓了个现行。他耷拉着头，脸色从刚开始的通红又憋成了煞白，支吾了半晌："我派他们出去办事了，应该刚出去不久吧。"

"办什么事呢？"叶亦双索性问到底。就在几分钟前，她下定决心要对分公司好好整饬一番。

池正毅看到叶亦双的表情异常严肃，胆战心惊，就随口扯了个理由："我让他们去说服三号项目的拒拆户们去了，这个项目进展缓慢，需要投入大量的人力去应对。"

不听这个事还好，一听到这件事，叶亦双这心里更是火冒三丈。她的声音情不自禁地高了好几十个分贝，一脸不悦地说："这么多人去办同一件事，还办不好，公司养这些人有什么用！"

叶亦双的几句怒斥，把池正毅训得一愣一愣的。他不敢再轻易狡辩，满脸的羞愧。过了一会儿，他偷偷瞄了一眼正在气头上的叶亦双，换上既委屈又无奈的神色说道："董事长，您有所不知啊！我们绞尽脑汁也说服不了他们。况且，上头规定要文明拆迁，这样不是让我们更被动吗？"

叶亦双立马训斥道："他们颁布命令，肯定有他们的道理，就算你不能理解，那也必须得遵守。各个地区到处有项目要开工，肯定也会遇到类似的情况，那为什么别的公司就能解决好一切，我们就不行呢！这不是政策问题，也不是手段问题，而是你们的能力问题！"

面对董事长的严厉苛责，尽管池正毅站在阴凉的办公室里，但汗还是从发梢两侧不停地冒出来，而裹在西装里的衬衫早已被汗打湿了。他几乎用尽了身体内余留的勇气，解释道："董事长，我们也做了大量的工作，并与几户原居民成功达成了搬离协议。我们付出的努力还是换回了一点成果，希望您多给我一点时间，我保证很快就会完成这项艰巨的任务！”

对于池正毅信誓旦旦的话，叶亦双不想听，也懒得听，三号项目进展缓慢，几乎停滞不前，这个责任理应要有人来承担。池正毅是主要负责人，毫无疑问就要担责。

叶亦双严肃地说：“不是我能不能给你时间，而是我们能否抢到时间！”

“董事长，您可能不知道，我这心里比谁都着急呢！我每天睡不踏实，总担心双眼闭上后睁开，就得到项目失败的消息。”池正毅一脸痛苦地说道。他恨不得把心掏出来给叶亦双看，以表他的拳拳之心。

叶亦双在心里冷笑几声，瞥了他一眼：“别把工作和休息的时间弄反了，稀里糊涂地做了无用功。”

池正毅立即听出了她的话外音，忙不迭解释：“三号项目的那些人简直就是一群泼皮无赖，不管给他们多少钱，他们也不会感到满足的。”

叶亦双又瞥了他一眼，诉斥道：“为什么他们都不愿意搬呢，你们去找过原因没有？做事情之情必须要摸清底细，做到知己知彼。”

池正毅被训得灰头土脸，眼睛眨巴眨巴，站在那里尽显无辜和无奈。他看到叶亦双一副兴师问罪的样子，从心底里慢慢产生了一种抗拒和厌恨的情绪。一年多前的银河阁项目让他的忠诚裂开了一道罅隙，随着时间推移，这道口子没有愈合，反而有越裂越大之势。何况宏亦公司又来了一个叶亦双的亲信，他总感觉自己的权力被慢慢地架空，原本倾向于自己一边的砝码，暗中被人偷偷拿走了，他渐渐感到整件事情被一个阴谋操纵着，他一想到这些事情，就感到不寒而栗。

池正毅点点头，表示接受批评，然后又轻声说：“董事长，您也知道这些人的行为不是个别现象，是整个社会的问题。很多人就是因为尝过甜头，才导致这种坏毛病被传播。所以，我觉得对待这些人，就应该用特别的办法，不能迁就他们，只要我们往后退一丁点儿，他们准会得寸进尺。”

“你可千万别打这方面的主意，以免害人害己。社会在进步，法治在健全，你是这家公司的负责人，行事更要谨慎。”叶亦双板着脸孔，苛责道。在叶亦双的心里，池正毅的地位似乎已经无足轻重。她瞪了他一眼，继续强调道：“我再重申一遍，我们做事必须合法合规！”

当时，董事会同意成立宏亦公司，但在总经理的人选问题上产生过分歧，公司里的几股势力相互捭阖，都想用自己的人。后来僵持一段时间后，结果把八面玲珑的池正毅推了上去。叶亦双本想拉拢池正毅来壮大自己的势力，但事与愿违，他的表现与她的期待相差甚远。

池正毅表面上恭恭敬敬，不停地点头接受训斥，但心里面是戾气暴涨。他觉得再辩解下去，落不下半点好处，于是带着讨好的口气说道：“董事长，您批评得对，我们在工作中疏漏了很多细节，不懂得因人而异。我保证在今后的工作中会特别注意这一点，凡事考虑周详，不留死角。”

叶亦双听到这些阿谀奉承的话，明白池正毅在敷衍，她就不想轻易地让池正毅开脱责任，要借机好好训他一顿，也好让他明白在这个公司里，到底是谁说了算，是谁可以定夺他的锦绣前程。“对于三号项目存在的问题，你们摸清了没有？”

池正毅怔了怔，夷由几秒，然后小声说：“基本摸清了。”

叶亦双咄咄问道：“那解决方案呢？”

池正毅马上回答：“该强硬就强硬，该妥协就妥协。”

叶亦双见他尽说些应付之类的话，一脸的不悦：“解决不了，又陷入僵局之中，那该怎么办！”

池正毅期期艾艾了好一会儿，最后保证道：“请您放心，我一定会解决好这事的。”

叶亦双告诫道：“三号项目即将动工，留给我们的时间非常有限，我再给你十天时间，假如还没有进展的话，我就另外派人接替三号项目的工作。”

池正毅听了这句话刹那间就愣住了，他鼓起勇气直视叶亦双的眼睛，从她的眼神中看到了丝丝杀气。池正毅忽然感觉有把刀架在了自己的脖子上，全身冰凉，他知道今天是躲不了了，就算自己跪下来求她，也只是把做男人的尊严丢掉而已。他顿了顿，一咬牙保证道：“既然如此，那就以十天为限，我一定会拿下项目。”

叶亦双转而恢复往日的表情，好似阴云密布的天空突然被万丈光芒给击散了：“我等你的好消息。”

池正毅佯装一脸的顺从，但心里面早已怒火中烧。

第二十六章　蓄势待发

训了池正毅后，叶亦双立马遣人通知宏亦公司中层以上的管理人员于下午四点三十分在公司的会议室开会，除了出差的人，其余人员只要还在文水地界，无论如何都必须要赶回来开会，若有违反规定的，直接纳入年终考核不合格，不仅影响奖金，还直接影响日后的升迁。叶亦双的命令尽管引起部分老职员的抵触情绪，但在四点一刻的时候，接到通知的人员都提前到了会场。

在这些人当中，有许多人曾多次参加过叶亦双亲自主持的会议，却从来没有见过她发那么大的脾气。叶亦双在会上对许多人进行了严厉批评，并从职员管理、办事能力、行事效率及个人行为方面，指出了所有人的缺点。本次会议的重中之重就是三号项目的拆迁计划和处置问题，她甚至下达了死命令，责令全体人员必须互相协作、互相帮持，务必要拿下该项目，否则将进行问责。这群人入职多年，首次在沉默中度过了一场会议，每个人都感到如坐针毡。

叶亦双认为这个会开得恰是时候，不仅能遏抑那些自以为劳苦功高的人，也可以为她拨动宏亦公司的整体格局埋下伏笔。她庆幸自己有着坚定的执念，若不是当初撤离了祁阳，那她就无法更精确地掌控文水分公司的运作。对她而言，池正毅这个人越来越难以捉摸，幸而她把夏耀仰等人调了过去，其作用非常明显，逐渐形成了一股钳制池正毅的力量。

当天晚上，她特意安排了一处僻静的茶庄，叫夏耀仰过来给他分派任务。

茶室里非常安静，只有泉水的叮咚声飘入耳中，夏耀仰端端正正地坐在叶亦双的对面，表情诚然，一副随时恭候主人命令的样子。叶亦双全神贯注地重复一系列的泡茶动作，直到完成了三遍，才给夏耀仰满了一盏茶，并示意他品尝。

夏耀仰一副受宠若惊的样子，赶紧捏杯一口啜完，然后眉头舒展，呼出一口气："好茶啊！香气悠远，其味空静。"

叶亦双提壶而笑："既然茶合口味，那就多喝几杯。"

夏耀仰见董事长又给自己斟满茶，心里一阵暖意，轻声说："董事长，您找我有事要吩咐吗？"

叶亦双优雅地品了品茶，又回味了满口的清香，这才说道："时间过得真快，转眼你来文水都一年多了，感觉怎么样？"

夏耀仰立刻回答："跟在祁阳时相差无几。"

"喝茶。"叶亦双笑着说。

夏耀仰拿起杯子一口饮尽，而瞳仁中流露一丝狐疑的神色，他徐徐放下杯子，问道："叶董，您有什么吩咐吗？"

叶亦双眼盯着茶壶，手还在拨弄着茶盅，脸上的笑容已经被收了起来："在整个宏印集团里面，我有几个得力助手，你便是其中一个。当初我把祁阳分公司交给你，是相信你有能力去掌管它，当然，你确实也没有令我失望。"

夏耀仰一听身子立马坐正，神情激动，语气又非常诚恳地说："感谢您对我的信任！"

叶亦双用赞许的目光看着他，问道："还记得一年前我赠送你的那句话吗？"

"以退为进，厚积薄发！"夏耀仰不假思索地回答道。

叶亦双点点头。

夏耀仰立即拍拍自己的胸脯："忘不了，一直刻在里面。"

"其实我让你来宏亦公司的目的，早就跟你透露过了。"叶亦双说完，又露出让人琢磨不透的表情。

夏耀仰突然一头雾水，对她的话揣摩不透，于是轻声说道："您的话我一直记在心里，自从来到文水后，朝乾夕惕，丝毫不敢懈怠。至于您派我来文水的目的，还请董事长明示。"

叶亦双听完他的肺腑之言，打心眼里更加器重夏耀仰。她笑笑，捏起茶盏啜尽："宏亦公司成立几年就取得了骄人的业绩，其地位举足轻重。再加上宏印集团在这几年里把业务转向房地产行业，致使宏亦公司成了最核心最赚钱的公司。俗话说：木秀于林，风必摧之。宏亦公司的日益壮大，早就引起其他股东的关注，这几股势力都想把自己的人安插进来。"

夏耀仰小声说："您指的是李星昭这几个人吗？"

叶亦双听了，立刻露出憎恨的样子，说道："他们手里有股权，我一时也只能迁就他们。"

夏耀仰咬咬牙说："这几个人不知好歹，实在是可恶至极。我们一定要想办法挫挫他们的锐气。"

叶亦双的瞳仁迸射出凌厉的眼神，握紧拳头："我会让他们的如意算盘全部打空，我派你来宏亦公司，就是为了把公司交给你。只要你管理了这家公司，我们才能占据主动权。"

"所有事情都在您的掌控之中，他们一定会输。"夏耀仰恭维道。

"若想制服李星昭这只老狐狸，必须要从长计议，只要能收服他们，筹划几年又何妨！现在已经到了最关键的时候，我们必须沉得住气，伺机而动！"

夏耀仰点点头，一脸奉承的样子："只要把他们给击败了，那么宏远公司从此就安静了。"

叶亦双冷笑一声："百足之虫死而不僵！既然双方已经点燃了战火，那我们必须要迎战。如今，谁能控制宏亦公司，谁就能取得最后的胜利。"

夏耀仰点点头，又压低声音说："可是宏亦公司有池正毅在。”

叶亦双看着他，笃定地说：“我调你过来，便是取而代之！”

夏耀仰心里一喜：“感谢董事长的信任。”

叶亦双问：“你在宏亦公司工作了这么久，对公司业务、人员关系、内部结构、外部网络等，想必都熟悉了吧？”

夏耀仰赶忙回答道：“一清二楚！我一直遵从您的吩咐，熟络公司的核心事务。”

叶亦双点点头：“总算没白费我的苦心。”

夏耀仰问：“董事长，您说让我来管理公司，可是公司有池正毅在，总不能把我们的职位互相调换一下，这样肯定会招来各方势力的阻拦。”

叶亦双一副胸有成竹的样子，笃定地说：“有何不可？”

“您是怎么安排的？”夏耀仰好奇地问。他用充满疑惑的眼神看着叶亦双，越发觉得自己猜不透她的心思，他甚至在心里倍加叹服眼前这位女人，年纪轻轻，却能运筹帷幄。

叶亦双说道：“你只需要把分内的工作做好，耐心等待，做好全面接手公司的准备。”

“我明白，董事长。”夏耀仰正了正身子，注视她。

叶亦双又叮嘱道：“目前局势不明，而且公司里人员混杂，你务必要谨慎行事，切勿授人以柄。”

夏耀仰立即保证道：“请董事长放心，我绝不让别人有机可乘。”

“现在是关键时刻，决不能出现一丁点的失误，否则，功亏一篑，我这几年的心血也将付诸东流！”叶亦双肃然道。

“请董事长放心，我一定不会辜负您的期许。”夏耀仰又再三保证道。他忽然觉得这件事变得既复杂又诡异，自己毫无征兆地就卷入了派系斗争中。尽管他不知道叶亦双的具体计划，但从她的口气中深知自己的重要性，就算是一枚棋子，也绝不是一枚卒棋。

少顷，叶亦双突然换了个话题问道：“你清楚三号项目的具体情况吗？”

夏耀仰顿了顿，又摇摇头：“虽然我参加过总公司关于如何运作三号项目的讨论会，但我知道的信息非常有限。”

叶亦双责问道：“你是公司的副总经理，为什么不主动去关注！”

夏耀仰叹了口气，说：“您有所不知，池正毅不喜欢我插手这个项目，我的职务在他下面，说不上话。”

“怎么回事？”叶亦双问。

“有次在例会上讨论过三号项目的运作方式，我提过几条建议，结果都被池正毅给否决了。我曾经制订过一份计划书给他，却石沉大海，他好像对我有强烈的偏见。”夏耀仰说道。

“你怎么从来没有跟我说过这些呢？”叶亦双责怪道。

夏耀仰憨笑一声，解释道：“我初来乍到，这人生地不熟的，遇到这一茬也很正常，总觉得忍忍就过去了。何况大家都是同事，抬头不见低头见，总不能因为我个人的一些猜想就跟他闹僵，这样不利于开展工作。”

叶亦双满意地笑笑：“我果然没有看错人。”

夏耀仰笑着说：“职场铁律，可不就是忍气吞声。”

叶亦双说道：“回头我把三号项目的详细资料发给你一份，你务必好好研究，制订一套可行性方案出来，争取在这件事情上挣得几分功劳。”

夏耀仰立马应承道：“请董事长放心，我一定会完成任务。”

“有这份信心甚好！”晚上的茶局令她心神愉悦，夏耀仰是盘活这盘棋局的重要棋子，她是经过深思熟虑后，才慎重地落下了这枚棋子。

第二十七章　排忧解难

翌日上午，叶亦双接到了洛渊的电话，他说在傍晚时分会回到文水，还会给她带来一个惊喜。其实，叶亦双在来文水之前就给洛渊挂了个电话，谁知他出差在外，叶亦双曾问他何事出差，他却一反常态地没有告诉她具体情况，当时她满脑子都装着三号项目的事情，故而没有追问下去。叶亦双接完电话，心里像吃了蜜糖一般，倒不是她期待那个惊喜，而是自己的爱人马上就回到自己的身边了。

这一整天，叶亦双都奔波在各个项目部，临近下班前才回到下榻的酒店休息。黄昏时，清脆的门铃响起，叶亦双急忙跑去开门，见心爱的男人正倚在门口，脸上挂着一抹笑容。洛渊随即抱住她，给她一个长长的吻，直到两人感到一丝窒息，才分开并深情地凝视彼此。他抚摸她那张白皙的脸，爱意浓浓："想我吗？"

叶亦双似乎还没有亲够，又主动凑上小嘴与他缠绵，许久才依依不舍地放开，抬起头说："特别想。"

俩人互相搂着不再开口，充分感受彼此的体温，尽情享受浓烈的爱情，房间里骤然安静，似乎可以听到两颗心脏剧烈跳动的声音。在温馨了几分钟后，洛渊才一脸神秘地说："走，我带你去参加一个重要的饭局。"

"饭局？"叶亦双嘀咕道，一脸不解。

"一个惊喜。"洛渊笑着说，一副充满神秘感的样子。

叶亦双一脸懵懂，顺从地点点头：“稍等片刻，我去补个妆。”

洛渊一把拉住她，左看看右看看，然后装作一副极其认真的样子：“倾城容颜，何须装束。”

叶亦双偷笑一声，轻轻甩开他的手。

少顷，叶亦双打扮一番就出了房间，洛渊看到叶亦双迷人的身姿，立马佯作一副陶醉不已的样子。“沉鱼落雁鸟惊喧，羞花闭月花愁颤！”

叶亦双莞尔一笑，诙谐地说：“几天不见，这嘴巴像抹了蜜似的。”

洛渊一把抱住她封住她的嘴唇，然后笑着说：“让你也尝尝这蜜的甜味。”

洛渊说的饭局地点定在文水市档次最高的饭店里，这家饭店久负盛名，在全国都有分店。叶亦双直到现在，才知道晚上的宴席由洛渊做东，偌大的包厢里总共六个人，刚好是三男三女。

通体赭红的实木桌上摆着好几道精美诱人的冷菜，晶莹剔透的高脚杯里倒上了小半杯浓郁芳香的红酒，忽而一看，像极了细腿模特身上的裙摆。金碧辉煌的厅内，柔和的灯光陪衬着每一位宾客的笑容。

待大家就座后，洛渊首先站起来，一脸郑重地介绍道：“这位是我的未婚妻，叶亦双女士。”

在座的人听到这个信息，纷纷点头问好。

少顷，洛渊又依次介绍起另外几个人，从他的左侧数起，第一位是个年约五十光景的男人，面目慈善，额庭饱满，洛渊尊称他为陈叔。此人叫陈伯清，是知名企业立清化工的老总。在陈伯清旁边的是一位和蔼可亲、笑容可掬的中年女士，她是陈伯清的夫人，姓单名娟。单娟的旁边坐着一位四十出头的中年男子，神采奕奕，气宇轩昂。洛渊热情地称呼他为沈总，他的全名叫沈一帆，为扬帆工贸的董事长。挨着沈一帆落座的是一位年轻的女子，美目盼兮，香艳脱俗。她是沈一帆的行政助理，名为吕怡。

待洛渊把全部人都介绍完后，大家举杯庆祝。沈一帆打趣道："洛渊，你什么时候突然多出了一位未婚妻呢？我可还没有喝上喜酒呢。"

陈伯清笑着应和："这可是件大事呢，必须要风风光光办一回吧。"

洛渊笑了笑，深情地注视叶亦双："我们是私订终身，何须昭告天下呢？"

"这酒席一定要办，不然就不合法了。"沈一帆打趣道。

"这不是补办着呢。晚上特意请你们过来喝喜酒呢。"洛渊睿智地反驳道。

叶亦双对洛渊向众人介绍的关系存在一丝不解，索性落落大方地举起酒杯，露出迷人的酒窝："我跟洛渊都觉得婚姻是两个人的事情，无须搞得太复杂，爱情不是靠仪式去固定的，所以就一切从简。在此我敬各位一杯，算是赔个不是吧。"

单娟一脸慈祥地说："新娘子敬酒了，这杯一定要喝完。"

沈一帆一口饮完，趁着兴浓，扯声道："洛渊，你小子太不够意思了，这人生的头等大事竟然办得这么低调！到了结婚的时候可不许这样了，必须要轰轰烈烈！"

吕怡微笑着说："洛总一向推崇浪漫，这么低调的处事风格真不像您哦。"

洛渊笑了笑，举起酒杯："我已经认识到自己的错误了，我自罚一杯，请大家务必海涵。"

叶亦双优雅地举起酒杯，笑着说："我陪洛渊自罚一杯。"

"不愧是大公司的董事长，巾帼不让须眉！洛渊这小子福气不小啊。"陈伯清咧着嘴说道，他是这群人当中年龄最大的一个，高出洛渊等人足足一辈，但他说话的方式诙谐风趣，口气更像是对一群朋友的调侃。

叶亦双暗自一惊，她以为洛渊只是简单地介绍了自己，但明显不止这些。她谦虚地笑笑："在您面前，我就是晚辈，要向您学习呢。"

陈伯清对叶亦双的谦卑甚是欢喜，满意地点点头，说道："愧不敢当，商人之间应该是互相学习，互相探讨，乃至互相合作。"

这时，沈一帆插了句话："陈总太谦虚了，立清化工声名远扬，是行业中的标杆企业，我们肯定要向你学习，向你靠拢。"

单娟打趣道："老陈都快过知天命的年龄了，眼瞧着就要迈入花甲之年，他步履蹒跚，哪能跟上时代的脚步呢，还提什么学习不学习的！你们都是年轻的企业家，后起之秀，肯定青出于蓝。"

陈伯清爽朗地笑出声来，自嘲道："长江后浪推前浪，前浪死在沙滩上。"

单娟笑着抱怨一句："今晚是小洛的大喜之日，提'死'字不吉利，应该是前浪搁在沙滩上！"

众人一听忍不住喜笑颜开。

洛渊举杯对陈伯清说："择日不如撞日，我们不妨就借晚上这场喜宴，谈谈有关合作的事情。"

"这个？可以来个双喜临门。"陈伯清笑眯眯地扫视一圈，然后把目光停留在沈一帆身上，说道："那还要听听一帆的想法呢。"

沈一帆笑了笑，语气干脆："一切由陈总做主。"

洛渊感激地点点头，然后对叶亦双解释道："我把三号项目的有关情况跟陈总和沈总介绍过了，他们看过计划书后，都对这个项目产生了浓厚的兴趣，并希望可以了解到更详细的情况。"

直到这时，叶亦双才恍然大悟，同时也解开了她心中的小疑团。洛渊称自己是他的未婚妻，就是想凭借这层关系，让投资人坚定投资信念。她的心里瞬间产生了一种厚重的感激之情，庆幸自己把终身幸福托对了人。

叶亦双突然感觉酒醒了大半，轻声对洛渊说道："你应该早点通知我，我好准备些资料，现在这样，不是让大家看笑话了吗？"

洛渊笑了笑，一脸温情地说："我们晚上的主要任务是给大家补办订婚宴，并借此机会聊聊大致的合作框架，至于具体的细节，赶明儿再说也不迟。"

叶亦双暗自舒口气，又朝大家露出大大方方的仪态，笑着说："我原以为他介绍朋友给我认识，谁料还给我招商引资来了，那我就介绍一下工程的整体情况吧。"

"晚上这顿饭既是喜宴，又是商宴，一举两得呀。"陈伯清打趣道，他笑得最爽朗，简直给人一副老顽童的感觉。

大概过了一刻钟的时间，叶亦双才言简意赅地讲述完三号项目的总体情况。洛渊立马幽默地说："我未婚妻比我介绍得更全面，更客观，这个项目的投资前景非常广阔，陈总和沈总一定会赚得盆满钵满。"

"假如这个项目运作得好，绝对能赚大钱！"陈伯清笑着说道，然后他又问沈一帆，"沈总，你意下如何呢？"

沈一帆笑了笑："这个投资很有意思，的确像一块巨大的蛋糕，我们不妨尽早商谈细节把事情定下来。"

叶亦双立即说："时间由你们定，我随时恭候各位大驾。"

陈伯清说："这个项目有很多双眼睛盯着，筹备必须要趁早。"

洛渊见几个人达成一致意见，立马提议道："择日不如撞日，既然晚上已经开了个好头，那就定在明天上午谈具体的投资事项吧。"

叶亦双立即附和道："不知陈总和沈总能否在百忙之中抽出这个时间呢？"

陈伯清和沈一帆对视一眼，同声道："就这么定了！"

洛渊见大家都如此爽快，高兴地举起酒杯说："晚上的正事已经谈完，接下来的事情就是喝酒，谁也不许提前走，不醉不归！"

众人纷纷喊道："干杯！"

第二十八章　精诚所至

第二天上午，几辆豪华轿车在霞飞路一侧缓缓停下，从车里下来几位穿着考究的人物，领头的便是叶亦双、陈伯清、沈一帆等人。

一群人在夏耀仰的引领下，进入了内场。夏耀仰见大家兴致浓厚，一脸认真地介绍道："霞飞路危改项目暂时定名为三号项目，总整改面积达到十五万平方米，工程量比较庞大，也是文水市的重点项目。"

陈伯清绕过眼前的一堆瓦砾，走到一片水泥地浇筑的空地上驻足，然后指了指五十米开外的几幢外墙斑驳的房子问："看来还有人不同意开发呢。"

夏耀仰赶紧疾步跟上，指着这几幢房子挥手一斩："这个项目是重点工程，市里对这片区域的改造非常关注，我们会妥善处理好的。"

沈一帆拍拍夏耀仰的肩膀，笑了笑："一项挺好的惠民政策，活活被少数几个人阻挠了进程，不是有句话说一颗老鼠屎坏了一锅粥，现在看来还是挺有道理的。"

夏耀仰点点头，笑着说："沈总一语中的！若不是这几户从中作梗，这一片早就开始建设了。"

叶亦双两手插兜，眼睛扫扫四周，又笑了笑："这些钉子户看起来可恶，实际上也帮了我们一个大忙，就因为他们拒迁，才给我们创造了收地的机会。”

沈一帆立即疑惑地看着她：“叶董，这话怎讲？”

叶亦双说：“这一片土地虽然谈不上核心区域，但增值空间大，投资前景广，自然成为许多开发商角逐的对象。假如这块土地非常轻松地就被别人推平了，那大家就都有资格参与竞拍了。不过，现在这块土地上还有那么多的住户拒迁，这东一幢西一幢的，完全打乱了原先的规划，因而要想发展这里，当务之急还是要解决钉子户的问题。只要存在问题，人人就有机会，问题越大，机会越大。”

沈一帆点点头，一副若有所思的样子，说：“看来这个机会似乎被叶董拿在手中了。”

陈伯清则摇摇头说：“现在是法治社会，注重和谐治理，这些人狮子大开口，要想满足他们确实是件不容易的事。”

叶亦双说：“就是因为这事艰难重重，上面才做出了相应的调整，他们的指导意见就是哪家公司能在拆迁问题上圆满完成任务，这家公司就有优先开发的资格。”

沈一帆抬头看着叶亦双问道：“关于这条政策蕴藏的信息，是否可以理解为谁拿下钉子户，工程就由谁承建？”

叶亦双看着两位点点头：“差不多就是这个意思。这块地是这座城市的门户、脸面，这些摇摇欲坠的老房子就像长在脸上的毒瘤，只要迟一天割掉，就会多一天的危害。”

沈一帆笑着说：“拆房子还不简单吗，这个社会每天要拆除那么多幢房子，也不差这几幢。”

叶亦双笑了笑：“省里特意发了红头文件下来，决不允许在旧城改造、危房拆迁等问题上损害到人民的合法权益，否则将被问责。现在是互联网时代，资讯发达，新闻可以在一分钟内传达到世界上的任何一个角落，所以谁也不敢在这节骨眼上撞在枪口上。”

沈一帆感慨道：“网络啊，就像达摩克利斯之剑。它既是这个时代发展的础石，但是从某个角度看，又是社会建设的滞缓剂。”

“不动用处罚手段，一味妥协也不是办法，这就像双方展开了拉锯战，都在拼命消耗着，又仿佛没有个尽头。”陈伯清评论道。

“时势造英雄，如今大局明朗，时局未定，不正是给几位老总一战成名的机会嘛！”夏耀仰突然恭维道。

沈一帆爽朗地笑了笑，又问：“这个项目的确很吸引人，但是这十几幢房子就像插在开发商身上的十几柄利剑，贸然拔掉必将危及性命，倘若使用正当手段，又耗时耗力，得不偿失。”

陈伯清沉思几秒问：“叶董，你们对此有何计划？”

叶亦双一脸自信地看着他们，笃定地说：“宏印集团肯定能拿下这个项目，一切都在我们的计划中有序进行着。”

夏耀仰赶忙附和道：“各位老总，三号项目的拆迁方案早就开始实施了，一切都在董事长的掌控之中，相信过不了多久，眼前就会一览无余了。”

沈一帆用怀疑的眼神看了一眼夏耀仰，笑着说：“看来叶董势在必得啊！”

陈伯清同样用疑虑的眼神看了看他们，问道：“不知计划进展如何呢？”

夏耀仰见董事长似乎不想正面作答，急忙挺身而出，自信地说：“我们制订的拆迁计划非常有效，已经成功签了几单搬迁协议，相信用不了多久就能告捷。”

沈一帆对夏耀仰的话不置可否，他感觉他说话含糊其辞，但又挑不出什么毛病，可能这个计划正是他们公司需要保密的，他目前还不是股东也不是投资方，理论上讲无权知道公司的行动方案。他朝陈伯清传递了下眼神，然后说：“看来夏经理信心饱满，对解决拆迁问题成竹在胸呀！”

夏耀仰笑着说：“沈总过奖了，在拆迁问题上宏印集团还是有这个能力的。”

陈伯清接到沈一帆传递的眼神，立马猜透其意，这个投资巨大的项目，必须要厘清任何一个细节。就目前的情况看来，摆平这些钉子户是整个工程能否顺利夺标的最关键要素，沈一帆想弄清楚，他也想搞明白。陈伯清又指了指这些破烂不堪的老房子，打趣说：“既然计划奏效了，为什么还有这么多的住户未搬迁，夏经理不会是和我们开玩笑吧！看这些房子摇摇欲坠，你们总不会等风来吧。”

沈一帆忍不住笑了起来，诙谐地附和：“江南台风天，摧物不费力。”

叶亦双听出了两个人藏在只言片语中的不信任，尴尬地笑了笑，解释道：“老实说这个拆迁工作一向由文水分公司的总经理池正毅负责，宏亦公司在文水市的所有项目都由他处理，我鲜有过问。但是我昨天过来了解过大概情况，整体进程已达预期设想。”

夏耀仰见自己的董事长说话底气明显不足，赶紧跟着说：“叶董事务繁忙，像拆迁这种小事，我们自然不会打搅董事长。”

陈伯清转过身看另外几栋房子，似乎不想听这些敷衍的话，并拉长声音说：“拆迁难搞啊，肯定会大幅度地增加投资的风险。”

“这的确是个大问题。”沈一帆应和道。

叶亦双非常清楚他们模棱两可的态度是在担忧拆迁一事，她随即指指那些房子，语气坚定地说：“你们放心，宏印集团绝对有这个实力把房子拆下来！之前的银河阁项目，我们曾经也是困难重重，大家都认为这几乎是不可能完成的任务，到最后还不是被我们攻克下来。既然在银河阁项目上我们能冲破道道难关，那拆下这几幢房子又算什么呢？”

叶亦双的话似乎打消了陈伯清的顾虑，他思忖了一会儿，用疑惑的眼神看着她：“你们真能解决这些拆迁户吗？”

叶亦双一副信心十足的样子，眼神坚定地看着他："请放心，我们一定能够拿下这个项目的。"

沈一帆突然说："恕我冒昧地问一句，叶董准备花多少时间解决这里的问题呢？"

叶亦双顿了顿："最少半个月，最多一个月，宏印集团必将解决征地问题。"

"我们公司对这个工程已经做足了前期工作，势在必得！"夏耀仰立马说道。

沈一帆见对方态度诚恳，打趣道："刚才我唐突了。"

叶亦双微笑道："沈总说笑了，站在投资人的角度，了解事情真相非常重要。"

沈一帆赞许地点点头："叶董不愧是大企业的掌门人，有大气度。"

陈伯清朝沈一帆对视一眼，然后对叶亦双说："尽管我们与叶董初次打交道，但我们对叶董的真诚深信不疑。"

叶亦双一脸感激地看着他们："承蒙陈总信任，我们宏印集团以诚实守信为生存之根本，发展之础石，父辈如此，我亦如此！今天，我特意邀请你们来现场商榷合作事宜，就是为了向两位坦诚心扉，把目前遇到的情况及项目进程，一清二楚地展现给两位看。"

"精诚所至，金石为开。"沈一帆感喟道，然后又忍不住夸赞道："叶董不愧是宏印集团的掌舵人，待人坦诚，行事稳健，人格魅力更是令我佩服万分！与你们合作肯定没有后顾之忧！"

话都说到这个份儿上了，叶亦双的心情自然是高兴不已："这次的合作，必定是三赢局面。"

陈伯清换了个方位看了看，又沉思了半晌，表情严肃地问："需要我们投资多少？"

叶亦双声音清脆地吐出三个字："五千万。"

陈伯清问："如何合作？"

“按投资额计算占股比列，至于详细资料，我会派人送到两位的手中。”叶亦双简练地回答道，接着她又向他们伸出手，笃定地说：“请放心，你们的这笔钱肯定是现阶段最有价值的投资。”

陈伯清和沈一帆说：“一言为定。”

“一言为定！”叶亦双诚挚道。

第二十九章　覆巢之下

十天为限，如今悄然过去了五天，但池正毅的工作还是没有取得实质性的进展。他想尽办法，用尽手段，也只跟一户人家达成了拆迁协议，这还是作了巨大的让步之后，才达成的妥协结果。他把这些拒迁户的底细和人际关系查了个底朝天，试图通过朋友，或者是朋友的朋友进行攻克，但是收获甚微。在关乎个人利益得失的问题上，在动辄几十万、几百万的数额面前，一切想方设法地套近乎都是徒劳的。池正毅越来越觉得任务过分艰巨，简直堪比登天。

就在刚才，他带着一名助理从外面谈判回来，一屁股扎进软绵绵的沙发上，不想再起来。他点上一根烟，猛力地吸了一口，然后头一仰往上吐出几个大烟圈，大声咒骂道："他妈的！老子干得都是些什么狗屁的事情啊！"

"池总，您可要消消气，工作是公司的，这身体是自个儿的，气坏了可不划算啊！"助理欠了欠身子说道。

池正毅的这名助理是位妖娆多姿、风情万种的年轻女性，名为尹玉。她能做到总经理助理，除了拥有突出的身材和样貌外，自身也有真才实学。池正毅收起色眯眯的眼神，又重重地叹了口气："假如完不成任务，这身体连着脑袋都不是自己的啦！"

尹玉给池正毅泡了一杯咖啡，又绕到他背后给他轻轻按摩："池总，您这身体现在可不是完全属于您自己的哦，他属于宏亦公司全体员工的呢。"

池正毅高兴地扬起嘴角，伸手摸摸尹玉细嫩的手：“我这身体啊，跟任何人都没关系，唯独跟你沾了点缘分。”

“讨厌，占人家便宜还说得这么好听。”尹玉佯嗔。她又俯下身子，凑在他耳边吹了口气：“池总，有件事我实在想不透，不知道该不该问呢？”

池正毅挥挥手：“这个房间里只有我和你，还有什么事不可以说的呢！”

尹玉一脸娇羞地拍了下他的肩膀，压了压嗓音：“池总，我怎么觉得董事长好像特别针对您似的，就不给您松口气。”

池正毅怔了怔，情不自禁地回过头看了尹玉一眼，脸上充满复杂的表情，过了稍许时间，他才轻声问道：“此话怎么讲？”

尹玉见池正毅眉头紧锁，神情肃穆，立刻感觉自己说错话了，恐怕得罪了主子，于是她赶忙赔了个笑脸，撒娇一番，试图掩盖那股紧张严肃的气氛。她等他转回头，赶紧温柔地搂住他的脖子，小声说：“池总，您不觉得这次的遭遇似曾相识吗？叶董事长对您几乎是要了同样的手段。”

池正毅沉默了片刻，用手摸了摸下巴：“继续讲。”

尹玉见自己的话勾起了他的兴致，胆子稍微被撑大了点，声音就自然而然地大了几分贝：“一年前的银河阁项目，叶董事长也是这样逼您，把您赶到悬崖峭壁上，就差推你一把了。大家谁不知道，她当时把您当了一枚弃子，借机打压她的对手，巩固权力。不过，我认为这都不算最坏的事，毕竟您有惊无险地度过了，而她最阴险的是趁局势混乱之际，暗度陈仓，把夏耀仰安排到宏亦来！那夏耀仰可是祁阳分公司的老总，众所周知，是她叶亦双的嫡系亲信。总之夏耀仰来宏亦，必有所图。”

“有何所图？”池正毅轻声问道，忍不住换了个坐姿。其实他对叶亦双的心思早有猜忌，只是不愿也不敢深想，谁料，却被自己的下属逼进了死角。

“分权或篡权。”尹玉简单地回答道，她的眼神透露出一个参谋该有的自信和自满。

尹玉的话寥寥几个字，声音也不响，却像万钧之力砸入水面一般，激起千层浪。她的话何尝不是他担忧过的事呢？他不是没想透，而是感到极为惊悚，不敢去想，更不敢捅穿这层窗纸。他认为自己为公司奋斗了十多年，没有功劳也有苦劳，实在想不通叶亦双有何理由去害他。从另一个角度推断，他也觉得这个理由站不住脚，他是宏亦公司的一把手，身居要职，工作上也没有出过差错，叶亦双没有理由对他不利。不过扒开种种表面现象，从已经发生的迹象来看，这确实令人困惑不解，只是叶亦双没有公开阐明，任由他人的心里也只能算是个猜测。然而尹玉的话一针见血，字字扎在了他的心窝上。

平心而论，自银河阁项目起，他就对叶亦双颇有微词，埋在心底的一股无名怨火已经被这件事给点燃了。正当事情僵着之际，又来了一个夏耀仰，尽管他在职位上是副总经理，但他的架势又好像跟自己平起平坐，还曾质疑过他的决策。这样一来，又给他的这股无名怒火添了一把干柴，致使他开始憎恨起来。不想，时隔一年，叶亦双在三号项目上对他的不留情面，对他的步步紧逼，终于让他产生了一股仇恨之气。他觉得自己处在了生死存亡的绝境中，他希冀叶亦双能厚待他，或者拆迁的事情能得到转机，然而，他努力过后才发现生还的机会越来越渺茫。

他低头沉默了许久，眼前浮现出自己遭受的各种不公平的待遇，他又回想起自己对公司所做的贡献，一时间怒不可遏："他妈的！老子为公司累死累活，拼死拼活，没功劳也有苦劳，如今，却落得个这种下场，我真他妈的受够了！"

尹玉见池正毅勃然大怒，这副咬牙切齿的神情，似乎想要把人撕碎，她知道自己的话戳到了他的痛处，甚至像把利刃插在了他的心脏上："池总，您也感觉到叶亦双在针对您吗？"

池正毅重重地喘了几口气，并未正面回答尹玉："这分权是什么，这篡权又是什么？"

尹玉不慌不忙地绕过沙发，挨着池正毅坐下，双手搭在他的大腿处，语气轻缓：“宏亦公司逐渐成了宏印集团的核心子公司，您是总经理，是由董事会任命的，不是由叶亦双一人说了算，她当然见不得您一人独大，暗地里必须要防着您，以免对她的权力构成威胁。所以她要空降个嫡系亲信过来，一来平衡势力，再者就是削弱您的权力。”

池正毅的火气看似克制了不少，他默默听着尹玉的话，一言不发，但是脸色越发阴沉，犹如暴风雨的前奏。

尹玉见池正毅正在聆听，便继续说道：“我刚才说到篡权，准确来讲，应该用‘摘权’二字更加妥帖。夏耀仰原本便是祁阳分公司的总经理，那祁阳分公司也曾声名远扬，更是宏印集团的核心子公司，夏耀仰能身居要职，足以说明他跟您一样有擎天架海的能力。叶亦双不把这样有才能的人安排在重要岗位上主持一方，却放在宏亦公司屈居二线，这本身就是项耐人寻味的人事安排。何况她是董事长，这样安排，浪费人力资源不说，这一山难容二虎的道理，她不可能不懂！”

池正毅凝在脸上的表情越发阴郁，喃喃说：“她到底想干什么！”

尹玉小声问：“池总，您觉得叶亦双是这样想的吗？”

此时，池正毅的脑子变得异常混乱，因为惊恐而不由得汗毛直竖，他不敢揭开真相的外衣，怕这十多年的心血如南柯一梦。沉默片刻，他似乎又打定了主意，问道：“你觉得她会怎么想？”

尹玉这时反倒平静如水，小声说：“我们同为女人，也都在商海中沉浮多年，凭女人的直觉判断，我认为第二种的可能性更大，更值得防范。”

池正毅突然感到浑身战栗，倒吸一口冷气，声音变得含混起来：“摘权？”

尹玉立刻反问：“难道不是吗？”

池正毅此刻颓丧着脸，忍不住自言自语道：“为什么呢？我到底做错了什么！”

“因为您的身上没有刻着‘叶亦双’三个字，她忌惮了！”

池正毅突然冷笑几声，脸上充满了痛苦、绝望、无奈等复杂的表情：“宏印集团向来就是派系林立，以前叶宏远在世时，还能凭他的威望镇住各路人马，但是公司交到了下一代人的手中后，每个手握股权的人都蠢蠢欲动，不听新董事长的命令了。我既不是股东，又不是叶家族人，只能在夹缝中求生存，不敢得罪任何一方。老实说，我能坐上今天这个位置，也是未曾想过的事，可能是时来运转吧。可如今呢，却像芒刺在背、如鲠在喉啊！”

尹玉见池正毅敞开心扉，赶忙宽慰道：“您也不必心灰意冷，不管叶亦双如何打算，毕竟您是董事会选出来的，不是她叶亦双直接任命的，她想来一招狸猫换太子，也并非是件易事！”

池正毅叹了一声：“难啊！”

“我们还有时间，一定会有转机的！”她主动抓住他的手，她深刻明白‘皮之不存，毛将焉附’这个道理，所以无论如何她都不希望池正毅输掉这一局。

池正毅尴尬地笑了笑，面如土色，淡淡地说：“几个月都解决不了的事情，又岂会在这短短几日内就解决了？”

尹玉不死心，立即把自己的思绪像一张巨网一样撒开，短短几分钟，已经有多种办法在她的脑海里过滤了一遍。突然，她像是找到了打开迷宫的钥匙一般兴奋，提高音量：“您跟众航公司的严老板有过交情，为什么不找他出面呢？银河阁的拆迁就是在他的帮助下才得以解决，这动拆一事，对他而言不就是小事一桩。”

这个念头曾经在池正毅的脑海里闪过，但他觉得自己的面子不够大，当时就被自己给否决了。他看着尹玉的双眸，不自信地问道：“他是尊菩萨，我能请得动吗？”

尹玉立刻说：“只要您烧了高香，不用说请菩萨，就是请佛祖，也会如愿以偿。”

池正毅点点头，终于下定决心似的，大喊一声：“点高香！”

第三十章　难言之隐

当池正毅踏入防备森严的严府时，先前那种既敬畏又警惕的心境油然而生，高墙之内的无名恐惧在他心里占据一席之位，他从按响门铃的那一刻起，就觉得这是件豁出性命的事情。

院子里绿树成荫，却没了以前的幽静，聒噪的知了声，令池正毅陡增几分畏惧。他走在院子的青石板上，尽量把脚步声压下去，尽管这段路不长，但他总觉得双腿像被绑了沙袋一般沉重。此刻，他的心情和思绪都非常复杂，翻来覆去地想着一个问题，对于这个问题，他觉得不可思议，又极其的诡异叵测。

就在前天，他下定决心后打电话给严力华，等电话接通后，他带着恳求的口气跟严力华说出了自己的所求之事。出人意料，严力华并未拒绝他，反而爽快地告诉他问题不大，还邀请他来他的办公室面谈。池正毅做梦也没有想到严力华会对他伸出援手，他兴奋至极，认为好运将至，眼前这些棘手的事情，马上就会迎刃而解。

与外面的温暖相比，房子里明显寒凉了许多。池正毅刚走进屋内，立即就感到被一股寒意包围。几个表情冷峻的大汉站在楼梯口纹丝不动，待他从眼前穿过，才投以凌厉的眼神。池正毅心里一怵，加快步伐往楼上走，结果鞋跟敲出的声音尤为响亮，反而令他更不自在了。他来过这里，虽然谈不上轻车熟路，但对这里的格局早就铭记在心。保镖开门之后就在门外驻足，池正毅暗暗深呼吸，然后抬头挺胸地走了进去，大门发出一声沉闷的声响，里外便成了两个世界。池正毅快速穿过玄关，一进内厅便看到严力华坐在茶桌前泡茶，神态悠然。

他立马走到他的面前，头压低，打起笑脸说："严总，您好！"

严力华点点头，带着笑容指了指椅子："池总，好久不见，快坐下喝杯茶。"

池正毅见严力华没有半点架子，提着的心顿时松懈了几分："今天来打搅严总，实在很抱歉。"

严力华笑了笑："俗话说有朋自远方来不亦乐乎，你能来，我随时欢迎。"

池正毅听到这句话，精神为之一振，连忙恭维道："严总豪情仗义，能结识您，实属我的荣幸啊！"

严力华笑笑，又指了指茶盏："尝尝我泡的茶。"

池正毅捏起茶盅，一口啜完，眉头立马舒展开，夸赞道："真是好茶啊，甘甜清新。"

严力华点点头，又提壶给他斟满紫砂杯："好茶自然要多尝几次，还要慢慢地品。"

池正毅欠欠身子，轻轻地捏住杯口，定睛一看，只见茶水间升腾一股氤氲之气，凝聚而不外扩，匀称而不散乱，他忍不住轻吹一口气，立马，雾气借势袅袅上浮，他继续吹口气，除尽雾粒后，映入眼帘的便是翠绿色的茶水，十分清澈，宛如扣在杯中的一颗翡翠宝石，他一口饮尽，忍不住又赞叹道："好茶啊！这第一杯可以令身体放松下来，这第二杯就令头脑也变得清爽起来了。"

严力华爽朗地笑起来，打趣说："池总只喝了两杯就感到神清气爽，体会到两种不同的境界，若再喝上一杯，那感触必定更加强烈。"

池正毅赶紧点点头，又奉承道："严总的茶就好比太上老君的丹药，保管能神清气朗，延年益寿。”

池正毅的话不仅幽默，而且马屁也拍得恰到好处，令严力华非常受用，他又给他倒上第三杯，诙谐地说：“这第三杯喝下去之后，池总心中的苦闷必将自行消散，所有问题都会迎刃而解。”

池正毅赶紧一口喝完，露出一副十分满足的表情，恭维道：“严总的茶水真有祛除烦恼的神效啊！以后我得经常上门拜访严总，讨得一杯解忧的茶水。”

严力华开怀大笑：“随时欢迎。”

池正毅脸上堆满感激的神色，说道：“您的这份恩情，我池正毅永生不忘。”

严力华摇摇手，一脸豪迈地说：“朋友有难，两肋插刀。”

“大恩不言谢，严总的情义永远刻在这里！”池正毅拍拍胸膛，表情极度真诚。在他走投无路的时候，严力华能帮忙，他就觉得他是自己的再生父母，是这个世界上最仁慈的人。

“池总不必在意，你有什么困难尽管说出来便是，我会想办法帮你办好。”严力华说。

池正毅用力地点点头，眼神充满感激：“严总义薄云天，三番两次地帮我们解了燃眉之急，您就是我们的恩人啊！”

严力华笑道：“这些都是小事。”

池正毅一口吞下嘴里的茶水，心情五味杂陈，就像刚吞下一杯烈酒一般。他重重地叹了口气，说道：“一年前，全靠您的帮助，我们才能顺利地完成银河阁的拆迁项目。想不到一年之后，我又陷入了相似的困境。但是这次碰到的问题远比当初严峻，我想尽所有办法也解决不了，差不多到了上天无路，下地无门的绝境。就在我万念俱灰的时候，没想到是您给了我一条活路走啊！”

严力华压了压手，示意他不必客气也不必沮丧：“既然你来到我这里，就是我的朋友，朋友之事，我自会帮衬。”

池正毅感动万分，就差跪下来给他叩头了，他深吸了一口气，似乎很难启齿：“一年前的银河阁项目，从中作梗的也就几户人家而已。如今却不一样，足足有十六户人家，一共有六十七个人不同意搬迁，这还只是有直接利益挂钩的一群人，假如他们号召亲朋好友一起抵制我们，那就是一支庞大的队伍啊，起码有数百号人。我们曾经想用点强硬的手段驱除他们，结果差点发生大规模的冲突。”

严力华点点头，表情严肃。“我对这件事有所耳闻。今时不同往日，政府三令五申禁止暴力拆迁，倡导文明发展城市，强调必须以群众的利益为先。特别是你们这些开发商，成了政府监管的重点对象，在拆迁一事上尤其要谨慎。”

池正毅听得直点头，露出痛苦的表情，又感慨道：“制度透明了，规定也多了，事情就不好办了！形势严峻，我只能来您这儿讨教对策啊！”

严力华思忖几秒，脸上顿现为难的神色，相比先前的豪迈，多了几分忧虑：“拆迁这种事确实不好办，这风口浪尖上的事，又有那么多双眼睛盯着，任何一个细节都可能被无限放大，我们必须要好好盘算盘算，从长计议。”

池正毅一听严力华的口气似乎有些推诿，跟刚才的豁达相比，像是换了个人似的，他的心随即一沉，猜不透他在想什么。他立即换上一副乞怜的神态，说道：“这件事只有您能办得了，无论如何您也要救小弟一命啊！”

严力华问：“这话怎么讲？”

池正毅几乎是带着哭腔说：“严总，您有所不知啊！我向叶董事长立下了军令状，对于拆迁这件事，以十天为限，假如在规定期限内未完成任务，我就要退位让贤。当真那样的话，我这辈子算是白努力了，我所有的奋斗成果将毁于一旦。如今，期限将近，却还未取得进展，这不是把我放在了油锅里炸，并且不断地往锅底添柴吗！”

严力华听完用力地拍了下桌子，愤愤不平地说：“简直是无稽之谈，这么多家大公司都无法摆平拆迁户们，叶亦双凭什么把任务落在你的肩膀上，这是没有道义的！我一直觉得叶董明辨是非，看来是我高估她了！”

严力华的话立刻激起了池正毅心底的愤怒，他咬牙切齿地说：“妈的！我被她逼得快要走投无路了！”

“没想到叶亦双会是这样的人，确实难为你了。”严力华说道。

“请严总一定要帮我，一定要替我做主啊！”池正毅忽然感觉像抓住救命稻草一样，把生还的希望全部押在了严力华的身上。

严力华叹了叹气，神情极为复杂：“这件事毕竟是叶亦双的事，我不想去帮助他们。但是对你，我又不能袖手旁观。我不杀伯仁，而伯仁却因我而死，那我就难辞其咎了。”

池正毅马上感激地说：“全凭严总您做主，不管让我做什么，只要您一句话，我赴汤蹈火在所不辞！”

严力华沉默了许久，忽然换了个话题说：“这个项目就像一块大肥肉，只是里面多了几根骨头而已，谁想吃到这块肉，就必须要剔除里面的骨头。”

池正毅立即问：“严总有何高见？”

严力华盯着池正毅，忽然发出爽朗的笑声：“何不尝尝这块肉的滋味。”

池正毅愣了愣，赶忙问道：“尝……那您需要我怎么做？”

严力华说：“你去安排一下，让叶亦双过来与我谈谈这件事。”

池正毅立马就心领神会了，赶紧说：“我一定让她亲自登门求您，就像一年前那样。”

“抓紧去办吧。”严力华说。

第三十一章　势如彍弩

从严府出来，池正毅马不停蹄地赶往丽温市宏远总部，时间所剩无几，他必须抓住最后的机会完成这项艰巨的任务。经过这次碰面，严力华的心迹表露无遗，他的目的就是要直接参与项目的运作，而非再行举手之劳。在这个层面上，池正毅是没有资格表态的，但他愿意在严力华和叶亦双之间充当桥梁，各取所需，只要事情办成了，就是创造了一个三赢的局面。

文水市离丽温市有两个多小时路程，池正毅就趁这档空隙思考对策，他绞尽脑汁，务求细化每个方面，在足智多谋的叶亦双面前，绝对不能露出半点马脚。

当他敲开叶亦双的办公室大门，叶亦双早已在里面等候他。先前他在车上就给她打了个电话，简单汇报了这几天的工作进度。池正毅看见叶亦双，立刻站正了说："董事长，您好！"

叶亦双点点头，示意他坐下来："事情办得怎么样了？"

"非常难！进展不顺利！"池正毅赶紧把之前的工作大致向叶亦双阐述一遍，当然，他保留了找严力华这件事。

叶亦双面无表情，语气轻淡地说："辛苦了，不过事关重大，务必抓紧时间办好。"

"我明白！可是竞争非常激烈，就像千军万马过独木桥！"池正毅故显焦急的神态，"董事长，我打听到中大集团已经率先与政府达成了口头协议，并准备对部分拆迁户提高赔偿额度，他们还准备在两个月内完成全部的拆迁工作，政府也对他们的计划表示支持。”

叶亦双立马怔了几秒，换了个坐姿盯着他看：“这消息是否可靠？”

池正毅慌忙回答：“这事千真万确！我是从中大集团副总那里得知的，绝对假不了！”

叶亦双沉思片刻，忽然表现出非常严峻的神情：“池正毅，你必须要加快进度，想办法挽回局面，否则，我们的心血将付诸东流。”

池正毅一脸无奈，悄悄低下头：“董事长，不是我不去争取，而是力所不及。三号项目内中复杂，有来自上头的压力，有来自原住户的抗力，实在棘手啊！”

叶亦双依然用一副冷冰冰的眼神盯着他：“你说你是尽力了，还是你的能力有限呢！既然中大集团有所斩获，那就证明这项工程还是有突破口的，办不好事的理由是留给那些失败者的，我相信你不愿意做一个失败者。”

池正毅看看她，尽管她的神情依然严肃，但她的眼神已经流露出少许焦灼，他猜测中大集团捷足先登的消息令她产生了忧虑。他的内心一阵喜悦，刻意佯装一副为难的样子，说道：“我在文水工作多年，对这个行业一清二楚，对各家企业更是了如指掌，我敢说在宏亦公司没有第二个人比我更熟悉文水的情况了。”

叶亦双听完立马绷紧脸蛋，她听得出池正毅的话里藏着几分威胁，但是经历这些年的风风雨雨，她早就司空见惯，于是冷冷地问：“你的意思是宏亦公司离不开你吗？”

尽管她的声音低沉，但池正毅还是明显感受到一股强大的王者气息扑面而来，他的心浑然一战，背上蒙了一层汗：“董事长，我哪敢有这样的想法！我是觉得三号项目留给我们的时间非常有限，我们应该群策群力，否则希望很渺茫啊！您总不想万事俱备只欠东风，偏偏东风来不了吧。”

对于池正毅的话，叶亦双突然感到不置可否，她想了想，又觉得他说得很有道理，这个项目是池正毅一手跟下来的，论熟悉度没人能比得上他。目前，大敌当前，在这节骨眼上他们不赶紧想对策，却议论能力和管理问题，实属不妥。她又考虑到就算按之前的计划，借池正毅无法完成工作的机会撤了他的职务，换夏耀仰上去，这也意味着所有的工作可能都要推倒重来。况且这临阵换帅的做法，历来是兵家大忌。如今事态急迫，由不得她抱半点侥幸的心理。只能说计划赶不上变化，她忽然意识到现在还不是实行人事调动的最佳时机。

她又反复斟酌了良久，才说道："你是三号项目的总指挥，我之所以要你立下军令状，就是为了鞭策你早日完成任务。你为公司服务了十多年，没有功劳也有苦劳，公司不可能就因为这件事而把你之前的功绩给抹掉。"

"感谢董事长的体谅和信任，我一定为公司赴汤蹈火，在所不辞。"池正毅一副信誓旦旦的样子，而他的内心一阵窃喜，他明白眼前不利的局面开始被自己扭转过来。

叶亦双点点头，但脸上已经充满了焦虑："在三号项目的问题上，我们越走越被动，没有应对计策，形势非常严峻！公司里的各个部门还在紧张地开展前期工作，我们投入了大量的人力物力，假如这次竞标失败了，不仅有损公司的形象，恐怕还会引发连锁反应，损失惨重。"

池正毅点头附和："假如那样的话，后果就不堪设想啦！宏亦公司千辛万苦树立的招牌，分秒之间就会倒下，公司凝聚的士气，瞬息之间就被摧垮。这后果，让人不敢想象！"

此时，叶亦双已经全然没了刚开始的威严之势，尽显颓丧之色。她好像完全忘记了自己的计划，反而把池正毅当作了心腹，她看着他，口气中似乎夹杂了一丝请求，低声问："你最熟悉三号项目，再想想其他办法吧！不管花多大代价，不管用何种手段，宏印集团一定要拿下它！"

池正毅故意避开她的眼神，沉默半晌：“董事长，办法是有一个，可能也是唯一能走得通的路了，不过……”

“不过什么，赶紧说说看！”叶亦双立马催促，此时的她已经无法耐下性子了。

老奸巨猾的池正毅见叶亦双终于乱了阵脚，心里窃喜，但是他还是露出痛楚的面色，仿佛正在经历一场浩劫一般。“可能只有严力华能将这件事办妥，除此之外，再无其他办法可行。”

“严力华！”叶亦双重重地说道，她的眼中迸发出激动的神色，好像百病缠身的病人忽然得到了华佗的方子一般。

“董事长，一年之前的银河阁项目，我们也是被拆迁的事情弄得焦头烂额，到最后还是靠严力华才办妥。既然他有能力解决银河阁的拆迁户，那自然也有实力搞定三号项目的拒拆户。”

叶亦双沉默片刻，又轻微点点头，示意他继续讲。

池正毅说：“我去拜访过严力华，再三恳请他帮忙。”

“严总怎么说？”叶亦双连忙问道。她的脸上堆满了期待的表情，身体不由自主地向前倾了倾。

池正毅一脸认真地说：“我把公司碰到的难处一五一十地告诉他，并向他转达了您的问候，请他看在董事长的面子上伸出援手，我还特意向他承诺过，事成之后，宏印集团必会重谢。”

“对！你说得很对，在酬谢方面，宏印集团向来都很重视。”叶亦双高兴地说。

“所以我才把我们公司的立场表明了，让严总知道我们不吝财物。”池正毅说。

“那严总的意思呢？”叶亦双追问。

池正毅随即换成吞吞吐吐的口气说：“严总不太愿意出面，他不在乎钱财，他说怕插手进来丢了面子，他把面子看得比什么都重要。”

“严总怎么说？”叶亦双立马沉下脸来，而她的心又被提到了嗓子眼。

“严总跟我说这个项目被很多双眼睛盯牢了，他不想冒这个风头，他怕不小心给自己埋下了祸根。”池正毅偷瞄一眼，停顿几秒又说道：“我当然不死心了，经过再三恳求，他却告诉我一件事，他说早些时候已经有开发商找过他了，承诺只要他出面，可以跟他合作开发这个项目。”

叶亦双突然如醍醐灌顶一般，一掌拍在扶手上：“我怎么就没有想到这个办法呢。”

池正毅接着说：“我问过严总了，他暂时还没有答应，说他还在考虑当中。但是他强调合作不失为一个双赢的计划，这样他也可以名正言顺地帮朋友解决麻烦，在情理上也能讲得通，办自己的事情，就不会给人落下话柄。”

“按你这么说，这事还有回旋的余地？”叶亦双赶紧问。

“我认为是这样的，只要合同没有签，什么事情都可以改变。”池正毅说。

叶亦双喃喃道：“一线生机。”

池正毅又看了看她：“我还故意跟严总开玩笑说，假如我们叶董邀请您一起合作，还请您不要推脱。”

叶亦双的眼睛倏然一亮，紧紧盯着池正毅。“他是如何回答的？”

“他只是笑了笑，然后说可以跟您当面谈一下。”池正毅紧紧盯着她回答道。

叶亦双想都没想就说：“你抓紧安排我们见面，尽早把事情谈一下。”

“我马上去办！您放心，我一定会办稳妥的！”池正毅拍着胸脯说。

叶亦双看着匆匆离去的池正毅，不禁暗自庆幸：“幸好没有拉下铡刀，否则害的是自己！”

第三十二章　合纵连横

这几天，全公司最忙的人就属池正毅了，在获得叶亦双的指示后，他就正式充当了合纵连横的角色。在三号项目一事上，叶亦双焦急，严力华谋利，让原本绝望的池正毅意外地获得了事业转机。

在池正毅的安排下，叶亦双准备去拜访严力华。除了池正毅，她还带了安茹一同前往，希望她能帮衬一把。当叶亦双一干人进门后，看到严力华的身边坐了两个人，一位是六十岁左右的老者，一位是四十多岁的中年人。

六个人分坐两边，颇有一些谈判的味道。

叶亦双首先寒暄道："实在抱歉，又来打搅严总了。"

严力华摇摇手，笑了笑："大家朋友一场，谈何打搅不打搅，我这里随时欢迎各位。"

叶亦双说道："严总能对三号项目施与援手，令小妹感激不尽。"

严力华抬抬手，笑了笑："大家朋友一场，只要我能办得到，都不在话下。"

叶亦双用充满感激的眼神看着他，打心底赞叹："严总仗义，令人敬佩。"

池正毅用力点了几下头，立即附和："在文水市，只要严总愿意插手的事，那都不算事！"

安茹也赔着笑脸，带点诙谐的语气恭维道："严总的大名如雷贯耳，我们觉得是天大的事情，在您这里也就是动动手指头的事。"

安茹的马屁差不多拍到严力华的心坎上去了，他爽朗地笑了几声，心情显得很愉悦："都是些江湖传言，夸大其词。"

叶亦双一脸诚恳地说："三号项目迫在眉睫，还请严总不吝赐教。"

严力华笑了笑，然后胸有成竹地说道："只要是问题，那自有解决的办法。在这个世界上，办法永远比问题来得多。"

"想必严总早已对这件事成竹在胸了。"叶亦双故意试探道。

严力华慢慢收起笑容，脸上平添了几分为难的神色："想必池经理已经把这边的情况告诉过你了。这个项目关乎很多人的利益，可以说牵一发而动全身，只要一动，就会被许多双眼睛盯牢，所以非常不好办啊！"

叶亦双立即说："严总对这件事看得很透彻，这也是我顾虑的地方。不过，有弊自然有利，这个工程的主体单位为了尽早解决这些麻烦事，开出了十分诱人的条件，最起码这是看得见、摸得着的利益。"

严力华摇了摇头，又笑了笑："用以前的办法是行不通了！上头明文规定若有开发商违反规定，将被严惩，甚至有可能会被取消相关的行业资质。"

安茹甜甜一笑，用温柔的眼神盯着严力华："一年之前的银河阁工程，拆迁冲突不绝如缕，若不是有您神助，也不可能顺利完成。"

"举手之劳罢了。"严力华的语气显得很谦卑，但他的脸上自然而然地挂着一丝得意的神色。尽管他纵横商场多年，练就了一副处事不惊的本领，但能博得一个大美女的钦慕，他还是觉得有些成就感。

安茹那双柔情似水的丹凤眼专注在严力华的身上，神情又显得极为真诚："严总，这件事对我们公司来说，就是生死攸关的事情，不容许有半点差错。"

"生死攸关？"严力华轻声复述一遍。

安茹见他似乎在认真听，赶紧说："严总，您有所不知，三号项目直接关系到宏亦公司的发展前景，还关乎总公司对它的运作策略，所以用生死攸关形容，毫不为过。"

安茹的一番肺腑之言好像击穿了严力华的心理防线，使他陷入了思忖之中。而坐在安茹旁边的池正毅正在酝酿妥当的说辞。尽管他早已洞窥到严力华的目的，但也不想在这个场合中显露半点知情的样子。他忽然觉得自己应该进入角色了，做个实力配角，不管是做哪一边的配角，务必把戏演得入木三分。他见严力华还在思考中，不清楚他是在思考合作条件，还是故意演了个为难之势。他准备用投石问路的办法，让严力华借机提出条件。

池正毅瞄了瞄在场的所有人，暗自提了口气："严总，您一定要帮我们想想办法啊。我们董事长这次拜访您，可是怀着拳拳之心的。假如您还有为难的地方，请务必言明，我们一定会处理好。"

叶亦双见自己的手下如此忠实，陡生感激之情，她一脸真诚地对严力华说道："假如严总有为难之处，请如实相告，我们一定尽力解决。"

严力华看着三个人，故作一副为难的样子："我尽力而为吧。"

叶亦双见严力华终于表态了，立马追问："需要我们如何配合你？"

严力华思索几秒，又换上了一副严肃的表情："这次的事情不比以往，不是我充当说客或者当个掮客就能解决问题的，我必须要换种方式去运作。"

叶亦双见严力华欲言又止，赶紧问道："如何换？"

“以开发商的身份去处理这件事。”严力华说道。

安茹暗自一惊，脱口便问：“严总，您是准备跟我们合作吗？”

这时，叶亦双倒是显得很淡定，之前池正毅跟她提过这件事，尽管那只是池正毅一厢情愿的想法，但对于走投无路的叶亦双来说，能够达成合作，不失为一个脱离困境的最佳办法。

其实，叶亦双在来这里之前，还隐隐担心被其他开发商捷足先登。当安茹捅破这层窗纸后，她反而感到悬着的心落了下来。她眼神坚定地看着严力华，说道：“假如严总能以开发商的身份参与这件事，那自然最为稳妥。谁也不得罪，谁也给面子。我也相信我们的合作会非常愉快，相得益彰。”

严力华赞许地点点头：“叶董果真是明白人，一语道破。”

叶亦双赶紧问：“不知严总对我们的合作有什么要求？”

严力华笑了笑，指了指身边的老者：“我公司的合作事项，全由陈总负责，我就不参与这些烦琐的流程了。”

一直沉默的老者适才动了动，他整整眼镜架，表情严肃地看了看对面的三个人：“从本质上讲，三号项目只是一项普通的开发项目，门槛较低，要求不高，这也是千军万马角逐的根本原因。但是，其中拆迁的艰难性和局限性，让通往胜利的路变成了一座独木桥。路只有一条，人却拥挤不堪，所以必须要想办法清除障碍，创造一条路出来。当然，以目前的情况来看，只有我们严总有能力办到。既然我们能解决最重要的部分，那就相当于我们在技术上有领先的优势，所以我要求以技术入股。”

叶亦双听完这席话，脑子中的第一反应就是陈总很迂腐，合谋言商就是要用最简练的语言搭起一个合作平台，言简意赅，根本不需要如此烦琐：“那持股比例呢？”

陈总伸出两个手指头，笃定地说：“百分之二十。”

叶亦双盯着陈总，一时间无法允诺下来。他们不出一分钱，张口就要百分之二十的干股，这令她多少有些惊讶。少顷，她语气婉转地说：“我们非常愿意为你们提供干股，但是这持股比例不少，我暂时还无法定下来。毕竟这个项目还有其他的投资股东，我必须要跟他们商量一下，争取得到他们的支持。”

陈总点点头：“稍后，我们公司的法律顾问张律师会起草一份合作协议，你们拿回去研究后再确定。”

“我会尽快答复你们，希望合作愉快。”叶亦双忍不住把视线停留在一直埋头书写的中年人身上，直到这时她才知道他是位律师。她不由得佩服起严力华的行事风格，拿捏稳准。她觉得自己在这件事情上没有讨价还价的余地，倒是迫切地希望另外两位投资人能够同意。

第三十三章 纵横捭阖

与严力华会面后，叶亦双就一直在思考合作的事情。此时，她独自坐在池正毅的办公室里，手上拿着一份合同，尽管薄如蝉翼，但她感觉像是提了一块沉重的铁片。她认为合伙开发会埋下潜在性的危机，股东越多，自己就越容易受制于人。目前已经有了两个合伙人，再多出一个严力华，不就成了四足鼎立的局面，那自己的位置到底放在哪里才合适，又能起到什么作用？一想到这里，叶亦双就感到一阵迷茫，喃喃念出几个名字，陈伯清，沈一帆，严力华。似乎这三个人又缺一不可，三号项目要想成功，必须要借助他们的力量。

叶亦双原本想到的酬谢严力华最理想的方式，就是照搬银河阁项目的操作模式，以物易物。严力华出力，叶亦双出钱，双方各取所需。但是这次的游戏规则被严力华掌控了主动权，至于合同内容，她一字不差地看了好几遍，还特地把李夏从总部叫过来，跟他谈论过细节。李夏给出的意见是非常时期运用非常手段。叶亦双也觉得特殊情况特殊对待是唯一可行的办法，只有借力走过独木桥，眼前的康庄大道才能显现出来。

叶亦双又开始琢磨如何与另外两个合伙人提这件事，她觉得处理起来很艰难，只要有头脑的人都不会愿意拿自己的钱，去跟一个素未谋面的人合作。倘若大家的想法无法达成一致，自己又该如何是好。

她忽然想通了自己的作用，她认为自己就是一杆秤，假如把他们三个当成砝码，那她的责任就是要平衡各方的势力。她思忖了很久，想了几种方案，最后决定还是找洛渊出面撮合，希望他们不看僧面看佛面。

很快，洛渊就把他们约到自己的办公室。立信制造的总部已经搬至文水市的郊区，这几年他们发展迅速，又在旁边购买了一大块土地，并建造了立信大厦。洛渊是立信制造的第二任董事长，办公室就设在大厦的第十七层。他的办公室呈品字型结构，办公区域在南边，东边是会客室，西面是休闲区，功能应有尽有。

年轻幽默的沈一帆刚进来就自顾自地到处看，他倒不像来商量事情的，有点像来这儿参观的游客。他逛了一圈，刚进会客厅就大声嚷道："我看这里哪像是董事长的办公室啊，花里花哨的，就像座艺术馆嘛。"

陈伯清笑着问："怎么？你还没有参观过吗？"

沈一帆佯作生气的样子，朝洛渊责备道："他从来就没有邀请过我。"

陈伯清爽朗地笑了笑："这也怪不到他的头上，当时他正在享受轰轰烈烈的爱情，几乎把所有的时间都贡献给了叶董，哪还有多余的时间招呼我们呢。"

沈一帆指了指洛渊："重色轻友。"

洛渊笑了笑，一副无辜的样子，辩驳道："这可不能怪我，窈窕淑女，君子好逑。"

沈一帆说："别为自己的可耻行为开脱了。"

洛渊佯装一副无所谓的样子，转而吟道："有美一人兮，见之不忘。一日不见兮，思之如狂。"

叶亦双被他俩一调侃，脸蛋变红，羞涩地笑笑。"我俩都比较忙，见上一面不容易。"

"谁说不是呢！我就感觉我们之间差一道传送门！"洛渊看

看沈一帆和陈伯清，又打趣说，“你们有娇妻常伴左右，那是无法体会到异地恋的痛苦。这种苦，不是普通人能承受得住的啊！”

“距离能产生一种美，叫得不到的美，反而令人欲罢不能。你啊，这是身在福中不知福啊！”沈一帆拖拉声线，说的话耐人寻味。

洛渊对叶亦双深情地看一眼：“一个成功男人的背后，必有一位坚强的女子日夜守护。”

陈伯清随即笑道：“守护这方千尺家园，以防外族入侵。”

大家开怀一笑，继而各自择了个座位。

洛渊收起笑容，认真地说道：“今天这个会，本来不应该是我召开的，毕竟我不是股东。但是这次的性质不同，关乎整个项目能否成功，我作为撮合你们合作的中间人，有责任把事情向你们交代清楚。叶亦双是我的未婚妻，沈总是我的大哥，陈总是我的长辈，你们是我的亲朋好友，所以请各位放心，我以人格担保会公平客观地说话，希望最后能通过大家的努力，敲定合作方案。”

洛渊的话情真意切，说得几个人频频点头表示相信。

沈一帆说：“都是自家兄弟，有什么事情就直接说吧。”

洛渊说：“三号项目的难度超乎了我们的想象，亦双原本计划在半个月之内完成拆迁任务，但深入之后才发现，解决拆迁问题似乎遥遥无期。按照以往的拆迁案例，最后的收局都是双方各退让一步达成协议，谁知道三号项目的拆迁户们像是吃了秤砣一样铁了心，不达目的不罢休，他们漫天要价，我们实在无法接受！”

沈一帆立马说：“这个项目是上面牵的头，他们不能放任不管，这种事应该找他们出面解决。”

洛渊说：“问题就在这里呢！他们可以出面解决，但不一定能给出满意的结果，就算最后完成了拆迁工作，那这块土地也会以拍卖的形式对外招标，假如这样处理，土地的溢价率就无法估量了。”

陈伯清点点头：“假如这样的话，我们的胜算微乎其微，就算最后拿到土地，那付出的代价可能也是个天量。”

“拆迁工作尤为重要，是盘活整盘棋局的关键所在。”洛渊沉吟道，脸上充满了焦虑的神情。

“这的确是块难啃的骨头。”陈伯清说道。

洛渊又紧接着说：“日前，外界还在传中大集团已经在拆迁问题上取得了阶段性的进展，据说与相关部门达成了口头协议。”

沈一帆怔了怔，不禁提高了声音：“这还得了啊，人家疾步如飞，我们还在原地踏步，必须赶紧想办法才行。”

沈一帆的话就像一部真空抽气机，顿时让洽谈室陷入了沉寂之中。叶亦双朝大家看了看，说道：“解决的办法不是没有，可能代价有点大。”

沈一帆和陈伯清立即把目光聚焦在叶亦双的身上，几乎是同时问道：“什么办法？”

叶亦双说：“前几天我们找到了一个人，我敢保证只有他才有办法搞定一切。”

“是谁？”他俩又一起问道。

叶亦双凝视他们几秒，然后笃定地报出一个名字：“严力华！”

“竟然是他！”俩人同时发出声音来。

洛渊好奇地问：“怎么，你俩认识严力华吗？”

沈一帆摇摇头：“我只听说过这个人的大名，据说无所不能。”

陈伯清说道：“我也有所耳闻，不曾谋面。”

“银河阁的拆迁问题，就是在他的帮忙下才得以解决。”叶亦双解释道。

“神通广大！”沈一帆感喟道。

陈伯清说：“叶董能请动他，不是皆大欢喜的事情吗，怎么还有顾虑呢？”

叶亦双顿了顿，一脸十分为难的样子：“我去跟他谈过了，他表示可以摆平这件事，但必须以开发商的身份去操作这件事。”

“他要入股？”陈伯清敏感地盯着叶亦双。

叶亦双看看各位，又点点头，神情显得挺为难：“他说了两点原因，第一点是他可以名正言顺地拒绝找他帮忙的朋友，毕竟他自己也是开发商，没有理由为他人作嫁衣。第二点就是他可以凭这个身份去跟拆迁户们谈判。”

陈伯清点点头：“理由听起来很充分，也合情合理。”

沈一帆也点点头，问道：“只要他能入股，一切问题便可迎刃而解了吗？”

叶亦双说：“只要他肯出面，胜算非常大。”

陈伯清又问：“他有什么要求？”

“他要百分之二十的干股，并以公司的名义与我们合作。”叶亦双挑了重点回答，然后又把严力华起草的协议发给他们看。

陈伯清和沈一帆怔了怔，又赶紧把目光移到合同上。过了一根烟的工夫，陈伯清指着文件说：“这百分之二十的股份有点多啊！”

叶亦双无奈地说：“我们就这个问题进行过多次磋商，但是严力华不肯退让半步。”

沈一帆显得有些不悦，重重吐出一口气：“不出一分钱，却享受五分之一的利润，这不是空手套白狼吗？”

洛渊见气氛不对，立马出来打圆场：“合作的本身就是各取所需，你们能赚到百分之八十的利润，就别在乎剩下的百分之二十了。这是一本万利的好生意，工程结束后，大家都能赚个盆满钵满。”

陈伯清想了良久，突然拍了拍桌子，一副下定决心的样子：“不能因小失大，这百分之二十的干股我答应了。”

沈一帆见陈伯清同意了，又沉默了好一会儿，然后深吸一口气，大力吐出："好吧，好吧，就百分之二十吧。让他抓紧把事情办妥了，机不可失时不再来，别让中大集团捷足先登了。"

洛渊宽慰道："既然严力华能提出合作条件，想必也有十足的把握。"

陈伯清说："一帆的担忧不无道理，还是让他抓紧办吧。"

"行，我尽快落实。"叶亦双应承道。事情谈得比预期顺利，她的脑海里突然浮现出工程奠基的画面。

第三十四章　疑云满腹

立信大厦里的洽谈结果对叶亦双而言，意味着胜利的曙光已经徐徐铺开，她一刻也不敢耽搁，以最短的时间签好协议并送给严力华，争取早一秒开始计划。但是严力华似乎并不着急，这会已经过去了好几天，也不见他有所行动，叶亦双差人打听消息，反馈过来的是拆迁户那里风平浪静。这下可把叶亦双给难住了，她思考再三，决定再派池正毅上门探个虚实。结果，池正毅回来说严力华还在斟酌合作的具体细节。

叶亦双猜不透严力华的用意，心头被一层阴云笼罩着。她又亲自去找严力华商谈，希望能早日达成共识。

经过好几轮商讨，叶亦双、严力华、陈伯清、沈一帆终于达成了协议。协议约定，先由叶亦双、严力华、陈伯清、沈一帆成立工程项目部，项目部股本金额为人民币三千五百万，叶亦双出资一千四百万元，占股百分之四十；陈伯清出资八百七十五万，占股百分之二十五；严力华出资七百万，占股百分之二十；沈一帆出资五百二十五万，占股百分之十五。项目部的作用是参与三号项目的前期招标工作，等土地摘牌后，由叶亦双控股的宏印集团的全资子公司文水市宏亦房地产开发有限公司和严力华控股的文水众航投资公司共同成立一家公司开发该项目，并商定宏亦房地产开发有限公司占股百分之八十，众航投资公司占股百分之二十，注册资金为八千万。由于三号项目的特殊性，陈伯清和沈一帆只能在新公司成立后，作为隐名股东存在。协议落实后，几人算正式成为攻坚同盟，开展下一步的工作。

严力华的能力确实超乎了一般人的想象，才过了短短几天时间，拆迁就取得了巨大的进展，并且补偿条件远远低于拆迁户的要求。消息传到叶亦双那里，令她高兴不已，认定这个项目已是囊中之物，唾手可得。

尽管合作初期看似圆满，但是叶亦双还是多了个心眼。多年的商海沉浮，让她尝尽了被人背叛和算计的滋味，在潜意识里就形成了提防他人的意识。虽然她与严力华认识很久了，但是总体来说，对他的情况知之甚少，这也是她心里不踏实的主要原因。而三号项目的争夺，俨然进入了白热化的阶段，她必须要牢牢掌控整个局面。

正在叶亦双沉思之际，安茹和夏耀仰敲门进来。

“坐吧。”叶亦双指了指椅子，露出笑脸。眼前这两位是她的心腹，她的心里很自然地就产生了一种喜悦感。

安茹刚坐定就问：“董事长，您有事要吩咐吗？”

叶亦双想了几秒说：“只要三号项目面世，文水市的房地产格局必然会发生改变。当然，随着我们的快速推进，宏亦公司在业内的地位将提升一个层次。”

未等安茹和夏耀仰回答，叶亦双又说道：“我们必须要牢牢地抓住这个机会，不让任何人靠近！”

对于叶亦双的这番话，安茹和夏耀仰听得有些迷糊，甚至有些莫名其妙。他们当然知道文水市房地产行业的巨大前景，也知道宏亦公司在集团内部的重要地位，但这一切不都被董事长捏在手心里了吗，为什么她如临大敌似的。

夏耀仰顿了顿，轻声问道：“董事长，您是否在担心什么事呢？”

安茹也是一脸困顿，问道：“打造宏亦公司的辉煌，不正是我们一直努力的方向吗？”

叶亦双看着他们，沉吟一下："我们要防止别人打宏亦公司的主意，那是我们的阵地。"

夏耀仰听罢，思绪更加混乱了，他一脸困惑地看着叶亦双："自从银河阁事件后，公司里就风平浪静了，就连李星昭等人也都顺从您，宏亦公司更是掌握在您的手中。"

安茹与夏耀仰对视一眼，点点头表示赞同。"就算这些人还有小心思，恐怕也没有胆量和实力再跟您作对了，那我们还需要防范谁呢？"

叶亦双盯着他俩，眼神锐利，突然问道："你们觉得严力华这个人怎么样？"

安茹当即怔住，她还当真没有细细想过这个问题，她认为严力华还不错，豪迈仗义，一出手便能帮助公司渡过难关。她无法揣摩叶亦双提这个问题的用意，心里被笼罩了一团疑云："严总帮了我们很大的忙，我个人觉得他非常有情义。"

尽管夏耀仰与严力华交情不深，但在仅有的几次接触中，给他落下了还不错的印象："我跟安茹的想法差不多，严力华这人挺讲义气的，对人也比较和气。"

安茹突然觉得叶亦双这一问必有隐情，自己应该要意识到，于是问道："董事长，您觉得呢？"

叶亦双想了想说："这个人神秘莫测，他的心思没有人能揣摩得出。"

夏耀仰顿了顿："您为什么这么想呢？"

安茹觉得叶亦双有些多虑，便接话道："严力华能在银河阁事件中助我们一臂之力，说明他有情有义，应该值得信任。否则，仅凭我们的一面交情，他完全可以置身事外。"

夏耀仰点头附和道："我个人也认为仅凭这件事，足够能印证严力华为人仗义。"

叶亦双被他们这么一反驳，开始怀疑自己是否真的多虑了，她寻思片刻，说："提起银河阁项目，我总觉得哪里有不对劲的地方，当时也萌发过一个疑问。”

安茹立即问：“您有什么疑问？”

叶亦双双手交叉，若有所思：“我觉得严力华有意拖了一段时间。”

安茹赶忙说：“您不是说过严力华拖延时间的原因有三，一是等待事件平息，二是应对政府公关，三是暗示我们报恩。”

叶亦双表情笃定地说：“但我隐隐约约感到严力华的想法可能不止这些。”

安茹对董事长的说法不置可否，想了想又说：“可能这件事的本身就简简单单，严力华的出发点也是出于人之常情，只是被您想得稍微复杂了。”

叶亦双轻轻摇摇头，似乎还在为自己的感觉寻找突破点，过了几秒，她又语气坚定地说：“那个念头原本也只在脑海里一闪而过，我并没有往深处想，但是自从三号项目开始运作后，我的这个念头就突然变得强烈起来了。”

夏耀仰听得一脸惊奇，立刻问道：“董事长，您觉得三号项目有何不妥吗？”

叶亦双面带疑虑，反问：“严力华为什么非要入股呢？”

安茹马上回答：“商人逐利的本性使然。一大块看得见摸得着的肥肉摆在眼前，换谁都想咬上一口。”

叶亦双反驳道：“三号项目的工期需要三年，时间跨度长，不确定性因素随时会发生，他为什么不直接跟我们要钱呢？他完全可以帮我们拿到项目，然后抽多少钱，不是来得更容易一些吗？”

夏耀仰绞尽脑汁辩解道：“他有这个实力吃一口肉，于是加进来，这一切似乎能解释得通呀！”

“我觉得严力华目光长远，不局限于眼前的蝇头小利，或许他想借此机会进军文水市的房地产行业！”安茹猜测道。

叶亦双喃喃：“一切看起来很合理，但又感觉到一丝不合理，希望是我多虑了。”

夏耀仰见叶亦双十分困顿，便问：“董事长，那我们接下来该怎么做呢？”

叶亦双说：“不管是我多虑了，还是严力华另有目的，我们必须要牢牢掌握主动权。我今天叫你们过来，不只讨论这个疑点，我还打算在成立新公司的时候，以你们俩为核心建立一个管理层。你们要早做准备，严阵以待。”

夏耀仰和安茹赶紧应承道：“明白，董事长！”

待他们走后，叶亦双坐在那里又沉思起来。她首先想到的是宏印集团的内部问题，自从借银河阁项目挫败了李星昭等人的锐气后，他们似乎不再兴风作浪了。她的心里不免产生一种成就感，连父亲都忌让三分的人，竟然被自己给制服了。其次，她又想到了文水市的现状，随着三号项目的顺利推进，宏亦公司即将迎来最辉煌的时刻，想必也会带动整个集团的业绩蒸蒸日上。最后，她又想到了自己的人生，俗话说爱情和事业密不可分，自己不仅事业有成，而且在爱情上也收获了幸福。她甚至觉得自己快要站到山巅之上，马上可以俯瞰万物了！

第三十五章　居心叵测

促成严力华和宏亦公司的合作，令池正毅有种起死回生的感觉，原本他那日渐冷落的地位和日益削弱的权力，因为此事又重现辉煌。另外，三号项目也让池正毅有了更多接触严力华的机会，这让他非常激动，总觉得抱住了巨人的大腿。

自从严力华作为开发商去角逐三号项目，这件事就在社会上流传开了。不仅引起业内人士的关注，还致使几家实力弱小的企业自动退出了竞争之列。以目前的情况来看，只有中大集团有实力与他们一决高下，而关键之处，就是看谁能拿下更多的拆迁协议。自从严力华加入竞争之列后，中大集团的拆迁工作似乎日益艰难，而严力华这边好像势如破竹，频传捷报。这些捷报不仅乐坏了池正毅，也让整个宏印集团为之震撼。

这天，池正毅忽然接到了严力华的电话，要他过去商量事情，这对池正毅来说可是件破天荒的大事。这么久以来，他是头一次接到严力华的电话，他认定这是好运降临。

他现在不会畏忌严府那骇人的阵势了。他去得多，轻车熟路，连安保人员的长相，他都记得一清二楚。在严府里行走，他的双脚早就卸去了那对无形的铁索，显得极为轻巧。他在某些时候甚至觉得这里就是自己的避风港，无论外面的形势如何云谲波诡，只要踏进严府的大门就会获得安全感。

当池正毅进入严力华的办公室，看到他亲自准备着茶水，立即有种受宠若惊的愉悦感从心底冒出来："不知严总有什么事情需要吩咐？"

严力华一反常态，身上没了往日高高在上的架势，脸上堆砌了笑容，整个人看上去非常亲切，他指了指桌上的茶水："你先尝尝看，这茶是珍品，可遇不可求。"

池正毅见自己被人厚待，既惊喜又激动，赶忙双手端起杯子，闻了闻杯口袅袅的水汽："这茶的香味扑鼻而来，闻过之后心旷神怡，好茶啊！严总，感谢，感谢。"

严力华笑呵呵地说："我们现在是合作关系，就不要太见外了。"

池正毅听了这话，心里顿时暖意横流，连忙点头附和："您说得对！都是自家人。"

严力华说："我们认识的时间也不短了，在这期间也打过几次交道，我对你的为人还是比较看好的，你是个值得结交的人。"

池正毅头一次听到严力华赞赏他，顿时眉开眼笑，又一脸激动地说："严总，您就是我的伯乐啊！"

严力华说："在文水市，让我欣赏的人不多，你算是其中一个。"

池正毅听到严力华对自己的肯定，心里顿时乐开了花，一股自豪感从脚底心一直蹿到了脑门上："以后还请您多多关照，只要您不嫌弃，我十分愿意为您效劳。"

严力华笑了笑，又慢慢收起笑容，一副惋惜的样子："你啊！堂堂一个房产公司的总经理，对公司忠心耿耿，却还是被人排挤，看别人眼色。你啊！遇人不淑！"

严力华说得太突然了，他的话就像一针麻醉剂，瞬间就让池正毅脑海变得一片空白。过了好一会儿，池正毅仍旧感到思绪很混乱，他实在猜不出严力华的语意，尴尬而又狐疑地看着他："严总，您怎么……您是不是在跟我开玩笑呢？"

谁知，严力华的表情反而越来越严肃，双目直直地盯着池正毅："我这个人从来不跟朋友开这种玩笑。正毅啊！我是替你感到不值。"

池正毅看到他的神色令人畏惧，这才觉得事情不简单，他尽量放低声音，唯恐破坏严力华的气场："您为什么忽然说这些呢？"

严力华说："你这几年遭受的罪，我是一清二楚的，我替你感到愤愤不平。你在宏印集团辛勤工作十多年，没有功劳也有苦劳，但是结果呢，背了一次又一次的黑锅。"

池正毅听完当即怔住了，心里是既震惊又温暖，他苦笑一声说："生我者父母，知我者严总您啊！我虽然是宏亦公司的总经理，但我没有股权，说难听点就是一个高级一点的打工仔而已，背黑锅这种事是无法避免的，我想躲，但我没有资格去躲啊。"

严力华抹掉刚才的冷峻神色，笑了笑："当我第一次见到你，就觉得跟你很投缘。"

池正毅听了这句话，心里别提有多激动，能被一位叱咤风云的人物认可，那荣誉和尊严都是至高无上的。"严总啊，您是我的伯乐！"

严力华突然怒目圆睁："我是你的伯乐，但叶亦双不是！你处处被排挤，却还要被当作别人升迁的垫脚石！"

严力华的话就像牢笼的钥匙，把池正毅关在心底最深处的痛恨全部释放了出来。池正毅咬咬牙，不停地喘着粗气："严总啊！我是有苦难言啊！"

严力华继续责备道："叶亦双作为董事长，不体恤下属，反而处处刁难，对你们使用阴谋诡计，这简直是太无耻了！"

"严总，您说得不错，我这心里头实在是憋屈。我为叶亦双鞍前马后这么多年，到头来却吃尽苦头！人为刀俎，我为鱼肉！"池正毅再也无法抑制内心的愤怒，大声吐出满腹的委屈。

"一年前的银河阁项目，你就背了个大黑锅，结果上天无路入地无门。叶亦双不仅不体谅你，犒劳你，还派她最信任的得力助手空降文水，这摆明了是在监督你，伺机架空你的权力。一年之后的三号项目，又与先前的遭遇相类似，不可否认，你已经被逼上了绝路，而对你赶尽杀绝的人正是叶亦双。”严力华表情冷峻地看着池正毅，像剥纸团一样，把所有的往事慢慢剥开。

池正毅拳头握紧，表情扭曲，眼里射出一道寒光：“叶亦双！欺人太甚了！”

“你能猜出她的心思吗？”严力华问。

“什么心思？”池正毅想也没想就急忙问道。

他语气重重地说道：“她想让夏耀仰取代你。”

听到这句压在自己心头已久的猜测，池正毅忽然像失了魂一般，喃喃道：“为什么？她为什么要这样？我又做错了什么？”

“不是你做错了什么，是她不信任你。她需要一位绝对忠诚的人帮她守好宏印集团最有价值的产业。夏耀仰帮她守了几年的祁阳公司，那种信任是你无法替代的。”严力华见池正毅脸色苍白，眼神空洞，索性给他的伤口上继续撒层盐巴。

池正毅重重地叹了口气，显得极为痛苦：“就算我比不上夏耀仰，但我也不会背叛她啊！尽管宏印集团内部复杂，但她毕竟是董事长，在我心里，还是想跟随她。”

严力华感叹道：“落花有意，可惜流水无情。”

池正毅又重重叹了口气，他回想起自己的遭遇，忍不住抹了把眼眶：“我到底是自作自受，还是自欺欺人啊。这几年的经历，我算是彻底明白了一件事，人心叵测！”

严力华说：“三号项目出现了变故，令叶亦双失去替换你的绝好机会。但我认为这件事还没有完结，既然她有意栽培夏耀仰，那她的计划就不会轻易放弃。只是她暂时无从下手，才重新用你，对你采取了缓兵之计。你的处境依然十分危险，保不准哪天她就对你手起刀落。”

池正毅埋下头，用双手使劲揉搓脸：“严总，您把利害关系一一跟我讲明了，也讲透了，但我无能为力啊！我心里很憋屈，很愤怒，但我毕竟领她的薪水，我能怎么办。我想委曲求全好了，就算把位置腾出来给夏耀仰也没关系，起码我没有被淘汰，会有东山再起的机会。”

严力华突然厉声道：“谈东山再起，那都是电视剧。自己的命运一定要自己做主，不能任人宰割！”

池正毅无奈地说：“说句难听点的话，我这是寄人篱下，我一没靠山，二没股权，哪有资格谈做主这种事啊。”

严力华用凌厉的眼神看着他，语气坚定地说：“假如我做你的靠山呢？”

池正毅以为自己听错了，瞪大眼睛指着自己：“您，支持我？”

严力华点点头：“我找你过来，就是想稳固你在宏亦公司的地位，让叶亦双从此打消替换你的想法。”

池正毅真真切切地听到了这个好消息后，心中立马一阵狂喜，慌忙问道：“您准备如何帮我？”

严力华说：“马上就要成立新公司了，届时我会出任执行总经理，我会让你成为新公司的常务副总经理，做我的副手。”

池正毅迟疑了几秒，满脸担虑地说：“叶亦双肯定不会同意的。”

严力华自信地笑了笑：“这件事由不得她做主，你就安心等待委任状吧。”

“那我需要做什么呢？”池正毅一阵窃喜。

严力华又笑了笑：“跟平常一样，认真工作。”

“感谢严总，感谢严总！这份恩情我永记于心。”池正毅说道。他忽然觉得对面坐着的人是何其高大，就像自己心中供奉的那尊佛，金光闪耀。

第三十六章　以物易物

这段时间，薛承的事业并不顺利，特别是公司的财务问题，更是直接暴露出承泽建筑正在遭受严重的经济危机。

这天一大早，他就赶到了一家房企的总部，别人起早是图个业务，而他赶早是为了追债。这家房企的规模不大，在祁阳地区只能算是中小型，他们委托承泽公司建造的是一幢二十多层的写字楼，如今大厦都已经竣工好几个月了，业主却迟迟不跟他结清尾款。这家公司的总经理名叫冯志明，年龄五十左右，是业界比较出名的老滑头，“无商不奸”这四个字在他身上表现得淋漓尽致，“唯利是图”这四个字更被他运用得炉火纯青。

当薛承进到冯志明的办公室，还未等他开口，就被冯志明抢先了一步：“薛总今日莅临我公司，蓬荜生辉啊！”

薛承早就领教过冯志明的出尔反尔，故而不想跟他讲客套话暖暖场。他一脸冷峻地盯着他，仿佛想用眼神鞭笞他：“我倒衷心希望冯总能生辉，也能生财，好让我借个光，有条光明大道走走。”

冯志明听得出薛承在嘲讽自己，眼神中闪过一丝尴尬，但顷刻间就消散殆尽，他赶忙堆起满脸的笑容，递上一根烟：“薛总真会讲笑话，你在我心里可是大贵人啊，我还得仰仗你来关照呢。”

冯志明顶着一个地中海式的脑袋，刚开始合作那会儿，薛承还感觉他那颗油光锃亮的脑袋不一般，有聚财的兆意。但此时，那颗在灯光下反射的大脑袋，尤其刺眼，竟让他陡生憎恨，甚至有股想一板砖拍下去的冲动。他瞥了瞥，冷笑一声："都说冯总开玩笑的本领比做生意的本领厉害，今日一见，果不其然。"

冯志明尴尬地笑了笑，不与其理论，却厚着脸皮说："我这点底子都让薛总给摸透了。"

薛承也不想跟他拐弯抹角，绕来绕去，便直白地说："我今天上门的目的，你应该很清楚，咱们明人不说暗话，合同怎么定的就应该怎么来！"

"我知道，我知道。"冯志明立马回答道，语气显得毫无底气，"薛总，不是我不想结尾款啊，兄弟实在拿不出这么多的钱来啊！请再给我宽裕一些时间，我会尽快筹齐的。"

冯志明的话明显是在敷衍，这让原本就憋了一肚子火的薛承更加来气，他忍不住提高声音："冯总，虽然我们是第一次合作，彼此还不太了解，但是合同约定，想必是每位商人都应该遵守的吧。现在，活给你干完了，总不能给我扯皮吧！"

冯志明赶忙辩解："没有这回事，没有这回事！大家都是守信的人，不可能为了这些钱，连信誉都不要了。"

当冯志明说出守信这个词，薛承这心里又一阵厌恶，他觉得冯志明把这两个字给玷污了，项目完工都快几个月了，他愣是没有从他手里再拿到一毛钱，他把内心的愤懑全部表露出来，冷冷地盯着他："既然冯总是个讲信誉的人，那就给个明确的时间吧，我可在等这笔钱救急，否则我就懒得亲自跟你费这口水了。"

冯志明突然哭丧个脸，拉长声音说："薛总，你一定要宽限我几天啊！我会尽快想办法把这笔款子给结清，你就再多给我几天时间吧。"

薛承不耐烦地挥挥手："你这样一拖再拖，肯定不行。我的钱也不是大风刮过来的，你今天必须要给我个交代。"

冯志明露出一副极其为难的样子，身体微躬，说道："薛总，你有所不知，我冯志明欠谁的钱都可以，就是不会欠你的钱。关于这笔工程款，我原本早已给你准备好了，可偏偏碰到公司的一笔投资款收不回来，这才导致你的钱延期了。我本想从银行贷笔款子先解决你的工程款，谁料银行对房企采取了管控措施，把我的后路给堵死了。”

薛承紧蹙眉头，实在不想听冯志明的诡辩，他的这些狡辩的理由，公司财务人员早就跟他讲了好几遍，他都能倒背如流了。“我没有义务替你挡风遮雨！别人欠你钱还不上，导致你没钱还我们，这是个悖论，是不可能成立的。别人欠你们钱，你们采取什么方式要，能否要到，那是你们内部的事，在这一点上跟我公司没有丝毫关系。但是你欠我钱，那是我们之间的事情，我需要采取什么方式要，能否要到，那就要看我们双方的磋商结果了。但是，我要奉劝你一句，我再三退步，并不意味着我对这件事就没有办法了，我是不想撕破脸皮而已。”

冯志明自知理亏，又见薛承一副声色俱厉的样子，心里顿时发怵起来。在祁阳当地，业内人士都知道承泽建筑的实力很雄厚，背景很强大，是一般人得罪不起的，这当然包括他自己，显然是缺乏实力与薛承玩耍赖皮的游戏。就在刚才，薛承明显给他下达了最后的通牒，看来今天想糊弄过去是行不通了。“您说的对，说的对！这两个问题不存在关系，不应该扯在一起，应该另当别论。”

“你说怎么办吧？”薛承皱皱眉头。

冯志明左思右想，一副极尽痛苦的样子，想了好一会儿，还是没能说出个解决办法。“薛总啊，虽然这几样事情不能混为一谈，但有着密切的联系啊。你是个讲义气的人，能体谅我们的难处。要不是我们公司的资金套在别人的手上，我也不至于几次三番地哀求你们宽限日期啊。薛总，你就再多给我几天时间吧。”

冯志明见薛承似乎有所动容，突然表现出义愤填膺的样子，骂道：“要不是这群孙子挪用了我的投资款，要不是那些放贷部门听风便是雨，不放贷还抽贷，我也不用丢掉尊严求你啊！我这样熬着，也是非常难啊！”

薛承低着头不再说话，神情却依然严肃。

“你说怎么办？”

冯志明又是一阵困顿，叹了叹气，说：“薛总，我确实无能为力了，要不您给我提个建议吧，就按您的意思办。”

“我今天不是来兴师问罪的，我登门无非是想从你这里得到个准确的答案。”薛承见冯志明的态度变得真诚，像个想解决事情的人，便换成温和的口气，“一码归一码，我个人是非常理解你的处境，但是公司就是靠制度和规则来运行和维持的，不能跟人情混为一谈。你们有难处，我们也有难处，谈得拢互相磋商，谈不拢对簿公堂，这仇义之事就是一念之差。”

冯志明见薛承把话都讲到这个份上了，立即点头表示赞同：“薛总，您大度，没有把我逼上绝路，今儿这事我无论如何也要表个态，给您有个交代。”

薛承笑了笑，说：“今天过后我们还是朋友，将来有机会再合作，照样会愉快。”

冯志明想了想，然后一脸真诚地说：“薛总，我一时也拿不出这么多钱，就算让我定个日期，也可能是一拖再拖。要不这样吧，既然你等钱用，那我们就走一回传统惯例吧，我把房子抵押给你，你来变现，房价按三十个点下浮，利息照算。”

薛承想了想，如今也只能这么办了。他觉得很无奈，忍不住在心里骂了几句，就因为有这种民间的债务处置办法，他手上已经积累了不少房子，看着房地产行业日益不景气，他的心像被油煎了似的。

第三十七章　急如星火

当天，薛承又拜访了好几家与他有债务关系的房企，但收效甚微，他转了一圈后才发现，冯志明的办法不失为一个携手共渡难关的好办法。就冲这一点，他对冯志明的厌恶程度降到了最低。直到下午三点钟左右，他才拖着一身的疲倦回到公司，这要债也是一门艺术，只要是艺术活那都不会轻松，既耗体力又损脑力，被折腾得精疲力竭，可能还一无所获。

他坐在办公室呆呆地盯着墙壁上的一幅画，这是他拍来的，画着余晖之下的田野，以血红色为背景。突然，他有一种莫名的恐慌，感觉这幅画变成了一张血盆大口，仿佛要扑过来吞噬他。

薛承赶紧闭上眼睛，叹了叹气："花开花落不长久，落红满地归寂中。"

正在这时，助理送过来一杯咖啡。薛承一下子抽回思绪，等她关门的时候，薛承突然叮嘱道："通知江诚誉马上来我这里。"

助理应诺一声，便匆匆离去。薛承把视线转移到眼前的电脑屏幕，里面的数字不再跳动，一片绿意盎然，股市、期货、基金市场等都在这段时间内暴跌，外围金融市场的剧烈动荡更是给房地产行业和关联的产业笼罩了一层阴影。

不久，承泽建筑公司的财务总监江诚誉便神色匆匆地赶了过来。

薛承直接问："银行那边怎么样，事情有着落了吗？"

江诚誉惭愧地看着薛承，又一脸无奈地摇摇头：“暂时还办不下来，贷款全面收紧，不只是房地产行业不好贷款，就连与这个行业有业务往来的其他行业也不能幸免。”

薛承怔了怔，倒吸一口冷气：“这可怎么办！城北的项目还指望这笔钱作为启动资金呢，这样一来，所有的计划不就全部打乱了！”

江诚誉立马说：“我正想说这件事呢，按照银行的意思，就算最后给我们批了贷款，也会大幅度地缩减贷款额度，而且在利息方面也会作出相应调整。”

薛承点上一根烟，他抽了几口，又道：“我今天跑了四家企业，兜兜转转一整天，愣是没要到半毛钱。几位老板向我大倒苦水，他们的资金非常短缺，而最主要的原因就是银行不声不响地对他们进行了抽贷，令他们措手不及。”

江诚誉愤愤不平地骂道：“那他们欠我们的这些钱怎么办，总不能跟他们对簿公堂吧。”

“打官司是下下之策，万万不可。暂且不说要给他们留个余地，打起官司来，对我们的声誉也影响甚广。上公堂是经商大忌，不到万不得已的时候绝不能走这条路。你赢来的可能只是一张判决书，但输掉的却是口碑。”薛承叹了叹气，靠在椅子上尽显颓丧。

“为什么您说赢来的只是一张判决书？如果不通过法律手段维权，我们也想不出其他办法拿到这笔工程款啊。”江诚誉问道。

“以目前的情形来看，就算法院判我们胜诉，他们也未必有钱给我们，这欠债的事情要是升级到官司层面上，那对这些企业无疑是最致命的打击，覆巢之下无完卵。”薛承一边说一边揉搓眉心，他感到实在是无能为力。

“假如这几笔款子不收回来，我们就不单单是城北的项目要被迫延期，另外几个项目也会面临停工的风险啊！”江诚誉的脸上挤满了忧愁，身为财务主管的他，似乎也无法找到更好的计策来应对这次危机。

薛承拧紧浓眉，不停地转动脑子想办法："冯志明准备把房子抵押给我们，让我们去变现。"

"冯志明的如意算盘打得真响，这是要我们当他的销售员啊，连工资也省下了！"江诚誉露出鄙视的神色，忍不住提高声音，"如今的房产市场风声鹤唳，有价无市，房子都像是烫手的山芋。"

薛承苦笑一声："不得已而为之吧。只要有路走，哪怕困难重重，也要壮胆尝试。可能走到底，就是一条生命通道。"

江诚誉点点头："其实解除困境的办法不只卖房子或者贷款，还有其他法子。"

薛承立刻盯着他，一脸狐疑地说："只要有一丁点的机会，都务必要试一下。"

江诚誉说："我们去找百里集团帮忙吧，只要您开口，他们一定会帮我们渡过难关的。何况这点忙对他们来说就是举手之劳，不会对他们造成任何影响。"

还未等江诚誉把话说完，薛承立即打断他，表情十分严肃："不能去找百里集团帮忙！任何人都不准去！"

江诚誉怔了怔，困惑地看着他，仿佛在观察一个陌生人似的。共事多年，他很少见薛承会因为一句话而动怒，况且百里集团和承泽建筑的关系众所周知，不管是情理上还是道义上，百里集团都有帮助他们的理由，可他想不通薛承为什么会在这件事情上持否定意见。他暗暗深吸一口，小心翼翼地说："能够得到百里集团的支持，我们会少走很多冤枉路。"

薛承见江诚誉是自己信任的人，叹了叹气："暂且不说百里集团没有帮助我们的义务，在资金方面，他们的日子也不好过，由于早几年扩张过快，加之现金回笼较慢，现在形成了恶性循环。"

江诚誉一脸惆怅地问："薛总，那可怎么办啊？"

薛承思忖半晌，无奈地摇摇头："还能怎么办，卖房子呗。"

"还真要卖房子啊，突然之间改了行，让我有些无所适从呀。"江诚誉满面愁云。

薛承嘱咐说："公司的流动资金捉襟见肘，还需要你合理支配。"

"这个您放心，我会合理地利用每一分钱。"江诚誉见薛承眉宇间充满忧虑，赶紧宽慰道："薛总，我相信我们有能力应对金融危机。"

"可能吧，但愿吧。"薛承喃喃道。

等薛承回到家里，已是华灯初上。当他看到满桌子的美味佳肴和如花似玉的娇妻，就暂时忘记了一身的疲惫。

念雅早已不是当初那个刁蛮任性的公主，成了相夫教子的贤妻良母。她坐在薛承身旁，体贴地帮他斟酒夹菜，迷人的笑容里充满了浓浓的爱意。

薛承享受四口之家的这份温情，带着绵绵之情，一口饮尽杯中酒，把酒杯倒扣起来，轻吟道："人生得意须尽欢，莫使金樽空对月。"

念雅露出浅浅的酒窝，笑了笑："是何喜事令薛总如此豪迈呢？"

薛承摇摇头，一脸苦笑："白天诸事不顺，晚上苦尽甘来。葡萄美酒夜光杯，另有佳人陪伴，我岂能不开心？"

念雅温柔地给他倒满酒杯："遇到不顺心的事了？"

薛承仰了仰头，小酒盅立马见空，一副豪情万丈的样子："都是些不起眼的小事，不值一提。"

薛承一副满不在乎的样子，却逃不过念雅这双眼睛，他们朝夕相处，早已熟悉彼此之间的每一个细微的表情。薛承越表现得无所谓，说明他碰到的问题越棘手。念雅忽然感到有一丝担心，但她明白在这样的场合下，她是问不出原因的。她也深知他不说，是不想她担心，她想安慰他，还不如拿起酒杯陪他一醉方休。

她给薛承续上酒，放开声音：“将进酒，杯莫停，为君歌一曲，愿为君担忧。”

薛承索性也放开声音，大笑一声：“钟鼓馔玉不足贵，但愿长醉不复醒。”

就在俩人作兴之际，电话铃声突然划破长空，薛承懒得看来电显示，带着浓浓的醉意接起电话：“谁啊？”

电话那头突然传来急促的声音，带着哭腔：“薛哥！你要帮帮我啊！”

短短几个字顿时让薛承的酒意一股脑散尽了，他猛地打了个寒战，赶紧问道：“亦双，你怎么了？”

他的话刚一出口，电话那头便传来一阵撕心裂肺的哭声。

第三十八章　豺狼野心

翌日清晨，薛承就火速赶往了文水市，昨晚的电话让他担心了一宿。当他找到叶亦双时，发现她魂不守舍，仿佛经历了极度惊恐的事情。“你怎么了，到底发生了什么事情？”

叶亦双一看到薛承出现在自己面前，就好像抓住了救命稻草一般，拽紧他的手，带着哭腔说：“薛哥，洛渊被人抓走了。”

“什么！洛渊被谁抓走了？这是什么时候发生的事情？”薛承听到这个消息非常震惊，他昨晚接到叶亦双的电话，追问她事由，她又不肯说。

“就在昨天下午。”尽管她非常努力地想让自己镇定下来，但是双眸中依旧流露出极其恐惧的神色。

“昨天下午？”薛承用疑惑的眼神看着她，立马责怪道，“昨天下午发生的事情，你为什么昨晚在电话里不说？”

“我在电话里听你的口气像是喝了很多酒，我就忍住没告诉你。祁阳和文水毕竟隔了这么远，我怕你出事。”叶亦双抬头看看他，在他面前像个做错事的孩子。

“胡闹！发生这么严重的事情，也不早点跟我说。”薛承当即瞪了她一眼，然后又赶紧问道，“报警了吗？”

“去派出所登记过了，但因为时间问题，所以还没有立案。”叶亦双立马回答道。

“警察都没有立案，你怎么确定洛渊被人绑架了呢？”

“我昨天下午忽然收到一段洛渊昏睡的视频，旁边就有对白，可是当我看完之后，这段视频又突然消失了。然后我就一直打他电话，可是到现在也联系不上他。洛渊不会主动关机的，除了在飞机上，不然他二十四小时都会开机。”叶亦双几乎是一口气把情况说完。

“他们可能用了某种程序，目的就是不留下半点痕迹。”薛承突然感到对手不是普通人，手法专业，事情肯定不简单，“知道是谁干的吗？”

叶亦双点点头，露出一副既痛苦又懊悔的神情。然后，她的喉咙又仿佛被硬物卡住了一般，等了好几秒，才缓缓地吐出一个名字：“严力华。”

薛承一听立马有种寒毛直竖的感觉，他对这个名字并不陌生，曾经从叶亦双的口中得知他的一些情况。他也在社会上听到过有关他的传闻，简而言之，严力华是个关系复杂、实力雄厚的江湖人士。他百般困惑，压低声音问：“你和他不是有业务上的往来吗，怎么就搞成这个样子！”

叶亦双的面部忽然变得扭曲起来，她咬着牙齿，似乎对往事不堪回首：“谁会想到他就是个阎王爷，我却亲自把自己送进了鬼门关！”

薛承见叶亦双一脸畏怯，觉得事情扑朔迷离，已经超出了自己的想象范围，他马上问道：“你们原本是合作伙伴，怎么就变成了死对头，到底发生了什么事情？”

她的双眼紧紧盯着薛承，好像只有他在视线范围内，她才不会感到畏惧，但是她的表情已然流露出了万分恐惧，她又沉默几秒，然后说出这辈子最不愿提到的三个字：“贺绍宗。”

薛承乍然一惊，好像被电流击中一般，浑身酥麻。他突然扯开嗓子：“什么贺绍宗，他不是在监狱里关着吗？”

叶亦双点点头，非常痛苦地说：“严力华是他的远房表哥。”

一瞬间，薛承的脑海里浮现出几年前与贺绍宗绞斗的片段，就算隔了这么多年，依旧让他感到无比惊悸。他越来越觉得匪夷所思，忍不住问道：“严力华怎么会跟贺绍宗扯上关系？你确定吗？”

薛承的惊诧表情令叶亦双怔了怔，她从他的眼神中感受到了隐藏在他内心深处的一丝恐惧，她突然变得绝望起来，声音微微颤抖：“千真万确！是严力华亲口说的！薛哥，我们该怎么办啊？”

薛承顿时觉得如坠迷云之中，感到整件事不可思议。他回过神来，见叶亦双一副胆战心惊的样子，赶紧抓住她的肩膀，试图给她勇气，并用坚定的眼神看着她：“你不要害怕，有薛哥在，我一定不会让他们伤害到你。你先冷静下来，把整件事情原原本本地告诉我。这件事没这么简单，我们要早做准备，以防不测！”

叶亦双点了点头，露出满脸的懊悔之色：“整件事都是我一手造成的，就是因为我急功近利，才搞成今天这个局面，自食恶果啊。”

过了许久，当叶亦双刚讲完严力华开始接近池正毅时，就被薛承打断了：“种种迹象显示，严力华从一开始就给你设下了圈套，他能耐下性子，就是为了等你自投罗网。”

叶亦双咬咬牙关：“都怪我马虎大意，没有看出他居心叵测。”

薛承又说：“你曾经跟安茹提及心中的隐隐不安，假如你当时就重视起来，多留个心眼派人去调查一下，也不至于沦落到今天这个地步。”

“都怪我当时利欲熏心，病急乱投医，才会掉入严力华布置的陷阱中。”叶亦双眼神黯然，无比后悔地叹了口气，“其实，我当时心里总感觉这件事有些不妥，但仅凭自己的猜想，又缺乏实质性的证据，实在无法说服自己去做那些不切实际的调查，所以到了最后，就不了了之。假如我有一丁点的防备之心，就不可能发生这么严重的后果了。我的这个侥幸心理，让自己陷入了万劫不复的绝境啊！”

“这个世界没有后悔药，既然发生了就勇敢面对。不过话又说回来，既然严力华已经盯上你了，就算你躲过初一，也躲不过十五，你跳过一个陷阱，可能也无法躲过下个劫难。我最不愿意看到你受到伤害，那次车祸，我还历历在目！”尽管薛承在心里也想痛骂叶亦双一顿，但是在这个紧要关头，他还是要安慰她，希望她坚强起来。

“明枪易躲，暗箭难防！”叶亦双痛苦地闭上眼睛，她在这一刻不敢再睁开眼睛，不敢去面对这个恐怖的世界。

薛承说：“严力华非常阴险，手段狠辣，看来我们碰到强劲的对手了。”

叶亦双沮丧地说：“我做梦也想不到严力华会跟贺绍宗扯上关系。我去找他合作，不是自掘坟墓吗！”

“可能是我们跟贺绍宗的仇怨还没有终结，冥冥之中，老天要我们和他们做个了结。贺绍宗被判终身监禁，虽然是自己作的孽，但他的亲人不认为他是罪有应得，反而认定我们是罪人，是仇人，只要他们寻到一丝机会，便会变本加厉地报复我们。我们原以为这个仇恨会随着贺绍宗的入狱画上句号，谁曾料到这只是个省略号。”

叶亦双用微颤的语气轻声说道：“严力华这个人太可怕，深不可测。当初，公司在银河阁项目上找他帮忙，他明明知道我与贺绍宗不共戴天，竟然没有拒绝我们，反而热情地帮我们解决麻烦，之后更是没有露出一丝的憎恨，每件事都做得让人深信不疑。我当时确实很欣赏他的为人，认定他就是行侠仗义的侠客，打心眼里感激他，并为自己能结识这样的人物感到庆幸。”

薛承听得直摇头，他从叶亦双的话中就能想象到严力华的厉害之处，他觉得自己赢的胜算不大。“我们这次碰到可怕的对手了！”

“我曾经推测他在处理银河阁的事情上留了一手，直到现在才如梦初醒。他在时间上面故意延迟许久，并非是他有所顾虑，而是他趁机在筹划整个报复计划。”叶亦双说道。

“其实，他可能也没有十足的把握，只想博弈一回。他帮你们完成了银河阁项目的拆迁问题，自然就得到你们的信任，但是他怎么能够预测到，你以后必会有求于他呢？我现在想想，还是觉得匪夷所思，我们是否把严力华想得过于强大，反而丢了理智呢？”薛承思忖了片刻，忍不住狐疑骤起。

叶亦双沉思了一小会儿，盯着薛承说道：“他料定我会去求助他！只要在文水市遇到任何不利于公司发展的事情，我都会毫不犹豫地去找他帮忙。银河阁项目就是最好的例子，我们为拆迁一事白白消耗了几个月的时间，还花费了大量的人力物力，始终无法取得实质性的进展。而严力华足不出户，仅凭几个电话就搞定我们认为堪比登天的难事，这种优质的资源，换作是谁都希望能为己所用。正因为如此，他算准我迟早会再找他帮忙，而且是更艰难的事情。”

“他精通计谋，又能精确地掌握你们的心理想法，像豹子一样沉着，像狐狸一样狡猾，像狮子一样凶猛，他确实很厉害。”薛承说道。

“我们过上安稳的日子才不久，现在又要面对强劲的敌人，老天就不能放我一马吗？”叶亦双不由得怨恨道。

薛承坚定地说：“不管是谁，不管他多强大，只要他心术不正，必将害人害己！我们剖析每一个细节，把整件事研究透彻，知己知彼，最后一定会战胜他。”

叶亦双听了，苍白的脸上恢复了少许信心：“这些年，我们连生死都经历过了，还怕一个严力华不成！我已经准备好了，跟他殊死搏斗。”

“正义不会缺席，它一定会站在我们这一边。”薛承鼓励道，眼神透出前所未有的坚定。

第三十九章　层层加码

在数个月之前，三号项目作为攻坚任务，已经严重影响到关联者的日常生活和工作。各部门都接到了命令，务必在一个月内完成所有的搬迁任务，否则将追究相关人员的责任。

与此同时，社会上还流传着一则消息：若在规定的时间里无法完成所有的签约任务，政府将重新对这片区域进行规划，其中一个方案就是分割土地，并改变它的使用功能，不再开发单一的居住区域。

叶亦双闻讯后，跟其他开发商一样感到寝食难安。她与严力华已经合作了一段时间，严力华也确实拿下了多份拆迁合同，不过，一直没有取得最后的胜利。宏印集团为此已经花费了大量的人力物力，也消耗了大量的宝贵资源，假如最后拿不到这个项目，损失将不可估量。

叶亦双已经没有退路，只能想尽办法去完成任务。她心急如焚，曾多次打电话给严力华，与他坦诚利害关系，并恳请他尽快解决问题。但是，严力华好像并不着急，反而用各种理由搪塞她，这令叶亦双满腹狐疑，一时间乱了阵脚。

江南的天气变幻无常，时雨时晴，叶亦双启程去严府时还艳阳高照，等到了目的地却是雷电交加。车外下着倾盆大雨，她的心里面在下着忧伤的小雨。叶亦双只身去了严力华的办公室，这回严力华却没有表现出以往的热情，只是简单地招呼她落座，而他继续埋头写东西。

叶亦双尴尬地等了几分钟，严力华才盖上笔帽，笑了笑："不好意思，让叶董等久了！手上这件事情急得就像外面的暴风雨一样，不给人喘气的时间。"

"严总事务繁忙，日理万机。我突然上门拜访，打搅你了。"叶亦双寒暄道。

严力华爽朗地笑了笑，抱拳以示感谢她的体谅。接着他又佯装一副疑惑的表情，问道："叶董今天过来有什么事吗？"

叶亦双实在不想跟他绕来绕去，拆迁的事情都到了火烧眉毛的地步，她只想开门见山地说话，以最迅捷的速度查明原因。"我今天是专门为三号项目来，想当面从你这里了解拆迁的最新动态。"

严力华笑了笑："这种小事情还用得着叶董亲自跑一趟啊，你打个电话过来不就好了吗，这几个小时的路程完全可以避免。"

叶亦双突然对严力华的态度感到很失望，觉得他有些敷衍，又有点幸灾乐祸似的。她压住不满情绪，勉强挤出了笑容："电话里讲不清楚，反正路也不远，不如就登门拜访一下严总。"

严力华点上一根烟吸了几口，笑了笑："我们现在是合作关系，是得多些走动才好，那样才不显得生疏。"

叶亦双见他不正面回答自己的问题，急忙说道："这件事对你来说可能是寻常事，但是对宏印集团而言，是件连一天都不能拖的头等大事。既然严总和我们公司有合作协议，那我就希望能通过拆迁这件事，尽早把项目收入囊中，以防节外生枝啊！"

严力华笑了笑，换作一副满不在乎的表情："这事好说，你也不要太焦急，凡事都要有个过程，时间到了，自然水到渠成！"

叶亦双怔了怔，突然感觉严力华话里有话，于是试探性地问道："怎么？难道严总还有其他的顾虑吗？"

严力华的笑容开始变得僵硬起来，眼神不再温和："顾虑倒是没有，就是心中还有一件事不太明白，既然你今天来了，那我就弄弄明白。”

叶亦双见严力华的神色逐渐变得肃然起来，昔日的和善好像突然消失了，她的心沉了沉，感到事情并非像严力华说得那么简单。“严总的话可把我给弄糊涂了，我们之间的合作一直坦诚相对，怎么还有不明白的地方呢？”

严力华看着叶亦双，露出一副皮笑肉不笑的样子：“完成拆迁之后，你准备如何进行下一步的计划？”

“自然是按照我们之前的约定，共同成立一家公司呀！”叶亦双立刻回答道。她又一脸疑惑地看着他，实在搞不懂严力华的葫芦里卖的什么药。她从袅袅的烟雾中看到严力华似笑非笑的面孔，忽然感觉这是一张被隐藏起来的鬼魅的笑脸。

“是我们两个人的公司吗？”严力华紧接着问道。

叶亦双皱了皱柳眉，双眼盯牢他：“陈总和沈总都愿意以隐名的形式入股。新公司将以你我的公司合股成立，在法律角度上讲，新公司的权益确实属于我们两家公司。”

严力华笑了笑：“那就好。”

“请问严总到底还有什么顾虑，我们不是一直都在按计划行事吗？我不觉得还有其他的问题产生！”叶亦双疑惑道。

“叶董，我们是合作关系，又是朋友关系，所以有些事情必须提前说好，免得到时候发生不愉快，我这也算未雨绸缪吧。”严力华说道。

“这个当然，合作就要有合作的精神，就算人心变了样，但是还有契约可以约束。这里没有外人，您有什么话直说无妨。”叶亦双也逐渐收起了笑容，此时的心里已经发生了一丝变化。她突然觉得严力华这个人很难捉摸，说话拐弯抹角，挂在脸上的笑容似乎藏着一把刀，她开始对这个人打上了大大的问号。

严力华见叶亦双的表情起了变化，眉宇间露出一丝不悦，这才把话切入正题：“既然新公司由我们两家公司合伙成立，那人事方面准备怎么安排呢？”

叶亦双顿了顿，她在心里猜想过千百种严力华不会满足的原因，但她确实没有想过他会在人事方面有了想法。她原本以为项目是由自己一方出资，理所当然应由自己委任各个职务，严力华这边只是出力不出钱，工作重点又放在项目前期，可以说在接下来的基建任务中几乎起不到作用，他只需要躺着数数钱便可，何必非要挤到前线来呢？叶亦双觉得事出蹊跷，但又不便开门见山地询问原因，只好采取迂回的方式。

她佯装一副吃惊的样子，说道："我还真没有认真地考虑过这个问题，我认为我们分工明确，你负责前期工作，我们负责基建任务，专业的人做专业的事，这样才会在最短的时间里完成既定目标。”

严力华说："这个工程很复杂，叶董不会以为只要搞定了拆迁户，就可以通行无阻了吧！”

叶亦双立即问道："你什么意思？”

严力华又换上严肃的表情，说道："三号项目不是普通的开发项目，这关系到民生问题、政策问题，还有基建问题。我认为你们宏印集团委任的主管人员能力有限，不可能让项目顺利完工。稍有差池，谁来负责呢？”

叶亦双听完顿了顿，她觉得严力华说得有些道理，毕竟上头相当重视三号项目的建设，况且工程的建设时间要持续三年以上，基建环节众多，其中一个环节出现差错，可能就酿成严重的后果。若是不小心重蹈银河阁的覆辙，那损失将不可估量。同时，她又对严力华心生不满，他提出设想无非是有自己的打算，何不直截了当地说出想法。

她笑着说："严总见解独到，我确实没有想过这种小概率的事情。”

“这是个大项目啊，我们必须要考虑到每个细节，保证自己立于不败之地。”严力华说。

叶亦双点点头，索性随他的意思："那严总有何高见呢？"

"既然我能完成拆迁任务，就自然能保证工程顺利。但是，前提必须是我当总经理，这样才能号令四方。"严力华笑着说，脸上充满自信。

"狐狸终于露出了尾巴。"叶亦双当即就在心里说道。她的内心是非常抗拒这个提议的，但是嘴上还是留了点余地，"严总只需要静候完工的佳音便可，干吗还要操心烦琐的过程呢？这些事应该交给底下的人去操作，你就别费这个心了。"

严力华突然露出凶狠的目光，但是脸上仍旧挂着笑容，他盯着叶亦双说："假如我坚持呢？"

叶亦双被他盯得一阵发怵，暗暗深吸一口气："严总是在跟我开玩笑吧？"

严力华面无表情地说："在大事情上，我从来不开玩笑。"

叶亦双愣了愣："宏印集团在项目运作方面有着非常丰富的经验，完全可以打消你的顾虑，还请严总放一万颗心，工程肯定出不了问题。"

对于她的辩解，严力华显得有些不耐烦了，冷冷地说："看来我们的意见从拆迁开始就产生了分歧，这绝对不利于合作。"

当严力华提到"拆迁"一词，叶亦双突然就想通了整件事情，从刚开始的进展顺利，到现在的停滞不前，这一切可能都是严力华故意所为，无非是弄个筹码跟她谈条件。

叶亦双忽然感觉自己好像被严力华掐住了脖子一样，无法挣脱了。她现在骑虎难下，在这个关键时刻，千万不能得罪对方。

她笑着说："或许严总考虑得比较周全，由你担任总经理，不说别人会不会给我们方便，但起码不敢对我们伸腿，绊我们一脚。"

严力华立马爽朗地笑出声："叶董可算明白我的苦心了。"

"大家的出发点是一致的，都是为了公司好。"叶亦双说。

严力华点头表示赞成："那就让池正毅做我的副手吧，他是专业人才，由他配合我的工作，绝对顺手。”

“这……”叶亦双一时僵在那里。严力华的这个提议完全打乱了自己的计划，她想反对，但又不知道从何反对，这池正毅确实符合严力华口中说的专业人士的所有条件。

严力华不等她做出反应，立即递进一步：“那就这么决定了，其余的职位你看着安排好了，我这边没有意见。况且我也没有多余的精力再去琢磨人事安排了，时间所剩无几，我必须要集中精力做好收尾工作。”

“既然这样，那就按照严总的意思办吧。”叶亦双无奈地说道。

事到如今，她不得不妥协，虽然总经理的职位不在自己的掌控之下，起码其余的职位还可以安插自己的人。一刹那，她又开始期待池正毅能够尽忠职守，对公司不离不弃。

第四十章　不翼而飞

那场谈判之后，宏亦公司的拆迁进度又有了新的突破，并在截止的拆迁日期之前搞定了所有的拆迁户，以数量计算，已经遥遥领先于其他公司，就连实力最强、呼声最高的中大集团也悄然退出了竞争之列。

其后，宏亦公司经过一番运作，成功地获取了三号项目的建设权。至此，三号项目为期大半年的拆迁拉锯战，终于以宏亦公司的凯旋而告终。叶亦双和严力华开始了前期的筹备工作，按照事先约定，在取得开发意向协议书后就成立新公司，通过新公司去摘牌，与相关部门签订合约。这一切都在计划中有序进行着。由文水市宏亦房地产开发有限公司和文水市众航投资有限公司共同成立的新公司起名为宏航置业有限公司。注册资金九千万，宏亦占股百分之八十，众航占股百分之二十。

几个股东对新公司寄予了厚望，也倾注了全部心血，特地挑了个喜庆日子进行揭牌，并邀请了许多宾客参加开业仪式，场面盛大，权贵云集，很快就让新公司在文水市家喻户晓。宏航置业由安茹担任法定代表人，严力华担任执行总经理，池正毅任常务副总经理，夏耀仰任副总经理。

薛承听到这里时，突然打断她的话，问道："数月前你邀请我参加开业仪式，就是你现在说的宏航置业公司吗？"

叶亦双点点头，不无遗憾地说：“就是这家公司，你当时因为出差而没来参加。”

“我了解过大致情况，还替你感到高兴，拿下了个大项目。”薛承说。

“到头来还不是竹篮子打水一场空。”叶亦双忍不住又露出绝望的神色。

“他们控制住洛渊就是为了这家公司吗？”薛承赶紧问。

“没错，他们就是为了侵吞我的公司，不仅抓了洛渊逼迫我，还做了很多损害宏亦公司名誉的事情。”叶亦双恨恨地说道，双眸中喷出了仇怒的火焰。

“这帮人简直是无法无天！”薛承怒责道，转而又问，“他们到底逼你做了什么？”

“他们逼我把宏航置业公司的股权转让给他们，还要把安茹的法人资格变更成池正毅。”叶亦双置身事中，显得无比痛苦。

薛承立马反问道：“这池正毅不是你的人吗？”

叶亦双咬咬牙齿，拳头握紧，显得怒火冲天：“池正毅早就被严力华收买了，现在是他的走狗。严力华能对我的情况了如指掌，就是因为池正毅做了他的内应。”

薛承一拳砸在扶手上，破口骂道：“这个吃里爬外的东西，真是该死！叶董在世的时候，可没少照顾他！”

“在利益面前，人心是会变的！”叶亦双难受地说，“薛哥，在这个世界上，唯有你对我不离不弃。”

“因为我们是一家人。”薛承郑重地说道，“公司成立之后，接下来发生了什么事情？”

叶亦双回忆了片刻，脸色越发苍白。

公司成立之后，通过叶亦双和严力华的共同努力，顺利地对三号项目进行了摘牌，正式开发这块土地。由于项目庞大，需要的投资款是一笔天文数字，只能由叶亦双、沈一帆、陈伯清三人想办法筹资。叶亦双以宏亦房地产开发公司的全体股东担保及全体股东股权提供质押的方式，向银行贷了一个亿出来追加投资。沈一帆投入了四千万，陈伯清投入了六千万，全部的钱以宏亦公司的账户汇入宏航置业公司的账户。由于涉及巨额资金，宏亦公司与陈伯清和沈一帆分别签订了对宏航置业公司的《委托持股协议》。

叶亦双认为安茹、夏耀仰、池正毅在新公司担任主要职务，公司的权力和资金还掌握在自己手中，就一定稳操胜券。她认为就算严力华是总经理，生了二心，独自一人也不可能搅起大风大浪，由此，她逐渐放松了警惕。

巨额资金到了宏航置业的账户后，它的性质便不单单是一笔工程款这么简单了。它成了一块巨大的蛋糕，令人垂涎。公司有完善的财务制度，出纳、会计等职务一应俱全，但是这种合伙企业恰恰又最容易出现财务监管漏洞。就算财务制度健全，但财务人员的工作受公司领导的控制，比如宏航置业的财务体系就受总经理严力华和常务副总经理池正毅的控制，原本这也属情理之中，严力华是众航投资公司的法定代表人，池正毅是宏亦房产公司的法定代表人，分属不同的利益体，既然共同成立一家公司，自然要对财务进行共同监督及合理分配。换句话说，就算他俩动用宏航置业账上的资金，也不会引起别人的怀疑。

当天，叶亦双正在宏远大厦办公，办公室大门突然被人用力打开，哐当一声惊吓到了她。这人还没来得及走到她面前，声音便已传过去："董事长，出大事了！"

叶亦双抬头看是安茹，不免皱了皱眉心，她跟随她这么多年，一直方寸有度，今天却这般莽撞，令她有些不悦："出什么事了？"

安茹气喘吁吁地来到她的面前，声音变得尖锐："宏航公司出大事了！"

叶亦双一听，心里顿时一沉，立刻问道："新公司出了什么事情？"

安茹神态慌张，语气变得微颤："宏航公司，宏航公司账户上的钱没有了！"

"你说什么！钱怎么会没有了？"叶亦双立马站起来，感到毛骨悚然。她都不敢相信安茹说的话，那可是整整两个亿的巨款啊！

安茹赶紧回答道："公司账户上的钱只剩下两千万不到，其余的钱全部被人划走了！我跟夏耀仰反复查看了多次，这事千真万确！"

叶亦双一听顿时张大嘴巴愣在那里，她这时已经不在吃惊的范畴内，完全是被吓住了。她的心脏突然狂跳不已，大脑一片空白，耳朵里嗡嗡作响。

足足过了半分钟，她才被安茹的声音惊醒过来，骤然尖叫道："这到底是怎么回事啊！那是两个亿啊！怎么可能说没就没呢？那些管财务的人呢？我花钱养他们是干什么的！怎么就给我弄丢了！"

叶亦双语无伦次地喊了几句，未等安茹回答，接着又大声骂道："你们都是干什么吃的，这么多的钱不见了，你们竟然没有半点察觉！这笔钱到底被划去了哪里，有没有仔细查过？"

安茹从未见过叶亦双这副暴跳如雷的样子，也从未被她粗暴地骂过，这让她瑟瑟发抖，她甚至不敢正视叶亦双的眼睛："这笔钱以支付材料款的用途分别划入了两家公司的账户上，一共分六次划入，总金额达到了一亿七千万。"

"这项工程才刚开始挖土，哪会产生这么多的材料款，这显然有问题。"叶亦双马上说。

"董事长，您说得没错，经过我们调查，划入的两家公司基本上是空壳公司，而公司的股东之一则是严力华！"安茹赶紧回答道。

"怎么会是严力华！你们调查清楚了没有？"叶亦双突然感到一阵恐惧，不由自主地战栗起来。

“千真万确！这些都是登记资料，绝对错不了。”安茹说。

“这不可能！他怎么会划走公司的钱呢？难不成他是监守自盗？这到底是怎么回事！”叶亦双一脸困惑和沮丧，站在那里自言自语。

安茹又小声说：“我们的钱确实被严力华拿走了。”

叶亦双瞪着安茹，骂道：“你们都是一群笨蛋！严力华用同样的伎俩，足足用了六次啊！你们都是公司的主要负责人，怎么就没有觉察到！竟然直到钱没有了，才来告诉我！”

安茹不敢直视她的眼睛，小声解释：“我们是公司的高层人员，但是我们根本没有实权，更谈不上对财务有支配的权力。其实宏航的财务制度基本上是一个摆设，收支的权力全部掌握在总经理和常务副总的手上，其他人都说不上话更做不了主。”

“池正毅呢？他怎么会没有发现呢？”叶亦双怒视道。

“这几张材料支付款的单据上都有他的签名。”安茹说道。

叶亦双当即就傻住了，觉得这件事越来越离谱：“池正毅在哪里？你们问过他没有？”

“我们首先问的就是他，但是他回答说预付材料款属于正常支出，没有什么不妥的地方。”安茹说。

“正常？我看他这个人才是最不正常！他们这样做是监守自盗，是自掘坟墓！”叶亦双咬牙切齿地说，然后又问，“严力华和池正毅在哪里？”

“应该都在严力华的公司吧。”安茹立马回答道。

“走，我们马上去找他们问个清楚！他们胆敢动坏心思，我一定要让他们将牢底坐穿！”叶亦双恨恨地说道。

她虽然说话凶恶，但心里似乎没底，严力华并非普通人，假如跟他撕破脸，该拿什么跟他斗？她忽然觉得自己在朝一条没有光明的道路走去，她不知道这条路是否有尽头，也不知尽头之处是否更加凶险。

第四十一章　针锋相对

当叶亦双心急火燎地赶到严力华的办公室时，恰好碰到严力华和池正毅在密谋事情。叶亦双瞪了池正毅一眼，然后毫不客气地问严力华："严总，工程才刚开始启动，为什么公司账面上只剩下这么点钱？"

严力华似乎早有准备，对叶亦双的登门质问并不感到惊奇和慌张。他的表情依旧平和，慢悠悠地回答道："既然工程已经开始建设了，自然就要花钱，用公司的钱去采购材料，这是理所当然的事情。"

叶亦双的心里惦记的是那笔近两亿元的巨款，哪还有心思跟严力华绕来绕去说些废话，她表情严肃，眼神充满怒火，质问道："就算是采购材料，也不至于在短短几个月的时间就花了一个多亿吧！"

严力华冷笑一声，慢吞吞地点上一根烟："几个月的时间，换成天数算都可以论百了，在这么长的时间里，什么事情都可能会发生，特别是在这段时间里，建筑材料普遍上涨，迫使我们在洽谈价格这个问题上必须争分夺秒。供应商有供应商的规矩，你想便宜点买货，就必须现款结算；你想低价进货，就必须提前支付。这是目前的市场行情，难道你没有了解过吗？"

叶亦双才不管严力华怎么狡辩，她怒气冲冲地反问道："你就算是把钱花在了采购上，那货品明细单呢？为什么连张订单都没有？”

“你是不是在办公室里待久了，不清楚目前的行业规则了？”严力华冷冷地说，藐视她一眼，吐出一口浓烟，“从严格意义上讲，我们这笔钱只能算作意向金，换句话说，就是我们愿意与供货商达成预付形式的买卖意向。既然是意向金，那怎么可能有具体的货物明细单呢？工程所用到的建筑材料，堆起来就像一座大山，我们所需的数量、品质、型号、规格等，都得在建设过程中慢慢确定下来。”

叶亦双顿了顿，乍一听，她又觉得严力华的话似乎有些道理。她压了压声音，继续问道：“就算现在都执行预付的采购模式，也用不着一下子就给对方打这么多钱吧！不管你们达成哪一种合作方式，这几笔巨额支出，没有经过我同意，就不允许这么操作。”

严力华浓眉一拧，眼睛即刻射出凶恶的锋芒：“我是这家公司的总经理，在公司业务和工程建设问题上有决定权，至于财务支出，有常务副总经理池正毅的授权，所以公司在采购方面不存在违规操作。”

叶亦双立刻把冷峻的目光投向池正毅，严肃地问道：“公司支出那么多钱，你为什么不及时告诉我！”

池正毅看着叶亦双，佯装一副尽忠职守的样子，声音响亮地说：“董事长，你曾经在庆功宴上当众表示严总是工程的促成者，厥功至伟，你还交代严总是新公司的总经理，要我们尽量配合他的工作，务必把工程圆满完成。”

叶亦双见他话不答题，尽扯些没用的理由搪塞她，心里顿生一股无名怒火，呵斥道：“别说这些废话！我问你，财务上存在这么大的问题，你为什么不及时向我汇报！”

池正毅被她一顿责骂，不由得心虚起来，赶忙辩解：“我看严总的计划合情合理，又合乎制度，而且百利而无一害，所以就执行了。您事务繁忙，我作为您的得力干将，必须要以为您分担工作为己任。我感觉不应该拿这种合情合理的小事情打搅您，所以就做了一回主。”

“这是小事情吗？这可是近两个亿的资金啊！你倒好，笔一落，这笔巨资就给了别人，这个责任你担当得起吗！”叶亦双的脸上已经完全被怒火覆盖了，恨不得立马上前扇他几个耳光。

池正毅不敢正视叶亦双，又轻声诡辩：“这笔钱是预付款，虽然划到了别的公司账户上，但主权还是我们公司的。我们这样操作，确实可以给公司省下不少的钱啊！偌大的工程，假如每个环节都能省下一点的话，那将是一笔巨款啊！”

“狗屁不通！”叶亦双大声骂道，“池正毅，你别跟我狡辩，妄想偷换概念！这钱都到了别人的账上了，怎么还敢说是我们的钱？你要注意自己的身份，别用粗劣的手段欺瞒我！”

池正毅被叶亦双不留情面地责骂一通，整张脸由白变红，但仍旧振振有词：“董事长，我的心，日月可鉴！我是真心想为公司谋取到最大的利益啊！我是经过反复思考，才敢这么做的。”

“你可真是忠心实诚啊！”叶亦双嘲讽道。她现在看到池正毅这张虚伪的嘴脸，就感到极其厌恶。事情已经非常明了，池正毅背叛了公司，与严力华沆瀣一气。

“董事长，您能理解我的一片苦心，我感激不尽。”池正毅说道。

叶亦双瞪了他一眼，实在不想和他继续谈下去。在这样的情况下，她觉得跟他多说一句话，都是对自己人格的一种玷污。她转而盯着严力华，问道：“为什么钱转入的两家公司，都和你有关系呢？”

严力华看着她，一脸不屑的样子：“既然宏印集团可以多元化发展，为什么众航就不能拓展业务呢？购买材料的首选是价廉物美，这跟合作对象似乎不存在什么因果关系吧。”

叶亦双愣了愣，忽然觉得喉咙处被什么东西噎住了，想反驳却无理可驳，她沉默了一会儿，说：“你这样弄，不是有暗箱操作的嫌疑吗？这事要是流传开，损害的恐怕不止是公司的信誉，还有可能招来监督机关的调查。”

严力华突然冷笑几声，用藐视的神情看着叶亦双，又用抑扬顿挫的腔调说道：“叶董，你是否搞错了！宏航置业是私营企业，不是国家单位，敢问受哪个部门监督！”

叶亦双见严力华不停地狡辩，气得直打哆嗦：“这原本就是项错误的计划，必须要纠正。我代表公司向你提出严正抗议，请你务必把这笔钱追回来！”

严力华根本不畏惧叶亦双义正词严的样子，反而冷笑道：“叶董，你以为这是在玩过家家游戏吗？这合同的签订是闹着玩的事情吗？宏航公司是跟供货商正式实施战略合作，而不是达成口头协议。这一切受法律保护，也受法律制约，岂是你说变就能变的。就算你单方面不同意，那也叫违约，而不是叫结束。”

叶亦双死死盯着严力华，声色俱厉：“既然严总提到法律问题，那我们就依法论事，你凭借职务之便，虚拟采购合同，把巨额资金划入与自己关联的企业，这种事情在法律层面上讲是否构成了违法！假如事情真到了一发不可收拾的地步，严总认为对簿公堂，我们之间谁的胜算更大？”

严力华好像被叶亦双抓住了七寸一般，瞬间就发不上力。他凶相毕露，眼神直逼叶亦双，仿佛要把她活活吞噬一样。他一言不发地盯着她足有一分钟之久，然后才恶狠狠地说：“你这是准备撕破脸了吗？就算上了法庭那又怎样，我是宏航置业的总经理，也是股东，我有足够的权力和理由支配公司的财物。”

叶亦双见气氛紧张，就像绷紧的弦，轻轻一拨便可折断。她深知严力华的厉害，若真到了撕破脸的地步，必会落得两败俱伤的下场。她强迫自己克制住火气，压低声音：“违纪和违法尽管是一字之差，处理的结果却是天差地别。严总在这件事情上就没有半点私心吗？就没有半点的违法行为吗？一亿七千万啊，普通人几辈子也不可能赚到的钱啊，谁不会动心，谁又能控制住贪欲！”

严力华见叶亦双态度缓和，自己也恢复些理智，他当然明白两败俱伤这个道理，更不想在法律层面上陷入被动地位。“项目动工，材料采购，领导签字，合同签订，这一套流程连贯又紧密。我是公司总经理，自然拥有上述的执行权，这本身无可非议，池正毅是副总经理，又是宏印系的经理，自然起到监督和协助作用。我们在法律的范围内，正确施行公司制度，我认为是没问题的。”

叶亦双说：“你是公司的总经理，行使上述权力当然无可厚非，但是你把钱划到自己公司账户上，这就涉嫌违规。我还是坚持刚才的意见，必须要把这笔钱追回来，这一点不仅是我的想法，也是所有股东的一致想法。”

严力华反问道：“生米煮成了熟饭，你认为应该怎么办呢？”

叶亦双说：“工程浩大，利益无处不在。建筑材料找谁买我不过问，只要是处在市场正常的价格范畴内，我相信任何股东都不会过问。公司按照游戏规则缴纳意向金，我也赞同，只要有利于公司发展，股东们也会赞成。但是我认为这笔意向金要控制在五千万以内，超出的部分必须要追回，哪怕是负法律责任，也要追回！我同时也相信，超出法律解释的范围，就不是辩护，而是犯罪。”

叶亦双说得有理有据，不亢不卑，顿时让严力华陷入了沉默。“既然你是代表全体股东的意见，我会尽量满足你们的要求，争取妥善解决这件事。”

“感谢严总支持，请你尽快把钱追回来，以防夜长梦多。”叶亦双在心里稍稍松了口气，起码看到了一丝希望。

第四十二章　破釜沉舟

就在叶亦双等待回款之际，一个关于宏亦公司资金链断了的消息犹如决堤的洪水，突然四散开来。一时间，宏亦房产公司的大门被讨债者挤破了门槛。近几年，宏亦房产公司的母公司宏印集团急速扩张，占用了大量资金，致使公司几乎到了举债维持的地步。这是公司的机密，只有几个股东知道。宏亦房产公司的发展势头虽然不错，但赚到的钱既要用于自身发展，又要被总公司挪作他用，结果也是举步维艰。

这件事不仅在整个建筑行业引起巨大波澜，同时也令宏印集团的高层们感到无比震惊。董事会经过多轮讨论，最后决定向宏亦公司调拨大量资金，但是这些资金当中，很大一部分是公司从民间高息吸蓄来的，这种断臂自救的办法，无疑让宏印集团的财务雪上加霜。

宏亦公司的财务危机重创了宏印集团的元气。不仅让稳定的格局再度出现分崩离析的危机，同时也让叶亦双疲于应对财务上的大窟窿，再无精力去管理业务上的事情。

叶亦双曾想过向薛承求助，但当她得知他也在为钱发愁时，就立即打消了这个念头。宏印集团资金紧缺的消息，已经在社会上流传开了，她再想从银行那里融资，显然是难上加难，而唯一能解燃眉之急的，只有财务公司。

方才把民间的债务问题解决好，结果在不久之后，宏亦公司又出现让叶亦双更加崩溃的事情，一笔七千万的银行贷款即将到期，假如处理不好，这笔资金很有可能成为压垮骆驼的最后一根稻草。叶亦双疲于应对，能想的办法都已想过了，时至今日，连财务公司都要对宏印集团进行重新评估，决定是否继续向宏印集团供款。叶亦双就这样被逼到了死角，似乎已经无计可施。

就在她一筹莫展的时候，严力华突然造访，说他可以帮她脱离困境，这送上门的帮助，如久旱之后的一场甘露。叶亦双已经不在乎严力华是个口是心非的小人，也不去想他是个贪婪阴毒的伪君子。她目前唯一的期望就是他帮自己跨过这道坎。

此时，叶亦双与严力华面对面坐着，四目以对又不说话，办公室静谧至极，就好像武侠剧中的两个人在无形中较量内功。

过了片刻，叶亦双首先打破局面，客气地说："请问严总有何高见？"

严力华笑了笑，露出一丝贪婪的神色："以目前的形势看来，你已经没有路好走了，普天之下，可能只有我能拉你一把了。"

叶亦双逐渐拉下脸，眼神变得愤慨，但在内心深处又反复劝说自己，暂且忍一忍。她毫不遮掩地深呼吸，借此来压制体内的怒火："严总怎么突然想起要帮我。"

严力华一副皮笑肉不笑的样子："我们之间是合作关系，总不能见死不救吧。况且宏亦和众航两家公司紧密相连，唇亡齿寒，宏亦出了事必将影响到众航。我是不想看到这样的事情发生。我帮了你，对自己没坏处，但是你完了，对我没好处。"

叶亦双听后感觉很刺耳，又觉得严力华说得有几分道理，她认为还是耐下性子听他怎么讲，便问道："不知严总所指的帮是如何帮？"

严力华简单地说："我可以帮你们筹钱。"

当他一提到钱，叶亦双立马条件反射地问："宏航公司的那笔预付款已经有好些时日了，你到底什么时候能要回来？"

严力华说：“碰巧公司的几个股东出国考察去了，等他们回来即可促成这件事，我代表宏航置业已经向他们发函要求更改合同了，想必应该快好了。”

叶亦双听完后显得很沮丧，她差不多已经明白这块肥肉已被恶狼抢食一空，就算试图挽回损失也是徒劳的。何况就目前的情形而言，就算钱真的回到了公司账户上，严力华和池正毅也不可能把这笔钱转到宏亦公司的账户上。她觉得自己无路可走了，可能唯有借严力华之手才能转危为安。这个想法在她的脑海里一定格，就迫使她不敢再得罪他，虽然她顾虑重重，不过还是有了期待。“希望你能信守承诺，赶快把这笔钱拿回来。”

严力华见她的态度发生了改变，猜想她已屈服，得意地笑了笑：“目前三号项目的建设进度非常顺利，你还是把心思花在宏亦公司的财务问题上吧，千万别让你的公司影响到宏航置业。”

叶亦双被戳中心事，显得十分沮丧。事到如今，她已经管不了严力华是不是另有目的，只有度过危机才是硬道理。她感到心力交瘁，问道：“你准备如何帮我们筹钱，有什么要求？”

严力华说：“我有个朋友是开金融服务公司的，我跟他们提过宏亦公司的财务问题，他们表示可以向你们提供五千万的贷款，月息八分。”

“这利息也太高了！”叶亦双吃惊地说道。

严力华摇了摇头，轻描淡写地说：“你能拿到这个利息，还是多亏了我的面子。你要想想宏印集团现在的状况，就算再多出几分利息，也不见得有人愿意供款给你们。这笔利息跟宏印集团的生死相比，孰重孰轻，你还是好好掂量掂量吧。”

尽管严力华说话声音不响，但是犹如重磅炸弹爆炸在叶亦双的心里产生了阵阵回音。他的话让她沉思了良久。

严力华见她愣在那里久久无法回神，于是又张口说道：“区区五千万就让公司陷入破产境地，这事万一传出去，银行再对宏印集团进行抽贷，那你就彻底失去翻身的机会了，千万不要因小失大！否则，别说到时候没有人帮助你，就算有，也只能在公司破产之后，通过法律途径进行并购。我在这里奉劝你一句，若是真到那地步的话，你可就叫天天不应，叫地地不灵，只能眼睁睁看着叶宏远创立的公司毁于你的手了。”

当叶亦双听到“叶宏远”三个字时，鼻子一酸，眼泪似乎要夺眶而出。严力华的这句话终于击穿了叶亦双那道脆弱的心理防线，她回过头抹了抹眼角，用力吸了口气，然后又死死地盯着严力华，咬紧牙关，神情坚定，似乎下定了决心：“请严总回去告诉你的朋友，就按这个利息办，但我有个要求，希望这笔钱能在五天之内进入宏印集团的账户。”

严力华赞叹道：“识时务者为俊杰！叶董不愧是宏印集团的掌门人，一身胆识，气魄非凡！”

叶亦双淡淡地说：“有劳了。”

严力华在这件事上果然守信，财务公司在第二天早上就派人给叶亦双办理了借款手续，三天不到，五千万元就打入了宏印集团的账户。这笔钱对叶亦双来说简直是雪中送炭，再加上她东凑西凑的两千万，终于把宏亦公司的贷款给还上了，这让叶亦双暂时松了口气。财务总监叶孝晖月前就在跟文水市的一家商业银行商榷续贷问题，初步达成了意向，这家银行会在宏亦公司还贷之后的半个月之内重新给他们办理贷款手续，利息比上一笔贷款高一个点，额度略有下浮，在四千万元左右。叶亦双计划拿到这笔贷款后，再凑个一千万出来，把五千万的窟窿先给堵上。

到了这时，叶亦双才开始后悔自己的盲目扩张，消耗了大量的财力物力，造成今天这个险象环生的局面。回想这几年，宏印集团在她的经营下确实扩大了规模，但这个庞大是虚空的，效益和现金流日益减少。在危机发生之前，集团财务总监叶孝晖就向她发出过警示，并提出缩减规模、多留现金等建议，叶孝晖跟她分析过市场行情，房地产热度持续高涨，人为炒作明显，已经严重影响到其他行业的健康发展，他预测政府肯定会出台政策进行干预。果然，政府首先就在贷款方面进行了非常严格的管控，结果让那些靠借钱发展的企业，一下子就进入了瘫痪状态。

不听叶孝晖这个专家的建议，致使自己陷入危难之中，叶亦双就差一瓶后悔药了。她现在被钱弄得焦头烂额，每天睁开眼睛，不再是雄心壮志地想如何开拓，而是苦思冥想如何堵上一个个财务窟窿。可是这钱不是凭空想象就能造出来的，还是需要想办法筹集。如今的宏印集团在主业上早就失去了造血功能，不仅盈利困难，就连工程款都无法顺利结算。放眼全局，假如宏印集团不能及时解决资金问题，那么离崩盘就只差一步之遥了。

第四十三章　存亡绝续

五千万的贷款已经还贷十来天了，银行那边的续贷却依然没有消息，叶亦双快要失去耐心了，不对，她快要崩溃了。

就在还贷的第十四天，叶孝晖突然神色慌张地跑进来，还未等叶亦双反应过来，他的声音就急促地响起：“董事长，不好了，我们的那笔贷款可能下不来了！”

叶亦双听罢，脑子一片空白：“你说的哪笔贷款？”

叶孝晖连气也不敢喘，急忙说道：“就是四千万的贷款啊！”

听到自己最不想听到的消息，叶亦双整个人都呆住了，冷汗不停地从身上冒出来。她盯着叶孝晖，一脸愠怒：“你不是说跟银行已经达成贷款协议了吗？怎么还会出现这样的事情！”

叶孝晖一脸愧疚，鼓起勇气对视她的双眼，解释道：“我也很纳闷，头一次碰到这种情况，之前没有半点征兆。”

“到底怎么回事？他们为什么会断贷！就凭‘宏印集团’四个字，他们也没有理由终止这项交易的！”叶亦双暴怒道。她已经完全不顾及自己的形象了，双目怒睁，咬牙切齿。

叶孝晖吓得浑身打战，他是头一次看到叶亦双发这么大的火，心里非常畏忌：“银行给出的书面理由是规避潜在风险，需要重新对宏印集团进行贷款评估。”

叶亦双顿时像失控了一般，大骂道：“简直是放屁！”

“董事长，您先消消气。”叶孝晖赶紧劝道。

“这笔钱可是救命用的啊！他们这是要干吗！不管怎么样，他们总得事先打个招呼吧！”叶亦双怒骂道。她看到垂头丧气的叶孝晖，深吸几口气，努力想让自己冷静下来，接着又问道：“他们说对我们进行重新评估，有没有问过他们需要多久？”

“问过了，他们无法给出准确的时间。”叶孝晖小心翼翼地回答道。他甚至不敢直视叶亦双，这件事情出了岔，他有不可推卸的责任，内心感到十分惶恐。

叶亦双一下子就瘫倒在椅子上，显得极度沮丧，她已经意识到这件事情的严重性，不仅宏亦公司朝不保夕，可能连整个宏印集团都将岌岌可危。她无力地靠在椅子上，双眼盯着窗外，眼神空洞，喃喃道：“到底是谁想害死我！”

叶孝晖一听立刻明白叶亦双的话意，他绞尽脑汁地回想这段时间发生的事情，试图把每一个片段串到一起。“从宏亦公司的债务危机开始，我就觉得事情很蹊跷，好像我们正一步步地钻进别人早已设计好的圈套中。”

叶亦双喃喃道：“恐怕这还只是个开始。”

“这可怎么办才好，我们不能坐以待毙啊！”叶孝晖立马惊道。这种只有在电视剧里才见过的场景，令他顷刻间感到毛骨悚然，他突然觉得有张无形的大网迎面扑来，让他们无处藏身。

叶亦双说：“从目前的情形来看，对方是想利用我们遇到的危机，把这个危机无限放大，最终在财务和资源方面拖垮我们，用心极其阴险！”

叶孝晖沉思几秒，露出疑惑的表情：“他们的每一步行动都非常精准，好像对我们的情况了如指掌，这一点也让我始终想不明白！”

叶亦双笃定地说：“肯定是有人泄露了秘密，他们才会如此轻松地抓住我们的软肋！”

“太可怕了！那我们应该怎么办才好？”叶孝晖连忙问道。他突然感觉只要走出这间办公室，就要提防每一个人。

叶亦双紧握拳头，一副疾首蹙额的样子，恨恨地说："迟早会找出他的！"

"董事长，我们目前的处境极其危险，必须要想办法筹到足够的钱才行。我们可不能让他们的阴谋得逞啊！"叶孝晖提醒道，眼神中布满忧虑和恐慌。

"兵来将挡，水来土掩，我倒要看看他们到底想干什么！宏印集团绝不会轻易被他们击垮！"叶亦双想了想，然后吩咐道，"你把手上的事情全部放下，当前的任务就是筹钱，不管多少都要。筹来的钱不要放公司的账户上，祁阳分公司的账户还在，就集中放在那里。这将是我们应战的资本！"

叶孝晖吞吞吐吐地说："董事长，自从宏亦公司爆发财务危机以来，我们几乎耗尽所有可能筹集到的资金了。"

对于叶孝晖的担忧，叶亦双当然比谁都清楚，公司走到这一步，差不多已到了变卖资产的地步，她无奈地挥挥手："能筹多少算多少。"

叶孝晖沮丧地点点头："我尽力而为吧。"

叶亦双本想再交代一些事情，可搜肠刮肚想了几分钟，还是无法理出个头绪来，于是挥挥手示意叶孝晖抓紧去办。这个时候，她需要好好思考公司的退路了。

果然是一波未平一波又起，没过多久，宏印集团资不抵债的消息不胫而走，几乎传遍了整个丽温市。一时间，众说纷纭，什么难听的话都在社会上流传开。这种流言蜚语尽管看不见摸不着，但是对宏印集团的打击是致命的。宏印集团整个管理阶层都在疲于应付资金问题，各个部门几乎处于瘫痪状态。不仅有债务关联的企业向宏印集团追收欠款，连一些民间债主也开始向宏印集团索要债务。更可怕的是这件事发生了连锁反应，致使宏印集团旗下的许多建筑项目被迫停工，因为那些供货商在得知了宏印集团的现状后，担心货款收不回来，不仅断供，还把已经拉到工地上的建筑材料拉了回去。墙倒众人推，宏印集团几乎濒临崩盘。

这些天，丽温市的几十家建筑公司，就数宏远大厦最为热闹，人声鼎沸，车水马龙，来访的人多数是板着脸，愤怒中又带着一丝无奈。大厦的门槛就快被这些讨债者给踏平了，还引发了群体性冲突事件。

当时，因为讨债的人激增，严重影响到宏印集团的正常运行，所以公司管理层临时雇了一大批安保人员维持秩序。但是民众的情绪普遍很激动，他们一哄而上，想硬生生挤进大厦里头。一边是人墙阻挡，一边是人流涌动，在这个紧张时刻，讨债者又不知被谁撺掇几句，结果就发生了肢体冲突。幸亏相关部门及时介入，才没有引发更严重的后果。

发生冲突那天，政府以最快的速度劝散了民众，并命令辖区民警重点监控这个区域，以防讨债者使用极端手段。同时，宏印集团的财务异常也引起了政府的重点关注，宏印集团是家知名的建筑集团，规模庞大，员工众多，万一发生崩盘事件，后果相当可怕，他们必须要警惕。接下来，叶亦双必须要认真配合政府部门的审查，何止是她，基本上整个公司的重要部门都在配合政府的调查。山雨欲来风满楼，叶亦双显然已经招架不住了。

最让叶亦双担心的事情还是提前到来了，那笔五千万的高利贷不出意外地介入了这个乱局中。当她收到这笔款项时，心里就有个预感，这是给自己埋下了一颗雷，而这颗一直令她担惊受怕的雷却不合时宜地爆炸了，把原本摇摇欲坠的公司瞬间炸得支离破碎。

发生冲突后不久，金融公司就派人上门催债，四个彪形大汉不由分说地闯进叶亦双的办公室，起先还对她客客气气，要求她三日之内还钱。叶亦双不同意还款日期，双方协商不下，随后就翻了脸，他们凶相毕露，威胁叶亦双必须在七天之内还钱，否则会用特殊手段对付她。叶亦双没有被恐吓住，死神那里她都徘徊过一回，更别提这几个纸老虎。她索性叫来一群保安把他们赶了出去，眼不见为净。

五千万毕竟不是一笔小数目，在这种形势下，没有几家企业能在短时间内筹得，叶亦双没有偷天换日的本领，更没有点石成金的招式，想要筹集这笔钱好比登天揽月。

叶亦双对之束手无策，只能选择躲避。她无论如何也想不到，自己有一天会成为人人喊打的过街老鼠。

第四十四章　威胁利诱

正当叶亦双快要走投无路的时候，严力华又寻上门来。刚开始叶亦双还以为他是过来跟她谈三号项目的建设情况。这段时间她把精力几乎都放在了筹钱一事上，没有去关注三号项目的进展。

当严力华谈及项目时，叶亦双还满怀希望，盘算着这个项目能给宏印集团带来一线生机。谁知，严力华话锋一转，开始严厉谴责宏亦公司的财务情况，说宏亦公司的运作问题直接影响到宏航置业的正常运行，他表示强烈不满，还责令叶亦双必须尽快想办法解决。

可想而知，叶亦双的应付能力已经到达了极限，再也没办法去解决宏亦公司的资金问题。面对咄咄逼人的严力华，她只能采取安抚手段，恳求他体谅她的处境，帮她把这道难关渡过去。

直到这时，严力华终于露出了阴鸷的本性，他提出了收购股权这个解决方案，并要求叶亦双必须接受。这个要求已经超过了叶亦双的承受范围，她二话不说就拒绝了，还跟严力华发生了言语上的冲突，算是彻底撕破了脸。严力华走之前，恶狠狠地放话，说这件事由不得她做主，必须要按照他的方案执行。

如今，宏印集团爆发了大面积的债务危机，再被严力华从中作梗，叶亦双感觉天似乎真要塌下来了。这些人不仅想要自己身败名裂，更要自己粉身碎骨。她既恐惧又悲怆，自己一心发展事业，从不与人作恶，为什么会落得如此下场！

没过多久，宏印集团的危机越演越烈，几乎到了山穷水尽的地步。债主天天过来逼债，致使宏印集团陷入停顿状态，许多不堪被骚扰的员工纷纷辞职，昔日繁忙的办公场所，一下子就变得冷冷清清。几家有合作关系的银行也向他们发出了通知书，限宏印集团在规定时间内还贷，不然就要通过法律途径追讨贷款。叶亦双已经被逼到了悬崖上，一只脚悬在了半空。

就在叶亦双向薛承求救的几个小时之前。财务公司的人在叶亦双的家门口堵住她，当时，一台黑色商务车上下来三个面目狰狞的彪形大汉，企图强行带走叶亦双，幸而李夏及时赶到并拼命阻止，才避免了危险发生。叶亦双惊魂甫定，不敢再出门。

行凶者前脚刚跑，严力华后脚便登门造访，好像早已商量好似的，随行的还有池正毅。

叶亦双开门一看是他们，尽管内心非常排斥，但是在这万分无助的情况下，看到认识的人出现在面前，还是有种说不出来的安全感。

严力华踏进屋内，看了叶亦双一眼，便问道："你的脸色这么难看，发生什么事了吗？"

叶亦双无力地摇摇头，等定下神来后，才感觉事情蹊跷。她用狐疑的眼神看看严力华，又看看池正毅，然后问："你们怎么突然来我家了？"

严力华见叶亦双用防备的眼神瞧着他，也未等她同意，就自个儿来到客厅坐下，还朝池正毅招招手示意过来坐，然后笑了笑，说："宏印集团董事长的豪宅果然不一般啊，你我合作了这么久，也没见你邀请我参观一下。"

叶亦双对严力华阴阳怪气的腔调非常反感，但又不好发作，压着火气问："你来做什么？"

严力华也不管叶亦双是否愤怒，笑了笑说："无事不登三宝殿，今天我过来就是跟你商量收购股权的事。”

叶亦双一听这句话，当即有股血从心底一直往上涌，她斩钉截铁地说：“我早就跟你说得很明白，绝对不可能卖！假如你们过来是为了谈这件事的话，请你们马上离开！”

“叶董先别急着赶我们走，起码先听听我开的条件吧！”严力华笑着说。

叶亦双冷冷地盯着他俩，神情非常痛恶：“没有什么好讲的，请你们马上离开这里。”

见叶亦双下了逐客令，池正毅笑了笑，说：“叶董，你先听听严总开出的条件吧，这对宏亦公司和宏印集团有好处。”

“池正毅，你说的是什么话！你清楚自己的身份吗！”叶亦双粗声道，狠狠地瞪了他一眼。

“我也是为你着想，公司的处境非常危险，可能只有严总的方案才能让你化险为夷！”池正毅依然保持那副皮笑肉不笑的样子。他已经不再躲避那双杀人的眼睛，反而镇定自若地看着她。

叶亦双忽然想到自己身单力薄的，万一发生不测，恐怕连个搭救的人都没有，她努力让自己镇定下来，然后找了个借口：“你们来得不是时候，我要外出办点事，恕不留客。”

严力华一听，立马笑着说：“这公司都要关门了，不知道叶董还有什么事情需要办理。你不是把所有的要紧事都搬到家里了吗？想必刚才走的那批人就是跟叶董谈生意的吧！”

叶亦双听了，当即就明白严力华所指什么事，她惊诧地看着他，寒意四起：“你怎么知道得这么清楚？”

严力华并未正面回答她：“这些人都是玩命之徒，得罪不起的！”

叶亦双顿时怒火中烧，咬着牙说：“你不要欺人太甚！”

严力华嘴角上扬，一副目中无人的样子：“你还是听听我开出的条件吧！”

叶亦双气得直抖，恨不得立即将他俩五马分尸，但一想到自己现在孤立无援，便尽量克制住怒气：“你想说什么？”

严力华得意地笑笑：“这就对了，有话好好商量，我这人也是非常讨厌动粗的。”

叶亦双对严力华已经到了深恶痛绝的地步，只盼他早点讲完滚蛋。“拣重点说，我没有时间跟你耗在这里。”

严力华露出鄙夷的神情，他觉得死到临头的人都会做一番垂死挣扎。“宏亦公司的财务危机不仅拖垮了宏印集团，还严重影响到三号项目的整体进度。宏亦公司持有宏航公司百分之八十的股份，宏亦公司发生灾难，势必会引起连锁反应，严重危及宏航公司。我是股东，也是总经理，绝对不允许这样的事情发生。为了避免受到牵连，众航公司只能收购宏亦公司持有的百分之八十的股权，这是解决问题的唯一途径。这样的话，你既能用这笔钱解除危机，又能让宏印集团起死回生，这不是一举两得吗？”

等严力华一讲完，池正毅立即附和道：“这是最完美的解决办法，你就别犹豫了，等拿到这笔钱，宏印集团就解困了！”

叶亦双冷静下来后，开始衡量这个方案的可行性和受益性，她的立场似乎有些动摇了：“这百分之八十的股权值多少？”

严力华伸出几只手指头，朝叶亦双摆了摆：“一亿两千万！”

“你是在跟我开玩笑吧！”叶亦双立马说。

池正毅说：“这是经过评估的价格。”

叶亦双狠狠地瞪了池正毅一眼，又对严力华说道：“我不会卖的。”

严力华似乎把所有的耐心都耗尽了，他终于撕破脸皮，恶狠狠地说：“你必须要卖！”

叶亦双也板着脸说道：“假如我不卖呢？”

池正毅收到严力华的眼色，从包里掏出一本协议书，然后对叶亦双说道：“严总这个办法能救宏印集团一命，你又何必不领情呢！只要叶董签了这份股权转让协议，一切问题都将迎刃而解。”

叶亦双大声苛责道：“池正毅！你想干什么！”

严力华露出一脸凶样：“只要你签了这份合同，所有的麻烦事都会自然消失，出了这个门，你还是受人尊敬的集团董事长，就算你不为自己考虑也要为他人着想。这天若塌下来，砸中的可不只是你自己，可能还有你爱的人！”

叶亦双怔了怔，刚想追问他什么意思，放在桌子上的手机突然振动了一下，叶亦双拿起手机一看，顿时吓住了，几秒钟的视频里，洛渊闭着双眼，仿佛在睡觉。叶亦双顷刻间就明白了严力华的意思，慌忙追问道：“你们把洛渊怎么了？”

“不是我把他怎么了，是你想把他怎么了。你那五千万迟迟不还给人家，他们找不到你本人，只能找你的相好要了！至于洛渊会怎么样，那还不是取决于你的决定。”严力华拍了拍扶手，一副嚣张至极的样子。

叶亦双痛骂道：“你们简直不是人！卑鄙无耻！”

“有空骂人，还不如趁这段时间想想怎么解决这件事。”严力华提醒道，他看着叶亦双快要崩溃的样子，又说道：“只要你签了这份合同，五千万的款我也会帮你还掉，大家以后照样开开心心地合作。”

叶亦双拼命握紧拳头，想把眼前的坏人捏得粉碎：“我到底哪里得罪了你，为什么非要置我于死地？”

严力华的脸上突然堆满了仇恨，恶狠狠地指着叶亦双：“我是替一个人向你索债来了！”

叶亦双顿时惊住了，脱口问道：“谁？”

“贺绍宗！”

“怎么会是他？”

“我们是兄弟！你毁了他一辈子，这个仇，我一定要替他讨还！”

叶亦双突然感到一阵恐惧劈头盖脸地打过来，毫无防备的她不知如何招架。她睁大眼睛看着严力华，声音里带着一丝惊悚："你到底想怎么样！"

"只要你肯签合同，就算是对他的补偿，我们的恩怨从此一笔勾销。你要是不签，不止叶家永无宁日，宏印集团也将不复存在，连洛渊也跟着遭殃。"

此时的叶亦双已经六神无主，再也经不起他的半句恐吓了。她的心理防线彻底崩塌，满脑子全是洛渊的安危和公司的命运。她面如死灰，眼神涣散，好像丢了魂一般。她沉默了很久，终于还是提起笔草草地签下了名字。

第四十五章　背城借一

叶亦双声泪俱下，痛苦地向薛承讲述完整个过程。

薛承听完后，怒不可遏，一拳砸在桌子上，剧烈的响声就像对敌人发起的冲锋号声。他脖子上的青筋暴起，眼神透出杀气，并从胸腔中爆发出愤怒的声音："法治社会，岂能容许他们胡作非为！我就不信他们敢挑战法律的底线！我们一定要还击，一定要让他们付出惨重的代价！"

叶亦双抹了抹眼泪，轻声问道："薛哥，你有什么办法吗？"

薛承沉默不语，拧着浓眉思忖片刻，忽然抬头看着叶亦双："你之前不是和陈伯清、沈一帆签过《股权代持协议书》吗？"

"我们的确签过这份协议，我把文件放在了保险箱里。"叶亦双赶紧回答说。

薛承舒展下眉心，又长吐了一口气："那就太好了！既然陈伯清和沈一帆是隐名股东，有合法手续，那就表示宏航置业有限公司的权属问题，必须要经过所有股东确认才能处置，否则就有疑义。严力华只是拿到了你签字的《股权转让协议》，还有争议之处，我相信股权归属还有转机。"

叶亦双听说这事有转机，心里一阵激动，赶忙问道："我们现在该怎么办才好？"

薛承想了想说："既然你昨天报了警，相信你的那份笔录会派上用场，它是你受胁迫签字的依据。另外，我们得马上与陈伯清、沈一帆取得联系，把情况告诉他们，争取他们的援助。”

叶亦双立即为难地说：“薛哥，这个事情能不能先缓缓？假如把这些事情告诉他俩，那他们肯定要找我算账，这么大一笔投资款无缘无故被人侵吞了，他们肯定不会罢休的。”

薛承眉头一皱，立刻责备道：“事情都到了这种地步了，你还抱着侥幸？赶紧与他们取得联系，一起商量如何对付严力华，当务之急是把股权弄回来，其他的都可以慢慢想办法解决。”

“事到如今，也只能这样了！希望他们能谅解。”叶亦双一脸愧疚地看着薛承，接着又问道，“薛哥，你有什么办法夺回股权吗？”

薛承顿了顿：“陈伯清和沈一帆如果愿意和我们组成同盟，或许有一线希望！”

叶亦双听他的口气并不十分乐观，不由得一阵心急：“他们投了那么多钱，不可能袖手旁观的！”

“我们要抓紧召开临时股东会，形成股东决议：解除严力华、池正毅的一切职务，并启用新的公司公章，这样我们就可以变被动为主动，先把宏航公司的权益控制在自己手上，以防他们继续掏空公司。”薛承笃定地说。

“对啊！我怎么就没有想到这个办法呢！”叶亦双高兴地说，突然之间，她又看到了一线光明。

“再则，我们通过媒体向社会公开声明，宏航置业有限公司的这次股权转让协议是由于股东受胁迫才签署的，与客观事实严重不符合。我们把事情放大，争取得到公众的支持。”薛承说。

叶亦双一边听一边使劲地点着头，满脸的激动。“这次反击，一定要让他们名誉扫地！”

薛承沉思了一会儿，继续说：“另外，通过宏印集团的律师团，向严力华控制的两家公司发出律师函，要求他们对一亿七千万的材料款提供明细账单。与事实严重不符的购买合同，必须撤销，并退还合同金额，否则我们将通过法律途径维护自身的利益，并向有关部门举报严力华和池正毅的违法行为。”

“对，对，对！有了这笔钱，宏印集团就可以渡过危机了！”叶亦双激动地说道。

“最后一点，作为实际出资人的陈伯清和沈一帆必须马上向仲裁委员会提出申请，确认《委托持股协议》效力的仲裁请求，明确他们两个的隐名股东地位。然后由股东们提出行使股东权利的要求，委托第三方核查宏航置业有限公司的资金使用情况。”薛承自信地说道，一副成竹在胸的样子。

薛承说完，叶亦双激动得就差蹦起来了。前些日子，她一直处在被迫接招的劣势下，对严力华的步步紧逼根本没有还击之力。薛承当场就想到了这么多绝妙的办法，令她激动不已。“薛哥，你太给力了！这一套组合拳砸在严力华的身上，肯定让他吃尽苦头！欺人太甚者，天必诛之！”

“希望他们的计划不够周详，否则这些措施不一定能起到作用，但愿他们会有疏忽吧！”薛承喃喃道，脸上呈现一抹忧虑之色。

叶亦双立马鼓舞道：“只要我们凭这几招反击，我敢保证他们会乱作一团。”

薛承冲她点了点头，眼神显得非常坚定。“洛渊有消息了吗？”

叶亦双摇摇头，突然又变得十分沮丧：“我从昨天找到今天，几乎找遍了所有他可能出现的地方，还是没有半点消息。”

“他家人知道这个事情了吗？”薛承问道。

叶亦双低声道：“不敢告诉他们，他的父亲身体不好，我怕他知道了会加重病情。”

薛承认真思考了片刻，推测道：“昨天财务公司的人刚走，严力华就来了，从对话中可以推断出，他对有人绑架你的事情一清二楚。然后，就在你犹豫不决的时候，视频又恰合时宜地发到你手机上，逼你就范，这些过程衔接紧密，连出现的顺序都分秒不差，这背后肯定有个人在统一指挥。另外，想把这些细节严丝合缝地连到一块儿，就必须要根据现场的情形，进行最有利的调整。昨天来了两个人，严力华全程都跟你在交谈，显然没有机会指挥外面的力量来对你施加压力，但是池正毅有这个机会。严力华带池正毅过来，是早已预谋好的，他俩狼狈为奸，就是为了能在最短的时间内迫使你签字。”

“对！真相一定是这样！”叶亦双说。

“既然一切证据都显示严力华就是整个事件的幕后黑手。那我们假设他就是主谋，他的目的是得到宏航置业的股权，现在他的目的达到了，那还有什么理由继续扣押洛渊呢？绑架罪名可不小，他是个有地位的人，不可能以身试法，我估计也就是借此吓唬你而已。”薛承说。

“不是还牵扯到贺绍宗这个人吗！他可是因为我们而被判了无期徒刑，严力华讲义气帮他出头完全有可能啊！他们不是连我也想绑架吗，只是没有达成目的而已。”叶亦双担忧道。

薛承摆摆手，冷笑一声：“种种迹象表明，严力华就是个阴险毒辣的小人，哪来的义气可言！他只是想借这个理由，达到自己不可告人的目的而已！我敢保证他真正的目的就是空手套白狼，吞掉这家公司。”

叶亦双咬牙切齿地说：“其心可诛！”

“就算我们收拾不了他！老天爷也会收了他。”薛承诅咒道，“你只是收到了洛渊睡着的画面，有可能他根本没有被绑架。严力华是幕后黑手，既然目的已达到，就不太可能再下毒手。我认为洛渊存在危险的可能性会相对较小，指不定他已经脱离了危险。”

叶亦双沉思半晌，认为薛承的推测符合逻辑，也符合现状，高悬的心也慢慢放了下来。正当他们擘画反击时，叶亦双的电话突然响起，她一看来电顿时欣喜若狂，因为屏幕上面赫然显示“洛渊”两个字。

洛渊好像还处在迷迷糊糊的状态中，声音孱弱，却反反复复地说着一个店的名字。

叶亦双等人凭借仅有的一点线索，终于在一间又脏又乱的小旅馆里找到了神志不清的洛渊。他们好不容易把他弄清醒了，但是他从昨天到今天的这段记忆完全是空白的，根本不知道发生了什么事情。他只记得当时办完事情正在停车场取车，突然有个男人过来拍了一下他的肩膀，他回过头，一个戴着口罩的男人对他喷了些什么东西，然后就昏过去了。等他醒过来时发现自己躺在这个房间里，半边脸压着手机，他便用尽最后一点力气拨通了叶亦双的电话。

至于带洛渊去旅馆的那个男人，他们想通过前台追查蛛丝马迹，但一无所获，只好作罢。

当叶亦双把宏航置业的情况告知陈伯清和沈一帆时，两人极为震惊，不敢相信自己的巨额投资款就这样不明不白地被人给侵吞了。严力华的阴险贪婪，让他俩非常气愤，一致决定要向他讨回公道，并要让他付出法律的代价。

达成共识后，五个人分成三组，开始分头行动。由叶亦双、陈伯清、沈一帆几个股东成立的清查小组，在确定股权和审查资金等问题上重点开展，薛承着手从法律角度对事情追根溯源，洛渊从金融服务公司和严力华的涉黑方面着手调查。

第四十六章　后发制人

在薛承和叶亦双等人的操作下，宏航置业有限公司的对外声明把严力华和池正毅的勾当公之于众，并在社会上引起了强烈反响。

接下来，他们按照原先的计划，顺利召开了股东会议，通过股东会决议罢免了严力华和池正毅的所有职务，并在仲裁委员会那里确认了股东地位，启用了新公章。与此同时，薛承安排律师开始从法律层面收集严力华的犯罪证据。他们双管齐下，逼得严力华不敢露面。

没过多久，池正毅灰溜溜地跑到叶亦双的办公室里，商谈宏航公司的股权处置问题。这次，他是以说客的身份代表严力华向叶亦双交换意见的。池正毅在叶亦双签下《股权转让协议》后，就向宏印集团递交了辞职信，如今，他已经变成了严力华的马前卒。

池正毅向叶亦双转达了严力华的股权分配意见，严力华希望两家公司再次达成合作框架，重新分配股权，化干戈为玉帛。

叶亦双听完后断然拒绝，并义正词严地告诫池正毅不要抱有任何幻想，更不要存有侥幸心理，要求他们必须把宏航置业的资金去向交代清楚。她还对他作了最后的通牒，倘若再不把一亿七千万的材料款交还回来，必定要他们负刑事责任。池正毅见谈不拢，便灰溜溜地走了，离开之前还向叶亦双提出要求，说严力华可以单方面撕毁合同，把这笔钱打回公司账户，但是由于数目巨大，一时间凑不齐这么多钱，希望叶亦双给他足够的时间，他们保证在一个月之内解决这件事。叶亦双在征得大家的同意后，答应了严力华的要求。他们都认为严力华已然是笼中之鸟，插翅难飞。另外，洛渊那边的调查也需要足够的时间，答应严力华这一个月的时间，也算是缓兵之计吧。

事情似乎朝着好的方向逐步进行着，不时地从各组人员那里传来值得庆贺的消息。五个人坚定地认为邪不压正，真相终有一天会水落石出，而严力华迟早会自食恶果，他们都满怀希望地等待胜利的曙光。

这天，薛承正在办公室审阅资料，突然接到了李夏的电话，称文水市的公安部门逮捕了叶亦双，罪名是涉嫌合同诈骗罪，理由是叶亦双虚构、编造《股权代持协议书》，使用虚假的支付股权的证明和凭证，骗取仲裁委员会的裁决书，并借此召开股东大会形成决议，免除了项目董事、监事等职务，要求工商部门变更登记。

薛承听完，蓦然一震，脑袋一片空白。这个消息让他实在无法接受，更想不通叶亦双好端端的怎么会被抓。他即刻启程赶往文水市，一定要亲自拨开这团迷雾。

薛承一到文水市就与李夏、安茹等人在洛渊的办公室里碰头商量对策。

李夏是整件事情的目击者，他说："董事长是接到了严力华的电话，要她来文水当面谈材料款退还的事情。我们在城东的茶室里谈完就回了酒店，刚进大厅，董事长就被警察以涉嫌合同诈骗的罪名给带走了。"

薛承赶紧问道："确定是文水市的警察带走亦双的吗？"

"这个我们已经确认过了。"安茹立马回答道，脸上显得很焦急。

“怎么会出现这样的事情呢！这不免太荒唐了吧！自己骗自己的公司，扣上这个罪名怎么站得住脚？”洛渊急切地说道。

“欲加之罪何患无辞。”安茹说。

薛承问李夏：“除了涉嫌合同诈骗罪外，还有其他事情吗？”

李夏想了想，又摇摇头：“就是这个，没有其他的问题。”

洛渊咬牙切齿地说：“这肯定是严力华搞的鬼，故意把亦双骗到文水来，然后实施不可告人的计划！”

薛承略思考一番，又问李夏：“你们去跟严力华商谈退款一事，有什么进展吗？”

李夏立即回答道：“其实董事长跟严力华没谈多久就结束了，严力华说会把款分三笔打回公司账户，第一笔钱大概在一个礼拜之内到账，其余两笔会间隔半个月左右，他说行业不景气，资金回笼的速度比较慢，希望董事长多给他点时间。”

“亦双怎么处理的？”薛承问。

“董事长考虑了一下就答应他了，给了他二十天的缓冲期。董事长还跟严力华提出要求，希望他能严格遵守口头协议，否则会在既定的日期到后就诉诸法律。”李夏回答道。他稍稍想了一下，继续说道：“回来的路上我还问过董事长，干吗还给严力华宽限二十多天，对付这种阴险毒辣的小人，必须要给他们点颜色瞧瞧。结果董事长说，得饶人处且饶人，凡事不能做绝。”

薛承叹了叹气：“亦双就是因为太善良，所以处处被人算计。”

安茹慌忙问道：“薛总，我们现在应该怎么办？我们得赶紧把她救出来才行！”

薛承点点头，又陷入沉思中，少顷，他抬眼望望大家，说道：“看来严力华从一开始就在制定反击我们的计策，他口头应诺退款，还差遣池正毅过来当说客就是为了迷惑我们，他真正的目的就是拖延时间，暗中布控这一切。”

“太卑鄙，太阴险！”洛渊拍案而起。

“这件事不会这么简单的。”薛承喃喃道。

洛渊的心突然“咯噔”一下，立刻问道：“这话怎么说？”

薛承望着大家，眼神中充满了忧虑，语气缓慢：“拘押一个集团的董事长，不是严力华一个人所能办到的。我认为还有其他人参与进来。”

李夏愤怒地说：“现在是法治社会，这些人不会得逞的！”

“我们不能坐以待毙，必须要采取措施。”洛渊焦急地说道。

安茹急迫地问薛承：“我们该怎么办？”

薛承坚定地说：“我们必须调查清楚隐藏在严力华背后的这股势力，只有让幕后黑手露出马脚，我们才能一击命中！”

“对！知己知彼，百战不殆！”李夏说道。

“其次，我们要收集证据，拿起法律的武器保障自身的利益。律师团的工作重心先转移到对亦双的无罪辩护方面。”薛承又说道。

洛渊立即说：“我前段时间在收集严力华的犯罪证据时，确实有些所获，并顺着这些蛛丝马迹，查到严力华可能是文水市最大的高利贷集团的头目。我正叫人抓紧时间核定证据，不能再给他喘气的机会。”

“只要收集到他涉黑的证据，那他离死就不远了！”李夏恨恨地说。

“绝不妥协！”安茹语气坚定，眼神凌厉。

薛承又叮嘱道：“在法律方面的维权必须精准到位。既然对方能把亦双抓走，想必还是有证据的，我们千万不能再轻敌了。目前他们的情况我们一概不知，绝不能轻举妄动，必须制订好每一步计划，一步都不能踏空，否则，不仅亦双危险，我们也可能会陷入困境。我们是解救亦双的唯一希望，必须谨慎，千万不能出事！”

三个人同时用力点头。

薛承看了看大家，眼神非常坚定："我们一定要聘请最好的律师团队，准备充足的辩护证据，做好一切应战准备。"

李夏马上问道："我们该怎么做？"

薛承对安茹吩咐道："你务必厘清严力华盘根错枝的关系网。"

安茹点点头，保证道："您放心，我一定会把严力华的关系网调查个清清楚楚，让这些人无处遁形。"

薛承又对洛渊吩咐道："你务必要加快速度，你收集的证据是救亦双的唯一利器。"

洛渊马上拍拍胸膛："我一定以最快的速度完成任务！"

薛承最后对李夏吩咐道："法律方面的事情就交给你来办，务必要秘密进行！"

李夏说："您放心，绝不会走漏半点风声。"

薛承依次朝三个人点点头，眼神中透出一股坚定："务必成功！"

第四十七章　有求必应

沈力的居所坐落在临东市正南面的郊区，那是一块背靠青山，前有绿水的风水宝地，这块地足有三千平方米，地势平坦，正正方方。沈力住的房子是一幢典型的徽派式庭院别墅，两边有裙楼，结构中规中矩，但又不失磅礴大气，高耸的马头墙似乎要直插云霄，别墅周围水榭亭台，绿树成荫，身在其中如临仙境。薛承来过这里好几回，轻车熟路。

沈力在二楼的书房接待了薛承，他这人有个怪脾气，只有他认可的人方能进得了他的书房，除此之外，哪怕是达官显贵，他也不会破此规矩。沈力是个声名显赫的人物，不仅在洛山地区名号响亮，在省内也是小有名气，特别是在临东市和祁阳市这一带，都会给足他面子。

沈力年约六十，体型清瘦，面容红润，外表慈祥和睦。他见了薛承，便笑呵呵地邀请他落座："薛承，别来无恙啊。"

薛承立马挺直身子，神态恭敬："沈总，您好！"

"我们都是老朋友了，用不着太拘谨。"沈力微笑着说。

"谢谢沈总。"薛承慢慢坐下来，身体保持端正。他每次见到沈力都会产生一种无法名状的敬畏，他觉得可能是来自沈力的威严，也可能是当他是长辈，或者当他是恩人的缘故。

沈力露出慈祥的笑容，相识多年，他倒挺喜欢薛承的为人。"这几年发展得还算顺利吧，你薛承的名号可是已经传进了临东市。”

“让您见笑了，我这只是个人名，您的才算名号。”薛承说。

沈力爽朗地笑出声：“有意思。”

薛承又回答道：“公司这几年发展得还不错，这多亏了沈总您肯关照，我们才能一门心思地图发展。”

“举手之劳，谈不上关照。你能有今天的成就，还是靠自己敢闯敢拼。后生可畏！”沈力笑着说。

“能得到您的认可，是我的荣幸。”薛承说道。

沈力指了指大门所在的方位，笑了笑：“薛承，你我有缘，虽然这年纪有些差距，但不妨碍我们谈天说地，我欣赏你的为人，所以沈家的这扇大门为你开着。”

沈力的这番话，让薛承有些受宠若惊。他从来不曾想过自己在沈力的心中，会有这么足的分量。他是位高山仰止的人物，有多少人想要巴结他，想投他的门下。薛承立即起身躬了躬身体：“承蒙您厚爱，不胜感激！”

沈力摆摆手示意他坐下，然后又笑着说：“你这个时候来，想必不是特意过来跟我喝茶聊天的吧。怎么，碰到什么难题了吗？”

薛承刚还在寻思该如何启口，见沈力主动开了头，便立马换上严肃的表情，恳请道：“沈总，我今天过来，确实有一件非常棘手的事情想请您帮忙。”

沈力点了点头：“说说看。”

薛承随即就把遭遇到的事情涓滴不遗地告诉了沈力。足足过了半个小时，他才把事情完完整整地讲完。

沈力听完后神色跟之前一样坦然，他琢磨了一会儿，抬眼看着薛承：“这件事听起来确实有些匪夷所思，你们明显都着了严力华的道了。”

薛承懊恼地说：“是我们太大意，轻视了严力华的实力。”

“严力华这个人我倒是见过几面，满嘴的仁义道德，三句不离‘情义’二字。这样的人，内心往往是阴险狡诈的，我跟他也没什么交情可言，算是两条路上的人。”沈力说道。

“您说得极是，亦双就是被他的假象所迷惑，才落了个牢狱之灾。”薛承恨恨地说。

沈力说：“与毒蛇为伍，被咬是迟早的事。”

薛承赶紧说道：“如今大错已铸，恳请您救救叶亦双。”

沈力轻轻叹了口气：“这件事确实有些棘手啊！”

“沈总，请您务必救叶亦双一命！”薛承见他犹豫不决，立刻恳求道，“叶宏远董事长对我恩重如山，临终之前把叶亦双托付给我，这几年我如履浮冰，生怕出现一丝疏漏，愧对董事长！如今，叶亦双大难临头，我作为她的兄长必定竭尽所能去帮助她，哪怕散尽家产我也绝不吝惜。”

沈力盯着薛承，目光如炬，说道：“几年前，你我本不相识，而我却为你出了头，你可知这是为什么？”

一想到几年前的往事，薛承的脸上立即涌现感激之情。就在一瞬间，往事又在他的眼前浮现。“请您明示。”

“你的所作所为让我想到了一句话：亦余心之所善兮，虽九死其犹未悔。”沈力笑了笑，“你对叶家的情义善举令我感动。在这急功近利、不择手段的社会中，像你这样忠肝义胆、知恩图报的人，算是凤毛麟角了。我帮助你，一来是为了伸张正义，二来是欣赏你的为人。”

“您是我的恩人，我没齿难忘，而且这次的事情非常特殊，只有您能救叶亦双出来。假如您不帮我们，那叶亦双就死定了。”薛承说道。因为痛苦，表情显得非常忧伤。

“这件事不简单，必须好好理理才行。”沈力沉思了半晌说道。

“谢谢您能替我们做主！”薛承说。

沈力问道：“你说你们正在收集严力华的涉黑材料，有什么进展吗？”

薛承回答道：“经过我们的调查，目前掌握了严力华开设地下赌场的证据，并从这条线索中得知了严力华曾对一些债务人采取殴打、威逼、非法拘禁等暴力手段。我们还调查到严力华可能涉嫌非法集资、放高利贷等犯罪行为，这些犯罪证据我们正在想办法固定。”

沈力说道：“目前，国家正在严厉打击涉黑势力，你们要懂得拿起法律的武器保护自己。”

“您说得对，只要证明他们是涉黑团伙，就会拔出萝卜带出泥，连同他们身后的保护势力一并挖出来。”薛承自信地说。

沈力说：“你们只要把证据弄全了，就能把他们斩落马。”

“我明白了！”薛承感激地回答。他原以为沈力会出面帮助他们，不料，他只愿意在暗中施与援手，他深知沈力说一不二的性格，就不敢再提出过多的要求。不管如何，沈力愿意出手帮忙，终究是个振奋人心的消息。

经过一干人的努力，虽然偶尔会传来零星的好消息，但从事情的整体上看，他们并未获得实质性的进展。没过多久，大家似乎沉不住气了，情绪消极，特别是李夏，显得尤为激动，他觉得替叶亦双沉冤昭雪好像已变得遥遥无期，这使得他的心里产生了一股仇恨之气。叶家对他恩重如山，他要报恩的念头根深蒂固，他愿意为叶亦双做任何事情，哪怕是铤而走险，哪怕是豁出性命，只要能换回叶亦双的平安归来，他甚至连眉头都不会皱一下。

第四十八章　曲终人散

叶亦双被抓后不久，另一个坏消息接踵而来，立清化工有限公司涉嫌重大偷税漏税和污染环境等违法行为被文水市相关部门立案侦查，董事长陈伯清也被控制了。

薛承立即赶赴文水市，并通知安茹、李夏、沈一帆和洛渊一起商量对策。

他们不敢再耽搁一秒钟，害怕大祸临头。他们显得很焦灼，特别是沈一帆，脸上堆满了惶恐不安的神色。他跟陈伯清一样都是商人，名下有很多产业，陈伯清被抓已经深深影响到他的心态，开始打退堂鼓。他在来之前就想好了对策，他们和严力华之间力量悬殊，他不能再去干鸡蛋碰石头的事情，他必须要认清现实，全身而退。

沈一帆甚至不再与他们几个人好好商量对策，就首先表态道：“国外有个项目需要我亲自操作，这个项目非常不错，投资小回报大，我考虑了很久，决定趁现在形势还不错，放手一搏，做好这个项目也就具备提前退休的资本了。这样的话，我就要退出这个项目了。可能我现在提这种事，显得不够义气，但是那个项目也很紧迫，容不得我再耽误了。”

洛渊听完，立马吃惊地盯着他，脸上顿显不满的神色：“现在到了最关键的时刻，你怎么说走就走！”

沈一帆露出尴尬的表情，故意把视线转移到其他人的身上：

“事情来得比较突然，我也是没有办法再往后拖延。这个机会对我很重要，还请大家能够谅解。”

“你那几千万的投资款呢，也准备不要了吗？”洛渊一脸不悦地问道。他跟其他人一样清楚，沈一帆是恐惧了，怕惹祸上身，落得跟陈伯清一样的下场，所以才会借口退出这场“战役”。

“那笔钱到时候再说吧。总会有个处理办法吧！”一提起这笔巨款，沈一帆既显无奈又显心疼。但是目前形势危急，他首先要做的就是躲避这个无妄之灾，钱财乃身外之物，该舍弃时，就不要去挽留。

大家突然陷入一片死寂中，几个人心里都明白沈一帆在忌惮什么，也都知道沿这条路继续走下去，可能还会出现可怕的后果。到底何去何从，这会儿，他们的心里也完全没有了底。

安茹见大家颓丧无比，忍不住挤出笑容来，想提振一下士气：“我这边的调查工作倒是有了实质性的进展！我发现了一个关键人物。”

在场的人几乎是同时把视线转移到了她的身上，齐声问：“是谁？”

安茹立刻说：“这个人我们都认识，李胜华！”

“文水市的李胜华？”洛渊惊诧地说。

薛承倒吸一口冷气，对于这个结果，他是既感到意外，又觉得是在预料之中。他知道这件事的背后肯定有人参与，但是无论如何也没想到会是李胜华。因为李胜华和宏印集团的关系一直不错，曾经鼎力相助过。他大声叹道：“难道真的只有永恒的利益，没有长远的朋友吗！”

沈一帆当然知道李胜华的身份，他感到万般无奈，这个名字让他更加坚定了抓紧走的决心。“李胜华一直就在文水地区工作，他资格老，人脉广，被称为业界常青树。”

洛渊当然听得出沈一帆的言外之意，他不高兴地瞥他一眼：“就算他如何了得，也不能无法无天！他贪赃枉法，巧取豪夺，使用卑劣的手段侵占他人的财物。现在是法治社会，天不治，法治！”

安茹勉强保持笑容，说道：“李胜华藏得很深，这次若不是陈伯清的事情，还真难发现他就是所有事情的幕后主使人。”

安茹提了口气继续说：“陈伯清被抓后，我立刻意识到这绝非巧合，陈伯清是隐名大股东，拿他开刀既可以省去很多麻烦，又可以对我们这些人起到震慑作用。于是我打听到陈伯清涉嫌犯罪是因为污染环境和偷税漏税，又经过一番努力，终于被我发现案件的源头指向了同一个人，那就是李胜华。”

洛渊一拳砸在桌面上，脖子上的青筋一跳一抖，大骂道：“这个王八蛋！”

李夏一直沉默不语，当他听说是李胜华搞的鬼后，心里既悲凉又愤怒：“我们拿什么跟李胜华斗！”

安茹见大家情绪都很激动，立马说道：“大家都先冷静一下，越急越容易出错。”

沈一帆问道：“你们想怎么办？”

薛承见沈一帆把自己划出了这个群体，心里顿生一股哀伤和悲凉。“我找了一位朋友帮忙，但他需要的是严力华的违法证据，因此，我们的首要任务，就是集中力量收集他们的犯罪证据。”

洛渊马上说：“放心吧，我手上的证据足够抓严力华坐牢了！”

就在这时，沈一帆起身朝众人说道：“既然没有别的事情，那我就先走一步，我衷心祝愿大家能尽早把这些人绳之以法。”

洛渊紧蹙剑眉，沉默了片刻，才艰难地挤出几个字：“我就不送你了。”

沈一帆错开他的目光，看了看大家，带着一丝愧疚和解脱的表情说道：“各位，后会有期。”

沈一帆前脚刚走，李夏立即低声骂道：“缩头乌龟。”

薛承无奈地笑笑："每个人的追求不一样，站在他的角度看问题，可能退出是最明智的选择。"

安茹点点头，用坚定的眼神看着薛承说："现在留下来的人都是愿意跟董事长同生共死的人！薛总，您请吩咐吧。"

薛承用凌厉的眼神扫视了一圈，说道："既然我们已经找到了幕后主使，那事情也就明朗了。接下来，我们分成两组，洛渊和李夏为一组，继续收集严力华的犯罪证据，我和安茹负责收集李胜华违法乱纪的证据。我们双管齐下，以此为突破口，击垮他们！"

看着薛承信心百倍的样子，大家的心里多了一份坚定的信念，发誓与邪恶势力斗争到底。

自从宏印集团爆发财务危机，已经过去了很长一段时间。这期间，宏印集团的债务越积越重，无法扭转，它就像一艘逐渐失去动力的巨舰，变得随波逐流，或许迎接它的只有触礁或者撞击，最后都避不开沉没的命运。

宏印集团陷入危机之后，政府就派工作组进驻公司，经过财务审查发现，宏印集团足足亏损了十个亿，这还仅仅是有迹可循的受法律保护的债务，像民间融资、高息借贷等还有多少，就没有几个人能详细罗列。宏印集团的债务问题非常严重，已经资不抵债，它面临的结局只有两个，一是重组，二是破产。

此时，最能稳定局势的叶亦双却身陷囹圄，种种迹象表明，宏印集团大势已去。而就在公司最需要团结一致、共克难关的时候，以李星昭为主的几个董事会成员宣布脱离宏印集团。宏印集团四分五裂，同时也彻底告别了一个辉煌的时代。

第四十九章　尘埃落定

几个礼拜之后，宏远大厦的门口贴出了一则告示，宣布宏印集团进入破产程序。至此，这家成立二十多年，规模庞大，红极一时的建筑集团轰然倒下。

宏印集团破产的消息很快就传遍了大街小巷，震惊了所有人，薛承更是痛心疾首，久久不能释怀。

他特意回到丽温市，去看看这个为之奋斗过的地方，寻找那些弥足珍贵的记忆。回来后，他就把自己关在房间里借酒消愁，整整两天两夜，足不出户，醉了睡，醒了又喝。宏印集团破产，叶亦双入狱，他认为自己有无法推卸的责任。他觉得愧对仙逝的叶宏远，亏欠受难的叶亦双，有负众人所托。

宏印集团被宣布破产的前夕，薛承曾努力挽回这个局面，他认为能令宏印集团起死回生的办法只有两个，要不寻找资金解决债务问题，要不就是找一家大企业入股。尽管他知道机会渺茫，但还是放下颜面到处求人。可是，十来个亿的债务吓退了所有想要接盘的企业，这其中就包括百里集团。

严力华的犯罪证据已经非常充分，薛承等人思来想去，还是感觉他们的力量太薄弱，觉得应该再次去求助沈力，只有请他出手方可反败为胜。

沈力依旧在书房里接待了薛承。薛承在寒暄之后便沉默不语，他深知就算自己没有把情况说出来，沈力对他们近期发生的事情也会了如指掌。

沈力见他眼神忧郁，笑了笑，主动说道："这才几天没见，怎么就消瘦成这个样子了。事情固然重要，但这革命的本钱也要保护好。"

薛承叹了叹气，满肚子的忧愁不知从何说起。突然，他拍拍胸口说："沈总，我不知道该怎么跟您说才好，我这里像被刀割了一样痛。"

"就算你今天不过来，我也决定要帮助你们。上一次你过来请求我出手，我还在考虑利害关系。我讲了大半辈子的义气，总不能到老了，却丢了这份道义。"沈力坚定而又严肃地说道。他的话掷地有声，令薛承肃然起敬。

薛承感激地说："谢谢您！"

"他们太贪婪了，几乎忘了他们还身处一个法治的国度里。我把你们送过来的证据都递上去了，相信调查组已经进驻文水市了。"沈力笃定地说。

薛承听到这个振奋人心的消息，非常激动："这下可好了，亦双终于有救了！"

沈力说："别看文水目前风平浪静的，马上就要刮风下雨了。"

"法网恢恢，疏而不漏，谁也不能凌驾于法律之上！"薛承站起来朝沈力郑重地鞠了个躬，久久没有起身。

没过多久，文水市政府突然公布了一则重磅消息，引得民众奔走相告：手眼通天的严力华被抓了。随着严力华的落网，藏在他背后的保护伞也被连根拔起，其中就有李胜华等人。从表面上看，严力华的确是个成功的商人，企业庞大、资金雄厚。但他背地里却干着不为人知的肮脏勾当，用卑劣的手段敛取不义之财。他不仅是文水市最大的黑社会性质组织的头脑，还是多个地下赌场、高利放贷团伙的控制人。

当叶亦双找到他帮忙的时候，严力华就心生计划，他想从叶亦双的身上切块肉。他深知叶亦双求他一次，就会求他第二次。严力华不是普通人，能沉得住气，就算他帮了叶亦双一个大忙，也不在乎眼前的蝇头小利，他需要俘获叶亦双的信任，只有这样才能利益最大化，一劳永逸。后来发生的事情，证明了他的如意算盘是可以拨响的。他设下了一个个圈套，而叶亦双自己就往里面钻，包括叶亦双借的五千万高利贷和拘禁洛渊等事，都是严力华一手操作的。严力华空手套白狼，不仅取得叶亦双的钱财，还独占了这么大的工程。

严力华出生在一个普通家庭，父母中年得子，又因其是家中唯一的男丁，因此他自小受到娇宠。父母过度的溺爱，致使严力华养成了骄横、霸道的性格，初中未毕业就辍学，开始混迹社会。成年后的严力华做过普工、踩过三轮车、贩过服装、包过工程，并时常周旋于三教九流之间。正因为有了这些不一样的“历练”，严力华身上的恶习也开始野蛮生长，最后一发不可收拾。在严力华的整个发展史，暴力手段贯穿始终，他认为不管性格是软弱的，还是顽强刚烈的，只有通过残暴的方式，才能叫人彻底屈服。由此，他组建了一支伤天害理、无恶不作的队伍，并慢慢壮大起来，主要成员都是些有前科、无业、赌徒之类的人。幸而法网恢恢，疏而不漏，严力华最终受到了应有的制裁，最终由文水市中级人民法院以故意伤害致人重伤、非法拘禁、开设赌场、非法持有枪支、走私、洗钱、强迫交易等罪名，判处死刑缓期两年执行，组织中的其他成员分别被判处有期徒刑一年至无期徒刑不等。

当严力华被提起公诉之后，叶亦双才被无罪释放。当天，薛承、洛渊、安茹、李夏几人一起去看守所接她。长时间的羁押，给叶亦双的身心造成了难以抹平的创伤。她整个人非常憔悴，不施粉黛的脸显得很粗糙，原先一头飘逸的长发变成了枯黄的短发。

薛承看到叶亦双这般模样，心里一酸，眼泪吧嗒吧嗒地落下来。他赶紧小跑过去，像哥哥一般，把她紧紧地揽入怀里。

叶亦双靠在他的肩膀上，几秒之后，终于还是忍不住号啕起来，悲怆的声音响彻四周，令人无比动容。

洛渊也快步上来抱住心爱的女人，这一次，他终于彻彻底底地感受到，失而复得是一种何等揪心的滋味。

叶亦双已经在狱中得知了宏印集团的状况，她不愿意跟着他们直接回家，她要去看一看这个倾注了叶家两代人心血的企业。

四个人站在宏远大厦底下，一言不发，那种气氛就像对一位逝去的亲人做最后的告别。贴在门上的封条，就像一张死刑判决书，告诉他们以后的生活里不会再出现这个名字，它的一切只能定格在回忆里。叶亦双一动不动，眼泪早已夺眶而出。

然后，他们带着复杂的心情前往叶宏远的墓地，这是叶亦双非要去的地方。

几个人伫立在墓碑前面，呼啸的风声拂过耳畔。叶亦双重重地跪下去，叩了三个响头，她的额头立刻又红又肿，渗出血丝。

洛渊赶紧上前制止，被她一把甩开，薛承拉了拉洛渊，示意他不要着急。叶亦双又重重地叩了三个响头，眼泪扑簌簌地滚落下来："爸爸！我对不起您啊！我把您的希望弄丢了！"

叶亦双的哭声极度凄凉，极度悲怆，久久地回响在空旷的山谷中。

过了许久，洛渊和薛承才去扶起她，并一同注视着叶宏远的遗照。他们的心情异常沉痛。

薛承轻声问道："接下去有什么打算？"

叶亦双摇摇头，一脸茫然："我想家了。"

"你要振作起来，我们可以从头再来！"薛承心疼地看着她。

叶亦双深吸一口气，淡淡地说："失去了，就不想再去强求了。"

薛承立马说：“只要你愿意，薛哥一定会陪你东山再起。”

“这些年，我们历尽沧桑，就算全世界抛弃了我，你也绝不会离我而去。”叶亦双看着他，双眼满是感恩。她又转过头，深深地望着父亲的遗像，喃喃道：“命里有时终须有，命里无时莫强求，宏印集团与我缘尽了，我相信爸爸会理解我的想法。”

洛渊上前搂住她的肩膀，深情地说：“别再想过去的事情了，从今天起，我们开始全新的生活，未来，就由我来守护你。”

“爸爸！对不起！对不起！您听到了吗？请您一定要原谅我！”叶亦双突然转过身去，对着空旷的山谷喊道。

她的声音响彻天空，久久在山谷回荡。